다니자키 준이치로 단편선

문신

다니자키 준이치로 단편선

문신

경찬수 옮김

일러두기

· 각 편은 아오조라 문고(靑空文庫)에 수록된 내용을 번역한 것이다.

· 외래어 표기는 국립국어원의 원칙에 따랐다. 단, 표기법과 다르더라도
  현재 통용되고 있는 경우 그에 따르기도 하였다.

· 본문의 모든 주석은 옮긴이의 것이다.

차례

문신

아직 사람들에게 '우(愚)'라는 덕이 남아 세상이 지금처럼 아귀다툼하지 않던 시절이었다. 지체 높으신 분들과 부잣집 도련님들의 느긋한 표정이 일그러지지 말라고, 또 계집종과 기생들의 웃음거리가 끊이지 말라고 넉살을 팔고 다니는 차보즈[1]나 호칸[2]이라는 직업이 어엿이 자리 잡을 만큼 세상이 여유로웠던 시절이었다. 온나 사다로[3], 온나 지라이야[4], 온나 나루카미[5]는 물론이고 당시의 연극이나 구사조시[6]에서조차 아름다운 자는 모두 강자이고, 추한 자는 약자였다. 그리하여 너나없이 앞을 다투어 아름다워지겠다고 나서더니 급

---

1 茶坊主: 무가에서 머리를 짧게 깎고 다도를 맡아보던 사람.
2 幇間: 술자리에서 분위기를 돋구는 남자 기생.
3 女定九朗: 1865년에 공연된 주신구라 후일담 가부키의 통칭.
4 女自雷也: 1820년에 출판된 책 이름(중국의 신출귀몰한 괴도 아라이야 이야기를 각색).
5 女鳴神: 1697년 이후에 가부키 '鳴神'를 각색하여 공연한 가부키.
6 草双紙: 그림을 곁들인 에도시대의 통속적인 읽을거리.

기야 제 살 속에 색을 집어넣기에 이르렀다. 강렬하고 현란한 선과 색이 그들의 몸에서 살아 움직였다.

유곽 요시와라까지 가려는 사내들은 새겨진 문신을 보고 가마꾼을 골랐다. 요시와라나 다쓰미[7] 여자들도 아름다운 문신을 새긴 남자에 홀렸다. 노름꾼이나 도비[8]는 물론이고 상인, 더러는 사무라이도 문신을 했다. 어쩌다 료코쿠에서 열리는 문신대회에서는 참가자들이 제 살을 두드리며 기발한 문양을 자랑하고 서로를 가늠했다.

세이키치(淸吉)라는 젊고 솜씨 좋은 문신사가 있었다. 아사쿠사의 자리몬, 마쓰시마초의 야스헤이나 곤콘 지로에 버금가는 명인이라고 소문이 자자하여 수십 명의 속살이 그의 붓 아래에서 화폭으로 바뀌었다. 문신대회에서 입소문을 탄 숱한 문신이 그의 손끝에서 나왔다. 다루마 긴은 바림문신이 특기였고, 가라쿠사 곤타는 색을 넣는 명수였고, 세이키치는 기발한 구도와 요염한 선으로 이름 날렸다.

애초에는 도요쿠니와 구니사다[9]를 흠모하여 풍속화 그리

기를 생업으로 삼았던지라 문신사로 타락하고나서도 세이키치에게는 화가다운 양심과 예리한 감각이 남아 있었다. 그는 자기 마음을 사로잡는 피부와 골격을 지닌 자가 아니면 문신을 새기지 않았다. 어쩌다 문신을 새겨줄라치면 일체의 문양과 삯을 제 마음대로 정했고, 거기에 당사자는 바늘 끝에서 생겨나는 고통을 한 달이든 두 달이든 견뎌내야 했다.

이 젊은 문신사는 남이 모르는 쾌락과 숙원을 하나씩 가지고 있었다.

그가 바늘로 살을 찌르면 선홍색 피가 배어나고 부어오른 살이 욱신대면서 대개의 사람들이 신음하는데, 그 신음소리가 크면 클수록 그는 더 짜릿했다. 그는 문신 중에서도 특히 통증이 심하다는 바림문신과 색문신을 즐겨 새겼다. 하루 평균 오륙백 번을 바늘에 찔리고나서 뜨거운 물에 몸을 담갔다 나오는 사람은 하나같이 반죽음이 되어서 나왔다. 그리고 세이키치의 발치에 널브러져 꼼짝 못했다. 세이키치는 그런 모습을 차갑게 바라보며 "조금 아플 겁니다" 하고 웃었다.

배짱 없는 남자가 입술을 뒤틀고 어금니를 깨물거나 비명이라도 지르면,

"이보오, 당신 에도 남자 아니오? 참으시오. 내 바늘이 좀

아플 거요" 하며 눈물짓는 남자의 눈 앞에 또 바늘을 쳐든다.

참을성 있는 자가 입을 앙다물고 눈썹 하나 까딱하지 않을 때에는 "흠, 이 양반은 허풍쟁이군. 하지만 두고보서, 이제 곧 욱신거리기 시작하면 죽는 소리할걸" 하며 허연 이빨을 드러내고 웃었다.

그의 오랜 숙원은 눈부시게 아름다운 피부를 가진 미녀를 찾아 그 살에 자신의 혼을 새기는 것이었다. 그런 여자가 되려면 여러 가지 소질과 용모를 갖추어야 했다. 그저 예쁜 얼굴과 아름다운 피부만으로는 부족했다. 에도의 모든 유곽에서 이름난 여자라는 여자는 모두 살펴보아도 문신을 새길 만한 여자가 없었다. 아직 보지도 못한 사람을 마음속에 그리며 벌써 서너 해가 지났지만 그는 소망을 버리지 않았다.

4년째 되던 어느 여름날 저녁, 후카가와에서 히라세라는 요리점 앞을 지나가다 문 앞에 멈추어 있던 가마의 가리개 밖으로 드러난 새하얀 맨발이 그의 눈에 들어왔다. 그의 예리한 눈에는 사람의 얼굴처럼 복잡한 표정을 가진 발이 보였다. 그에게 그 여인의 발은 살로 만들어진 보옥이었다. 엄지부터 시작하여 새끼발가락에서 끝나는 섬세하고도 가지런한 발가락 5개, 에노시마 해변의 조가비보다 더 선명한 연분홍 발톱, 구슬인양 매끈한 뒤꿈치, 바위 틈의 청렬한 물이 쉴새 없이 적셔주는 듯한 촉촉한 살결. 이 발이야말로 뭇 남자의 생피로 살쩌가며 남자의 몸뚱이를 짓이길 발이었다. 이 발의 주인이야말로 그가 오랫동안 찾아 헤매던 여자 중의 여자일 것 같았다. 세이키치는 뛰는 가슴을 억누르며 얼굴을 보려고 가마 뒤를 따라갔지만 두어 마장 지나 놓치고 말았다.

여인을 그리던 마음이 격심한 연정으로 바뀌며 그해도 저물고, 다섯 번째 해가 되던 봄이 한창 무르익은 어느 날 아침이었다. 그가 후카가와 사가초에 있는 자기 집에서 후사요지[10]를 입에 물고 대나무 툇마루에 앉아 만년청을 바라보고 있는데, 뒤뜰 문쪽에서 인기척이 나더니 못 보던 여자 하나가 대나무 울타리 뒤에서 쑥 나왔다.

세이키치가 알고 지내는 다쓰미게이샤[11]가 보낸 심부름꾼이었다.

"언니께서 이 옷을 서방님께 드리고 안감에 좋은 그림[12] 하나 넣어주십사 말씀 전해드리라"고 했다며, 여자아이가 황금색 보자기를 풀더니 이와이 도자쿠[13]가 그려진 두툼한

10 　房楊枝: 한쪽 끝을 바수어 술처럼 만든 이쑤시개.
11 　다쓰미 기생은 매춘보다는 주로 예능을 하였으며 화려하게 차려입고 다녔음.
12 　사치를 금지한 안세이의 개혁 기간(1787~1847) 중에 겉으로는 보이지 않게 의복의 안감에 화려한 그림을 그리는 것이 유행하였음.

종이상자에서 여자 하오리[14]와 편지 한 통을 꺼냈다.

그 편지에는 하오리 그림 건을 잘 부탁한다는 내용과 심부름으로 간 아이는 요즘 동생처럼 지내는데 술자리에도 내보내고 있으니 자기도 잊지 말고 이 아이도 잘 챙겨달라고 당부하는 내용이 말미에 적혀 있었다.

"못 보던 얼굴인데, 여기에 온 지 얼마나 되었느냐?"

이렇게 말하며 여자아이를 찬찬히 뜯어보았다. 나이는 고작 열여섯, 열일곱 정도로 보이는데 얼굴은 오랫동안 화류계 생활을 하며 수십 명의 남자를 가지고 논 나이든 기생의 얼굴 같았다. 그 얼굴은 나라의 온갖 죄와 온갖 재물이 모여드는 에도 땅에서 그 옛날부터 낳고 죽기를 거듭한 수많은 아리따운 남녀가 이날까지 꿈꾸어왔을 얼굴이었다.

"얘야, 작년 유월경에 히라세에서 가마를 타고 온 적이 있으렷다?"

세이키치가 여자를 마루에 앉혀놓고 섬돌 위에 놓인 작은 발을 자세히 살폈다.

"예, 그때는 아버지께서 살아 계셨으니 히라세에도 자주 갔지요."

---

13 岩井杜若: 독부(毒婦)나 요부(妖婦) 연기를 주로 하던 여장(女裝) 가부키 배우(1787~1847).

14 羽織: 일본옷 위에 입는 짧은 겉옷.

난데없는 질문에 여자가 웃으며 답했다.

"지금까지 햇수로 꼭 5년, 내 너를 기다렸다. 얼굴은 처음 보지만, 네 발은 기억한다. 보여줄 게 있으니 잠시 올라오거라."

세이키치는 인사를 하고 돌아가려는 여자의 손을 붙잡아 오카와 강물이 보이는 2층 다다미방으로 데려갔다. 그리고 두루마리 두 첩을 꺼내 그 중 하나를 여자 앞에 펼쳤다.

그 두루마리는 은나라 폭군 주왕이 총애했던 비(妃) 말희를 그린 그림이었다. 왕비는 유리산호가 박힌 금관이 버거운 듯 가냘픈 몸을 난간 모퉁이에 기대어, 비단 옷자락을 계단에 늘어뜨린 채 오른손에 커다란 술잔을 들고 있다. 그리고 계단 아래에서 이제라도 목이 잘려 제물이 될 남자를 바라보고 있다. 구리 기둥에 쇠사슬로 묶여 최후의 운명을 기다리며 왕비 앞에 고개를 떨구고 눈을 감은 사내. 그 표정이 소름 돋을 만큼 자세하게 그려져 있다.

기괴한 그림을 들여다보던 여자의 눈동자가 조금씩 빛나고 입술이 떨리기 시작했다. 이상하게도 여자의 얼굴이 점점 그림 속의 왕비 얼굴처럼 변했다. 여자는 그림에 숨겨진 진짜 자신을 찾아냈다.

"네 마음이 이 그림에 비치고 있는 거야."

세이키치가 만족스럽게 웃으며 여자 얼굴을 들여다보았다.

"어찌하여 이토록 무서운 그림을 제게 보여주십니까?"

여자가 새파랗게 질린 얼굴을 들어올리며 물었다.

"이 그림 속의 여자가 바로 너다. 이 여자의 피가 네 몸에 흐르고 있는 게지."

세이키치가 또 다른 두루마리를 펼쳤다.

그 그림에는 '먹이'라는 제목이 쓰여 있었다. 화폭 한가운데에 젊은 여자가 벚나무에 몸을 기대고 발 밑에 겹겹이 쌓여 있는 수많은 남자들의 주검을 내려보고 있었다. 여자 주위를 춤추고 날며 승리의 노래를 부르는 작은 새들, 여자의 눈동자에 넘쳐흐르는 주체할 수 없는 자랑과 환희의 표정. 전쟁터일까? 봄날의 화원일까? 눈 앞에 그림이 펼쳐지자 여자는 저도 모르게 자기 마음속에 잠들어 있던 무엇인가를 찾아내려고 하는 것 같았다.

"이것은 너의 미래를 그린 것이다. 여기에 쓰러져 있는 사람들 모두가 지금부터 너를 위해 목숨을 버리는 거지" 하며 세이키치가 그림 속의 여자를 가리켰다.

"제발, 그림을 치워주시어요."

여자가 유혹을 뿌리치듯 그림을 등지고 다다미 위에 엎드렸다. 하지만 얼마 지나지 않아 다시 입술을 부르르 떨었다.

"나리, 그렇사옵니다. 저는 나리 말씀대로 그림 속의 여자와 똑같사옵니다. 그러니 이제 용서하시고 그림을 거두어주소서."

"그런 겁쟁이 같은 소리는 그만하고 이 그림을 좀 더 자세히 보거라. 이 그림이 무서운 것도 아마 마지막일 게야."

그렇게 말하는 세이키치의 얼굴에 예의 짓궂은 웃음이 피어올랐다. 그러나 여자는 좀처럼 고개를 들지 않았다. 옷소매로 얼굴을 가리고 엎드린 채

"나리, 제발 보내주시어요. 나리님 곁에 있기 무섭습니다"라는 말만 되풀이했다.

"기다려 보거라. 내 너를 멋진 여자로 만들어줄 것이야" 하면서 세이키치가 슬그머니 여자에게 다가섰다.

그의 품 속에는 과거에 네덜란드 의사에게 얻은 마취제 병이 숨겨져 있었다.

화창한 햇살이 강물을 비추고, 널따란 다다미 방은 불타듯 환하다. 수면에서 반사된 광선이 무심하게 잠든 여자 얼굴과 장지문에 금색 물결을 그리며 일렁인다. 방문을 모두 닫고 문신 도구를 손에 든 세이키치가 황홀한 모습으로 오랫동안 앉아 있다. 그는 비로소 그녀를 찬찬히 바라볼 수 있었다. 움직이지 않는 얼굴을 들여다보며 10년, 100년을 그대로 있어도 질리지 않을 것 같았다. 그 옛날 멤피스의 백성들이 장엄한 이집트 땅을 피라미드와 스핑크스로 장식했듯

이 세이키치는 청정한 인간의 피부를 자신의 사랑으로 색칠하려는 것이다.

이윽고 그는 왼손의 새끼손가락과 약지, 그리고 엄지 사이에 쥔 붓자루의 끝을 여자의 등에 뉘였다. 그리고 그 위에 오른손으로 바늘을 찔러 넣었다. 젊은 문신사의 혼이 먹물에 녹아 피부에 스몄다. 소주에 섞어 새겨 넣는 주홍 물감 한 방울 한 방울은 그의 목숨 한 방울 한 방울이었다. 그는 자기 혼의 색깔을 보았다.

어느새 한낮이 지나고 화사한 봄날의 해가 뉘엿뉘엿 기울었지만 세이키치의 손은 잠시도 멈추지 않았다. 여자도 잠에서 깨지 않았다.

여자가 늦자 데리러 온 심부름꾼은 "그 아이는 진작에 갔다"고 돌려보냈다.

강 건너 도사번(土佐藩) 저택 위에 달이 걸리고 강기슭에 점점이 흩어져 있는 집집마다에 달빛이 꿈처럼 쏟아질 무렵, 문신은 아직 절반도 끝나지 않았고 세이키치는 부지런히 촛불 심지를 돋우고 있었다.

한 방울의 색을 집어넣기도 쉽지 않았다. 바늘을 넣고 뺄 때마다 숨을 깊게 몰아쉬었다. 자신의 마음이 찔리는 것 같았다. 바늘 자국이 차츰 거대한 무당거미의 형상을 이루기 시작하더니 희멀겋게 날이 샐 무렵이 되자 불가사의한 마성을 가진 동물이 여덟 가닥의 다리를 꿈틀거리며 도사리고 있었다.

스미다강(墨田川)을 오르내리는 배들의 노 젓는 소리에 봄 날 밤이 지새고, 아침 바람을 안고 내려오는 흰 돛 꼭대기부 터 안개가 걷히고 있었다. 안개 너머로 나카스, 하코자키, 레 이간지마에 있는 집들의 기와지붕이 반짝일 무렵, 드디어 세이키치가 붓을 내려놓았다. 그리고 여자 등에 새겨진 거 미를 바라보았다. 이 문신이야말로 자기 목숨의 전부였다. 이제 그의 마음에는 아무것도 남아 있지 않았다. 그렇게 두 사람의 그림자가 한동안 움직이지 않았다.

이윽고 낮고 쉰 목소리가 방의 네 벽에 울렸다.

"내가 너를 진정 아름다운 여자로 만들려고 문신에 내 혼 을 집어넣었다. 이제 일본 어디에도 너보다 나은 여자는 없 다. 이제부터 너는 누구도 두렵지 않을 것이다. 세상의 남자 라는 남자는 모두 너의 먹이가 될 것이다."

그 말이 통했을까, 거미줄 같은 희미한 신음 소리가 여자 의 입술을 타고 나왔다. 여자가 조금씩 의식을 되찾았다. 무 겁게 들이마셨다 무겁게 내뱉는 숨결에 거미의 다리가 살아 있는 것처럼 꿈틀거렸다.

"힘들 게야. 거미가 너를 끌어안고 있거든."

그 말을 듣고 여자가 무표정한 눈을 가늘게 떴다. 그 눈동자가 저녁 달빛이 차오르듯 점점 빛나더니 남자 얼굴을 비추었다.

"나리, 제 등에 새긴 문신을 얼른 보여주시어요. 서방님 목숨을 받았으니 제가 아름다워졌겠지요?"

여자가 꿈꾸듯 말했지만 그 말 어딘가에 파고드는 힘이 있었다.

"자, 이제 뜨거운 물에 들어가 색을 앉히는 거야. 힘들어도 조금 참거라" 하며 세이키치가 귓불에 입을 대고 속삭이며 격려했다.

"아름다워지기만 한다면 얼마든지 들어가지요."

여자가 전신의 아픔을 견디며 웃어 보였다.

"아아, 뜨거운 물이 스미어 너무 힘들어요. 서방님, 제발 저를 버려두고 2층으로 올라가세요, 이런 꼴을 남자에게 보일 수 없어요."

여자가 탕에서 나오며 안쓰러워 하는 세이키치의 손을 밀치더니 물기가 흥건한 채로 바닥에 몸을 내던지고 극심한 고통에 몸을 들썩이며 신음하였다. 미치광이처럼 뺨에 머리카락이 어지러이 엉켜 붙었다. 여자 뒤에 거울이 세워져 있었다. 새하얀 발바닥이 둘, 거울에 비치고 있었다.

세이키치는 일변한 여자의 태도에 적잖이 놀랐지만 하라

는 대로 2층으로 올라가 기다렸다. 반 식경쯤 지나 여자가 빗은 머리를 두 어깨에 늘어뜨리고 매무시를 가다듬어 올라왔다. 그리고 고통의 흔적은 씻은 듯이 사라진 환한 얼굴로 난간에 기대어 꿈꾸듯 안개 낀 하늘을 우러렀다.

"문신과 함께 네게 줄 테니, 이제 이 그림을 가지고 돌아가거라."

세이키치가 여자 앞에 두루마리를 내밀었다.

"서방님, 저는 이제까지의 소심했던 마음을 모두 버렸습니다. 당신이 맨 먼저 먹이가 되어주신 거지요?"

여자의 눈동자가 칼날처럼 빛났다. 그 귓가에는 승리의 노래가 울려 퍼졌다.

"가기 전에 한 번 더 보여다오."

세이키치가 말했다.

여자가 말없이 고개를 끄덕이고 옷을 내렸다. 때마침 떠오르는 아침 해가 여자의 문신을 찬란하게 비추었다.

비밀

그때는 무슨 변덕이 생겼던지 내 주변의 흥청망청한 분위기에서 벗어나고 싶었다. 얽히고설키여 관계를 맺어온 사람들에게서 벗어나려고 숨을 곳을 찾아다녔다. 그러다 아사쿠사 마쓰바초 근처의 진언종 절에 방 한 칸을 얻었다.

니보리 개천을 따라 기쿠야바시 다리에서 아사쿠사혼간지라는 절 뒤쪽으로 쭉 가면 12층짜리 건물이 나온다. 절은 그 주변에 복잡하게 얽혀 있는 우중충한 도심 속에 있다. 헤집어 놓은 쓰레기통 같은 길이 이어지는 빈민굴 한쪽에 단정한 주황색 흙담이 길게 자리 잡고 있어 차분하고 듬직하면서도 쓸쓸한 분위기가 나는 절이다.

숨어 지내기로는 시부야나 오쿠보 같은 변두리보다 시내 한가운데 있으면서 사람이 잘 다니지 않는 으슥한 곳이 오히려 나을 것 같았다. 가파른 골짜기 여기저기에 물 고이는 소가 생겨나듯, 사람들로 북적대는 세상에도 아주 특별한 사람이 아주 특별한 때가 아니고는 발을 들이지 않는 모퉁이 몇 군데가 없을 리 없다.

또 이런 생각도 해보았다. '나는 여행을 아주 좋아해서 교토, 센다이, 홋카이도, 규슈까지 모두 가보았다. 그런데도 20년 넘게 살고 있는 바로 이 도쿄 시내 속에도 아직 내가 가보지 않은 곳이 있을 것이다. 아니 분명 많을 것이다.'

대도심 속의 서민 마을에는 벌집처럼 엉켜 있는 크고 작은 길이 무수히 많다. 그중에 내가 가본 곳과 가보지 않은 곳, 어느 쪽이 더 많은지도 잘 모르겠다.

열두 살 때였다. 아버지를 따라 후카가와에 있는 하치만 신사에 갔다. 강 건너 후유기 쌀시장에서 유명한 소바를 사주겠다며 아버지가 나를 신전 뒤쪽으로 데려갔다. 신사 뒤로는 고부네나 고아미 마을과는 전혀 다르게 생긴 물길이 나 있었다. 폭이 좁고 둑도 낮은 강에는 물이 가득 불어나 있었다. 우중충한 강물이 다닥다닥 붙어선 집들의 처마를 밀쳐내고 있는 것 같았다. 강폭보다 더 길어보이는 거룻배와 짐배가 몇 척이나 죽 늘어선 사이로 작은 나룻배가 장대로 두어 번씩 강바닥을 짚으며 여유롭게 누비고 다녔다.

신사에는 몇 번이나 가보았지만 경내 뒤쪽이 어떻게 생겼는지 궁금한 적은 없었다. 신사에 가더라도 정면의 도리이[1] 쪽에서 신전을 향해 절만 하고 돌아왔다. 그래서 신전 뒤쪽은 파노라마 그림처럼 앞만 있고 뒤는 없는 그저 막다른 풍경이려니 했다. 당장 눈 앞에 이렇게 강과 나루터가 있고, 그 너머로도 널따란 땅이 끝없이 펼쳐진 수수께끼 같은 광경을 보고 있자니 왠지 교토나 오사카보다 훨씬 더 먼 곳에 와 있는 것 같았다. 어쩌다 한번씩 꿈속에 나오는 세계 같았다.

그래서 이번에는 아사쿠사 대웅전 뒤에는 어떤 동네가 있을까 하는 상상도 해보았다. 하지만 양쪽으로 상점이 빼곡히 들어선 정면에서 본 웅장한 주황색 대웅전의 용마루만 확실하게 기억나고 그 외에는 아무것도 생각나지 않는다. 어른이 되어가며 남의 집을 방문하거나 구경도 다니며 도쿄 시내를 제법 다녔을 텐데, 아직도 어린 시절에 보았던 꿈 같은 별세계와 마주칠 때가 있다.

그런 별세계야말로 숨어 지내기에 안성맞춤일 것 같아서 여기저기 다녀보았는데, 그럴수록 처음 보는 곳이 도처에 자꾸 나타났다. 아사쿠사 다리와 이즈미 다리는 수없이 건너다녔으면서도 그 사이에 있는 사에몬 다리는 지나가본 적이 없었다. 니초 마을에 있는 가부키 극장에 가려면 늘 전차가 다니는 큰길가의 소바집 모퉁이에서 오른쪽으로 꺾어졌

---

1 鳥居: 신사 입구에 세우는 두 기둥의 문.

는데, 그 이치무라자 극장에서 류세자 방향으로는 지금까지 한 번도 발을 들여놓은 기억이 없다. 옛날에 있었던 에이다이 다리가 시작되는 곳이나 다리 건너편이 어떻게 생겼는지는 아무것도 생각나지 않는다. 거기 말고도 핫초보리, 에치젠보리, 샤미센보리, 산야보리 근처도 아직 모르는 곳이 많을 것이다.

이렇게 낯선 곳 가운데서도 마쓰바초의 절 주변은 가장 묘한 곳이었다. 시끌벅적한 6구역과 유곽 요시와라를 코앞에 두고 샛길로 살짝 꺾어 들어간 곳에 있으면서도 마치 버려진 땅처럼 한적한 모습을 하고 있는 점이 좋았다.

여태껏 둘도 없던 친구, '화려하고 사치스러운, 그러면서도 평범한 도쿄' 녀석을 팽개치고 모든 소란과 담쌓고 몰래 숨어 지낼 수 있다는 사실이 더없이 유쾌했다. 이렇게 숨는 이유는 공부 때문만이 아니다. 당시 내 신경은 날이 닳아빠진 줄처럼 철저히 무디어져 어지간히 강렬하고 독한 무엇이 아니면 아무런 감흥도 느낄 수 없었다. 일류 예술이나 일류 요리조차 음미하지 못할 만큼 감성이 무디어져 있었던 것이다. 고급 요정에서 주방장의 요리 솜씨에 놀라거나 니자에몬[2]이나 간지로[3] 같은 배우의 연기에 감탄하거나 하는 도회지의 흔해빠진 환락을 받아들이기에는 심신이 너무 황폐해져 있었다.

오로지 타성 하나 때문에 아무 재미도 느낄 수 없는 이런 생활을 계속할 수 없었다. 모든 구태에서 벗어나 나를 자극하는 무엇을 찾아야 했다. 평범한 자극에 익숙해진 신경 세포를 도태시켜버릴 신비하고 기괴한 일이 없을까? 현실에서 벗어나 야만적이면서도 몽환적인 분위기에서 기생할 방법은 없을까? 이런 생각에 빠져 내 영혼은 멀리 바빌론이나 앗시리아가 있던 고대 전설 세계를 헤매기도 하고, 코난 도일이나 루이코의 탐정소설을 상상하기도 했다. 햇살이 숨막히게 내리쬐는 열대지방의 초토(焦土)와 초원을 꿈꾸기도 하고, 개구쟁이 시절의 기괴한 장난을 동경하기도 했다.

와자한 세간에서 휙 증발하여 숨기만 해도 내 생활이 좀더 신비하고 로맨틱해질 것 같았다. 나는 어려서부터 '비밀'이란 것의 재미를 잘 알았다. 숨바꼭질이나 보물찾기, 차 배달⁴ 같은 놀이의 재미(특히 깜깜한 밤에 헛간이나 불당 같은 데서 놀 때의 짜릿함)도 어둠이라는 은밀함에서 비롯되었을 것이다.

도심 속의 애매한 곳에 숨은 이유가 바로 여기에 있다. 절

---

2 仁左衛門(1857~1934): 관서지방에서 간지로와 쌍벽을 이룬 가부키 배우.
3 雁次郎(1860~1935): 니자에몬이 도쿄로 옮겨간 후 관서지방의 독보적인 존재가 된 가부키 배우.
4 눈가리개를 한 술래가 쟁반에 차를 들고다니며 사람을 알아맞추는 놀이.

의 종지(宗旨)가 '비밀'이나 '주문', '저주' 같은 말과 관련이 있는 진언종이라는 점도 나의 망상을 부추겼다.

내가 머물 곳은 햇볕이 깊숙이 들어오는 남향으로 난 다다미 8장짜리 방 한 칸이었다. 오후에는 따사로운 가을 볕을 받아 툇마루 쪽 창호지가 불붙은 듯 벌겋게 물들었다.

나는 손때 묻은 철학이나 예술에 관한 모든 책들을 선반 위에 밀쳐놓았다. 그 대신 마술이나 최면술, 탐정소설 그리고 화학이나 해부학 같은 기괴한 설화와 그림이 가득한 책들을 추수철에 벼 늘어놓듯 팽개쳐놓고 손에 잡히는 대로 하나씩 읽었다. 거기에는 코난 도일의 『네 사람의 서명(The sign of Four)』, 드 퀸시의 『예술 분과로서의 살인(On Murder, Considered as One of the Fine Arts)』이나 『아라비안나이트』 같은 동화를 비롯해 프랑스의 야릇한 성과학 책도 섞여 있었다.

주지 스님이 지옥극락도와 수미산도, 열반도 같은 여러 가지 옛날 불화를 들고 와서 학교 직원실에 지도 붙이듯 내 방 이곳저곳에 걸어 놓았다. 도코노마[5]의 향로에서 보라색 연기가 소리 없이 타오르며 방에 가득 찼다. 나는 가끔 백향과 침향을 사다 불을 붙여 꽂아두었다.

한낮의 햇살이 창호지에 쏟아지면 그야말로 장관이다.

---

5 床の間: 객실인 다다미방의 정면에 바닥을 한 단 높여 장식해두는 곳.

색깔도 현란하기 그지없는 고화 속의 부처, 나한, 비구, 비구니, 우바새, 우바니, 코끼리, 사자, 기린[6]들이 사방에 걸려 있는 족자 속에서 환한 햇살 사이로 헤엄쳐 다녔다. 바닥에 딩구는 수많은 책에서는 참살(慘殺), 마취, 마약, 마녀, 종교 같은 온갖 잡다한 꼭두각시가 향불 사이에서 몽롱하게 살아났다. 나는 그 속에서 한 평짜리 양탄자 위에 드러누워 미개인 같은 초점 없는 눈동자로 환각을 맛보았다.

밤 아홉 시, 사람들이 잠들면 위스키를 벌컥벌컥 들이켜고 나서 술기운이 오르기를 기다렸다가 툇마루 덧문을 하나씩 빼낸 다음 묘지 옆의 울타리를 타고 넘어 절 밖으로 나갔다. 누가 알아보지 못하도록 밤마다 옷을 바꿔가며 공원을 산책하기도 하고, 골동품 가게나 헌책방을 뒤지고 다니기도 했다. 두건으로 얼굴을 가리고 줄무늬[7] 한텐[8]을 입기도 하고, 곱게 물들인 맨발에 셋타[9]를 신고 다닐 때도 있었다. 금테 색안경을 쓰고 외투 깃을 치켜세워도 좋았고, 수염을 붙이거나 사마귀 혹은 점으로 변장해보는 것도 재미있었다.

그러던 어느 날 밤, 샤미센보리의 헌옷 가게에 감색 바탕

---

6 고대 중국에서 성인이 선정을 베풀 때 나타난다는 상상의 동물.
7 원문은 도잔(唐栈: 감색 바탕에 빨강이나 담황색의 세로줄 무늬를 놓아 짠 고급 면직물)임.
8 袢纏: 작업, 방한복으로 입는 두툼한 가운 형태의 겉옷.
9 雪駄: 죽순 껍질로 얽은 짚신 바닥에 가죽을 댄 신발.

에 눈처럼 자잘한 문양이 들어간 여자 아와세[10]가 걸려 있
는 것을 보았다. 원래 나는 단순하게 색감이 좋다든가 문양
이 멋있다든가 하는 것 이상으로 옷이나 천에 대해 날카롭
고 섬세한 애착이 있었다. 여자 옷뿐만 아니라 모든 비단옷
이 눈에 보이거나 손에 닿으면 왠지 끌어안고 싶고, 마치 연
인의 속살을 들여다보는 듯한 쾌감이 불쑥 솟기도 했다. 내
가 정말 좋아하는 옷이나 주름비단[11]을 태연하게 몸에 걸치
고 다니는 여자들이 미워 보일 때도 있었다.

　살아 있듯이 진열장에 걸려 있는 아와세(그 정갈하고 묵직하면
서도 서늘한 비단)가 내 몸을 휘감는 그 기분…… 나도 모르게 전
율했다. '저 옷을 입고 여자처럼 다니고 싶다'는 생각이 들
었다. 망설일 겨를도 없었다. 내친김에 꽃무늬가 새겨진 속
치마[12]와 주름진 하오리[13]도 빌렸다.

　덩치 좋은 여자가 입었던지 체구가 작은 내게 꼭 맞았다.
밤이 깊어 절간의 모든 소리가 사라지자 나는 조용히 경대
에 앉아 화장을 시작했다. 누르께한 콧잔등에 물분을 처음
바를 때는 약간 그로테스크해 보였다. 손바닥으로 끈적한

10　袷: 속감을 넣은 옷, 음력 4월 1일 ~ 5월 4일까지, 9월 1일 ~ 8일까지 입음.
11　원문은 지리멘(縮緬: 잔주름이 잡혀 있는 비단)임.
12　원문은 나가주반(長襦袢: 겉옷과 똑같은 길이·형태의 속옷. 한복의 속저
고리와 속치마를 합한 모습)임.
13　羽織: 방한 목적으로 덧입는, 길이가 짧은 윗도리.

하얀 점액을 얼굴에 골고루 펼쳐 바르니 의외로 촉촉했고, 달콤한 향내가 나는 차가운 이슬 같은 것이 털구멍으로 스며들 때의 감촉도 특별했다. 석고처럼 희기만 하던 내 얼굴에 연지와 분가루를 바르니 밝고 생기 넘치는 여자 얼굴로 변해갔다. 문사(文士)나 화가들이 하는 예술보다도 배우나 기생이나 보통 여자들이 매일같이 자기 살을 캔버스 삼아 시험하는 화장이 훨씬 더 흥미진진하다는 사실을 알았다.

속치마, 붉은 동정[14], 단속곳[15], 또 사각거리는 붉은 안감을 댄 소매에서 모든 여자의 피부가 맛보는 감촉이 내 육체에도 와닿았다. 나는 목덜미부터 손목까지 분을 하얗게 바른 다음, 틀어 올린 가발 위에 너울을 뒤집어쓰고 밤길을 나섰다. 먹구름이 내려앉은 밤이었다. 센조쿠마치, 기요스미초, 류센지마치…… 개천이 많은 그 주변의 한적한 길을 한참이나 돌아다녔는데도 파출소 순경이나 지나다니는 사람들이 눈치채지 못하는 것 같았다. 무엇을 한 꺼풀 입혀놓은 것처럼 바삭하게 마른 얼굴에 서늘한 밤바람이 스쳐갔다. 입을 가린 덮은 두건은 입김으로 축축하게 젖었고, 걸을 때마다 단속곳 비단자락이 장난을 걸어오듯 다리에 휘감겼다. 명치

---

14 원문은 한에리(半襟: 기모노 속옷인 주반에 꿰매 다는 헝겊 동정)임.

15 원문은 고시마키(腰卷: 맨살에 두르는, 허리에서 무릎에 이르는 속치마)임.

부터 갈비뼈 주위까지 단단하게 동여 맨 오비[16]와 골반 위로 바싹 졸라맨 속끈[17] 때문에 내 몸 속의 혈관에 여자 피 같은 것이 흐르기 시작했다. 남자다운 기분, 남자다운 걸음걸이도 점점 사라졌다.

흰 분이 칠해진 손을 화려하게 물들인 소맷자락에서 쑥 내밀었더니 굵고 단단한 윤곽은 어둠 속으로 스러지고 뽀얗고 부드러우면서도 통통한 손이 나왔다. 내가 내 손의 아름다움에 홀렸다. 이토록 아름다운 진짜 손을 가진 여자라는 존재가 부러웠다. 가부키에 나오는 여장(女裝) 도둑 벤텐코조처럼 변장을 하고 닥치는 대로 죄를 저질러보면 어떨까. 탐정소설이나 범죄소설 독자들을 설레게 만드는 '비밀'과 '의혹'의 기분을 맛보며 나는 사람들로 붐비는 6구 공원 쪽으로 발길을 돌렸다. 그러면서 나는 살인이나 강도 같은 잔인한 일을 저지른 듯한 착각을 맛볼 수 있었다.

12층짜리 건물 앞에서 연못을 끼고 돌아 오페라극장이 있는 네거리로 나섰다. 짙게 화장한 내 얼굴이 일루미네이션과 아크등[18]불빛에 환하게 드러났다. 옷 색깔과 무늬도 선명

---

16   정장 기모노를 입을 때 허리부분에 여미는 띠(원문은 마루오비(丸帶)임).

17   원문은 시코키(옷을 추켜올려 매는 띠)임.

18   탄소의 두 전극 사이에 전압을 가할 때 일어나는 방전으로 생기는 빛을 이용한 전등. 메이지시대에 가로등으로 많이 사용되었음.

하게 드러났다. 도키와자 앞에 이르자 막다른 길의 사진관 현관에 세워진 커다란 거울에 내 모습이 비쳤다. 우글대며 오가는 군중 사이에 멋지게 여자로 변신한 내가 서 있었다.

짙게 바른 화장품으로 '남자'라는 비밀을 모두 덮어버렸다. 여자 같은 눈빛에, 여자 같은 말투로 말을 하고, 웃을 때도 여자처럼 웃었다. 달콤한 장뇌향을 풍기며 속삭이듯 옷자락으로 나를 건드리고 지나가는 수많은 여자가 일말의 의심도 없이 나를 여자로 받아들였다. 간혹 우아한 내 얼굴과 에스러운 옷을 입는 나의 취향을 부러워하듯 바라보는 여자도 있었다.

언제나처럼 북적대는 공원의 밤 풍경도 비밀을 가진 눈으로 보니 새로웠다. 어디에서 무엇을 보아도 처음인양 기묘하고 신기했다. 농염한 화장과 비단 옷 속에 자신을 감추어 인간의 눈을 속이고 전등 불빛도 속이며 비밀이라는 장막 너머에서 바라보았기 때문에 평범한 현실이 꿈속 풍경인양 불가사의하게 보였으리라.

그날부터 나는 매일 밤 변장놀이를 하였다. 어떤 때는 미야토자에 서서 연극을 관람[19]하기도 하고, 어떤 때는 활동사진관에 들어가 사람들 틈에 끼어 앉아 있기도 했다. 절에 돌

---

19 1막분의 요금만 내고 무대 정면의 가장 먼 곳에 서서 관람하는 것.

아오면 거의 12시가 다 되었다. 방에 들어가 램프에 불을 붙이고 나면 옷도 벗지 못할 만큼 지쳐 있었다. 그러면서도 양탄자 위에 벌렁 드러누워 옷에 새겨진 현란한 문양을 들여다보거나 소맷자락을 허공에 흔들어보며 아쉬워했다. 군데군데 분이 지워진 칙칙하고 늘어진 볼 가죽을 거울에서 보고 있노라면 묵은 포도주에서 나오는 술기운 같은 퇴폐한 쾌감이 영혼을 부추겼다. 지옥극락도가 지켜보고 있는 방에서 꽃무늬 속옷만 걸치고 매춘부처럼 하늘거리며 이불 위에 엎어져 기괴한 서적들을 밤새도록 뒤적인 날도 있었다. 분장이 점점 능숙해지자 비수와 마취약 같은 것을 오비 속에 찔러 넣고 나갔다. 범죄를 좇으면서도 범죄를 저지르지는 않는 로맨틱한 분위기를 한껏 맛보고 싶었기 때문이다. 일주일쯤 그렇게 지내던 어느 날 밤, 예기치 않은 묘한 인연으로 더 기괴하며 더 새롭고, 그리고 더 신비한 어느 사건에 휘말렸다.

그날 밤에는 여느 때보다 위스키를 많이 마시고 산유칸[20]의 2층 귀빈석에 앉아 있었다. 아마 밤 10시쯤 되었을 것이다. 인파로 가득한 활동사진관은 안개 같은 탁한 공기로 꽉

---

20 三友館: 1907~1944년까지 영업했던 영화관.

차 있었고, 사람들이 뿜어내는 후덥지근한 열기가 내 얼굴에 바른 화장품을 썩히려는 듯이 먹구름처럼 떠돌고 있었다. 어둠 속에서 '차르르' 하는 소리를 내며 미친 듯 뿜어져 나오는 광선이 내 눈동자로 파고들 때마다 술에 찌든 머리통이 깨질 것처럼 욱신거렸다. 중간에 활동사진이 멈추고 '팟' 하고 전등불이 켜졌다. 골짜기 밑바닥에서 피어오르는 구름처럼 여기저기서 담배 연기가 솟아나 아래층 관객의 머리 위에 떠다닌다. 나는 그 담배 연기 사이로 눈까지 바싹 추켜올린 두건 속에서 사람들의 얼굴을 훑어보았다. 그러면서 내 구식 두건을 신기하게 바라보는 남자나 고풍스런 옷을 탐내듯 훔쳐보는 여자가 많다는 사실을 은밀하게 즐겼다. 차림새가 특이한 점이나 분위기가 요염한 점에서, 또 생김새로도 나만한 여자는 없어 보였다.

처음에는 비어 있던 내 왼쪽 자리에 남녀 둘이 앉아 있다는 것을 두 번째 전등불이 들어오고나서 알았다.

얼핏 보면 스물두엇으로 보이지만 실제로는 스물예닐곱……? 세 갈래로 땋은 머리카락, 고급스런 하늘색 비단 망토, 싱싱하고 또렷한 이목구비를 보란 듯이 드러내놓고 있다. 기생인지 여염집 영양인지 쉬이 구분되지는 않지만, 함께 온 사내가 하는 태도로 보아 온전한 아낙은 아닌 듯하다.

"Arrested at last."[21]

여자가 화면에 비치는 자막을 소리 낮춰 읽으며 터키산 M. C. C. 향이 진하게 나는 궐련 연기를 내 얼굴에 훅 뿜었다. 손가락의 보석보다 더 날카롭게 반짝이는 눈동자가 어둠 속에서 나를 보았다. 요염한 모습과는 동떨어진 기다유부시[22] 같은 쉰 목소리, 그 목소리는 내가 2년 전에 배를 타고 상해로 여행가던 도중에 바다 위에서 잠시 관계를 맺었던 여인 T의 목소리가 분명했다.

그때도 옷차림과 하는 행동만으로는 장사하는 사람인지 평범한 사람인지를 가늠할 수 없는 여자였다. 그때 배에 동행하던 남자와 오늘 밤의 남자와는 풍채가 전혀 다른데, 아마 이 두 사람 사이에도 수많은 남자들이 이 여자의 과거에 쇠사슬처럼 이어져 있을 것이다. 아무튼 이 여자가 남자들 사이를 나비처럼 날아다니는 부류의 여자인 것은 분명하다. 2년 전에 진짜 이름을 밝히지 않고 처지나 사는 곳도 모른 채 만나다가 배가 상해에 닿았다. 그래서 나는 몸달아 있는 여자를 적당히 속이다 슬그머니 자취를 감추어버렸다. 그 뒤로는 망망대해 태평양 한복판에서 꾸었던 꿈속에나 존재하는 여자로 치부했었다.

---

21   "드디어 잡았다"(무성영화에서 범인이 체포되는 장면 등에 자주 쓰이던 자막. 여기에서는 여자가 남자를 잡았다는 의미를 실어 쓴 말임).
22   샤미센을 반주로 하여 이야기를 엮어 가는 조루리의 한 유파의 남자 명창.

그 사람을 이런 곳에서 만나다니 뜻밖이었다. 그때는 다소 살집이 있었던 여자가 지금은 성스러우리만치 말쑥해졌다. 긴 속눈썹을 가진 촉촉한 눈동자는 아침 이슬로 씻어낸 듯 맑게 개어 남자를 우습게 여기는 듯한 당당한 권위마저 풍긴다. 닿기만 하면 선홍색 피가 배어나올 듯한 싱싱한 입술과 귓불을 가릴 듯 말 듯한 귀밑머리는 여전했지만, 콧대는 더 높아진 것 같았다.

나를 알아 보았을까? 확인할 방법이 없다. 불이 켜지자 함께 온 남자와 소근소근 시시덕거리는 걸로 보아서는 옆에 있는 나를 평범한 여자로 생각한 것 같다. 그 여자 옆에 있다 보니 지금껏 자랑스레 여겼던 내 분장이 갑자기 초라하게 느껴졌다. 공을 들인 화장과 나를 설레게 했던 옷은 자연스러우면서도 싱싱한 요녀의 매력에 눌려 추하고 천박한 요물처럼 거추장스러워졌다. 여성스러운 면에서나 아름다운 정도로 보나, 그녀의 경쟁상대는 고사하고 달 옆에 떠 있는 별처럼 한없이 오그라드는 기분이었다.

몽롱하게 피어오르는 연기 속에서 선명한 윤곽을 드러내며 마치 물고기가 헤엄치듯 나긋나긋한 손을 망토 밖에서 나풀대는 그 요염함! 남자와 대화를 나누는 동안에도 꿈결에 잠긴 듯한 눈동자를 들어 천장을 바라보거나, 눈썹을 찌푸리며 군중을 내려보거나, 가지런한 새하얀 이를 드러내고 웃기도 하며 여러 가지 표정을 지어 보였다. 어떤 의미도 완벽하게 담아낼 수 있는 검은 눈동자는 2개의 보석처럼 멀리 아래층 구석에서도 또렷하게 보일 것이다. 얼굴의 모든 기관이 단순히 무엇을 보거나 냄새 맡거나 듣거나 말하는 도구라고 하기에는 너무나 반듯해서, 사람의 얼굴이라기보다 마치 남자 마음을 유혹하는 달콤한 미끼 같았다. 이제 아무도 나를 보고 있지 않았다. 어리석게도 나는 내 인기를 가로채버린 그 여자의 미모에 질투와 분노를 느끼기 시작했다. 내가 마음대로 가지고 놀다 차버린 여자가 나를 바라보던 모든 시선을 앗아갔다. 산산이 짓밟히는 기분이었다. 더구나 내가 누구인지 알고 있으면서 보란 듯이 복수를 하고 있는 것이 아닌가!

나는 미모를 시샘하던 질투심이 조금씩 끌리는 마음으로 바뀌어가는 것을 느꼈다. 여자로서의 경쟁에 패한 나는 다시 한번 남자로서 그녀를 정복하고 싶었다. 점점 주체할 수 없는 욕망에 사로잡히며 나긋나긋한 그 여자의 몸을 독수리처럼 덥석 움켜쥐고 마구 흔들고 싶었다.

그대는 내가 누구인지 아시는가? 오늘 밤, 오랜만에 그대를 보고 다시 그대를 사랑하게 되었소. 다시 한번 손을 맞잡을 생각은 없으신가? 내일 밤에도 이 자리에 와서 나를 기다릴 마음은 없으신가? 나는 내 사는 곳을 누구에게도 밝히기 원하지 않는 바, 내일 이 시각에 이 자리에서 나를 기다려주시기 바라오.

오비에서 연필을 꺼내 어둠 속에서 글을 갈겨쓰고, 그 종이 쪽지를 여자 옷소매에 살짝 찔러 넣었다. 그리고 상대가 어떻게 나오는지 지켜보았다.

여자는 활동사진이 끝날 때까지 가만히 앞만 보고 있었다. 관객이 일제히 일어나 우르르 밖으로 쏟아져 나가는 혼잡을 틈타 여자가 다시 내 귓전에 속삭였다.

"Arrested at last."

아까보다도 더 자신에 찬 시선으로 고개를 돌려 내 얼굴을 대담하게 바라보더니 사람들 틈에 섞여 사내와 함께 사라져버렸다.

'Arrested at last.'

여자가 어느새 나를 알아본 것이다! 모골이 송연해졌다.

그건 그렇다 치고, 내일 밤 순순히 나와줄까? 그때보다 관록이 더 붙었을 상대의 역량도 헤아리지 않고 어설픈 짓을 벌여 도리어 약점 잡히는 게 아닐까? 이런저런 불안과 의구심에 마음 졸이며 절로 돌아왔다. 어느 때처럼 옷을 벗는데 네모나게 접은 작은 종이쪽지가 두건 속에서 툭 하고 다다미 위로 떨어졌다.

"Mr. S. K." 라고 쓴 잉크 자국을 불빛에 비추니 비단벌레처럼 빛난다. 분명히 그녀의 필적이다. 활동사진을 보다가 잠깐 자리를 뜨는 것 같더니 어느 틈에 답장을 적어 내 옷깃 어디에 꽂아놓은 모양이다.

뜻하지 않은 곳에서 뜻하지 않게 당신의 모습을 뵈었습니다. 아무리 변장을 하셨다 하오나 지난 3년간 꿈에도 잊지 못하던 모습을 어찌 모르리오. 저는 처음부터 두건 속의 여자가 당신임을 알고 있었습니다. 그렇긴 해도 여전히 호기심 넘치시는 당신을 다시 뵙다니 참 재미있군요. 저를 만나자고 하심도 필시 이 호기심에서 비롯되었으리라 의심치 않을 수 없습니다만 너무도 기쁜 탓에 분별을 가리지 못하고 말씀하신 대로 내일 뵙고자 합니다. 다만 제게 소소한 사정이 있어, 바라건대 밤 9시부터 9시30분 사이에 가미나리문(雷門)으로 나와주시옵소서. 그러면 제가 보낸 사람이 당신을 찾아 제 집으로 모실 것입니다. 당신께서 주소를 숨기셨듯이 저도 제 집을 알려드리지 못하오니 인력거에서 당신의 눈을 가리고 모셔오는 점 헤아려주시기 바랍니다. 이상을 허락해주시기 바라옵고, 만약 이 일을 받아들이지 않으시면 저는 영원히 당신을 볼 수 없사오니 그보다 더 큰 슬픔이 없을 것입니다.

나는 편지를 읽는 사이에 내가 탐정소설 속의 한 인물이 된듯한 느낌이 들었다. 이상한 호기심과 공포가 머리 속에서 소용돌이쳤다. 여자가 내 성벽(性癖)을 다 알고 일부러 하는 짓 같았다.

다음 날 밤, 비가 쏟아졌다. 나는 복장을 모두 바꾸었다. 살짝 붓질을 해놓은 듯한 비백(飛白)무늬 옷 위에 고무 외투를 걸치고, 비단양산을 받쳐들고 철벅철벅 소리를 내며 폭포처럼 쏟아지는 빗속에 문을 나섰다. 신보리 개천의 물이 길로 넘쳐흘러서 버선을 벗어 가슴에 품었다. 흠뻑 젖은 맨발에 집집마다에 켜진 램프불이 비쳐 반짝거렸다. 하늘에서 퍼붓는 빗줄기에 모든 것이 사라졌다. 평소에 붐비던 큰길가의 집들도 대부분 문을 걸어 닫았고 남자 두엇이 옷자락을 걷어지르고 패주하는 병사마냥 내달린다. 이따금 전차가 레일 위에 고인 물을 튀기며 지나는 것 말고는 군데군데 서 있는 가로등과 광고 불빛만이 비 내리는 우중충한 하늘을 어렴풋이 비추고 있다.

외투와 손목과 팔꿈치 언저리까지 축축하게 젖어 가미나리문에 도착한 나는 잠시 빗속에 우두커니 서서 아크등 불빛에 비치는 주변을 둘러보았다. 아무런 인기척도 없었다.

어두운 구석 어딘가에 누가 숨어서 지켜보고 있을지도 모른
다는 생각을 하며 잠시 기다렸다. 멀리 아즈마바시 다리 방
향의 어둠 속에서 빨간 등롱 불빛 하나가 움직이기 시작했
다. 그 불빛이 우르르르 하는 소리를 내며 가이테쓰[23] 돌길
위를 달려 이쪽으로 점점 가까워지더니 인력거 한 대가 내
앞에 멈추었다.

"나리, 타시지요."

비옷을 입고 삿갓을 깊게 눌러쓴 인력거꾼의 목소리가 차
체를 때리는 빗소리에 지워지나 싶더니, 남자가 갑자기 뒤
에서 비단 헝겊으로 내 눈가를 두어 바퀴 재빨리 감았다. 그
리고 투박한 손으로 관자놀이가 뒤틀릴 만큼 세게 묶었다.

"오르시지요."

남자의 거친 손이 나를 인력거로 밀어 올렸다. 후드득후
드득, 축축한 냄새가 나는 지붕 위로 비 떨어지는 소리가 들
린다. 분명히 내 옆에 여자가 타고 있다. 인력거 안이 분 냄
새와 따스한 체온으로 가득하다.

인력거꾼이 손잡이를 들어올리더니 제자리에서 빙글빙
글 몇 바퀴 돌았다. 그러고 나서 달리기 시작했다. 오른쪽으
로 돌기도 하고 왼쪽으로 꺾기도 하며 마치 미로를 배회하

---

23 街鉄: 1903년에 설립된 동경시가 철도주식회사를 말함.

듯 달렸다. 전차 길도 건너고 작은 다리도 지나는 것 같았다.

오랜 시간 그렇게 인력거에 흔들렸다. 옆에 있는 여자는 물론 T 여인이련만, 말 한마디 없이 꼼짝도 안 한다. 아마도 눈이 제대로 가려졌는지 감시하려고 옆에 탄 모양이다. 그러나 누가 지키지 않아도 나는 밖을 보고 싶은 생각이 없었다. 바다에 떠 있는 배에서 만난 꿈결 같은 여자, 거세게 쏟아지는 빗줄기 속의 인력거, 도심에서 한밤중의 밀회, 눈 가림, 침묵, 모든 것이 완벽하게 하나가 되어 미스터리의 자욱한 안개 속으로 나를 밀어 넣었다.

꽉 다문 내 입술을 벌리고 여자가 궐련을 밀어 넣었다. 그리고 성냥을 그어 불을 붙여주었다. 1시간쯤 지나 인력거가 멈추었다. 다시 거친 남자 손이 나를 좁아 보이는 골목으로 이끌더니 삐걱대는 뒷문 같은 곳을 열어 집 안으로 데려갔다.

눈이 가려진 채 혼자 방에 앉아 있는데 장지문 열리는 소리가 났다. 여자가 말없이 내게 몸을 붙이며 인어처럼 기대왔다. 내 무릎 위에 상반신을 눕히더니 두 팔로 내 목을 감고 비단 매듭을 툭 풀었다.

널따란 다다미방이다. 결이 고른 목재만 골라 썼고, 장식도 썩 훌륭하고, 마감도 더할 나위 없다. 하지만 이 여자가 누구인지 알 수 없는 것처럼, 여기가 기생방인지 첩 살림 집인지, 아니면 멀쩡한 규방인지 도무지 분간이 안되었다. 툇마루 밖에는 나무가 **빽빽**하게 심어져 있고 그 너머에는 판자 담이 둘러져 있다. 이렇게만 보아서는 도쿄의 어디쯤일지 도무지 짐작이 가지 않았다.

"잘 오셨어요."

여자가 방 가운데 놓인 자단 탁자에 몸을 기대며 흰 팔을 마치 살아 있는 두 마리 동물처럼 탁자 위에 올려놓았다. 차분한 색감의 줄무늬 기모노에 틀어 올린 머리, 어젯밤과는 너무도 다른 모습이다.

"내가 이런 복장을 하고 있는 것이 우스워보일 거요. 하지만 사람들에게 들키지 않으려면 매일 이렇게 변장을 해야 하오."

탁자에 엎어 놓았던 컵을 세우고 포도주를 따르는 여자의 행동이 생각보다 다소곳하고 풀이 죽어 있다.

"그래도 잊지는 않으셨군요. 상해에서 헤어지고나서 여러 남자와 수많은 일을 겪었지만 이상하게 당신은 잊을 수가 없었어요. 이제는 저를 버리지 마세요. 신분도 처지도 알려고 하지 마시고, 그저 꿈속의 여자로만 생각하시고 영원히 곁에 있어주세요."

여자의 말 한마디 한마디가 아득히 먼 나라의 구슬픈 노랫가락처럼 내 가슴에 사무쳤다. 어젯밤에는 그토록 화려하

46

고 도도하고 영민했던 여자가 어떻게 이처럼 풀이 죽고 다소곳해질 수 있을까? 마치 모든 것을 버리고 내 앞에 자신의 영혼을 내놓으려는 것 같았다.

'꿈속의 여자'

'비밀의 여자'

그날부터 나는 현실인지 환각인지 구분할 수 없는 몽롱한 Love adventure의 재미에 매일 밤 그 여자를 찾아가 밤늦게까지 놀았다. 그런 뒤에는 눈이 가려진 채 가미나리문으로 돌아왔다. 한달, 또 한달, 장소도 모르고 서로의 이름도 모른 채 만났다. 날이 갈수록 점점 호기심이 더해갔다. 여자의 처지나 집의 위치까지는 알고 싶지 않았지만, 나를 태운 인력거가 도대체 도쿄의 어느 방면으로 가는 것인지, 적어도 아사쿠사에서 어느 방향으로 가는지 만큼은 알고 싶었다. 30분, 1시간, 어떤 때는 1시간 30분 동안이나 덜컹거리며 인력거가 시내를 달리고나서야 갈 수 있는 여자의 집…… 의외로 가미나리 문에서 가까울 수도 있었다. 나는 매일 밤 인력거에 흔들리며 여기가 어디일지 마음속으로 어림하였다.

어느 날 밤, 더 이상은 참을 수 없었다.

"잠시라도 좋으니 이 가리개 좀 벗겨주오."

인력거 안에서 여자에게 졸랐다.

"안 돼요, 안 됩니다."

여자가 놀라 내 두 손을 꼭 붙잡고 그 위에 얼굴을 묻었다.

"제발 그런 말씀은 하지 마세요. 이 길은 저의 비밀이에
요. 이 비밀이 밝혀지면 당신께 버림받을지도 몰라요."

"어째서 내가 버리는가?"

"비밀이 알려지고나면 저는 더 이상 '꿈속의 여자'가 아
니지요. 당신은 저를 사랑하는 게 아니라 꿈속의 여자를 사
랑하는 거잖아요."

온갖 말로 애원했지만 내가 굽히지 않았다.

"어쩔 수 없군요. 그렇다면 보여드리지요. 그 대신, 잠깐
이에요."

여자가 탄식하듯 말하면서 힘없이 비단을 벗겼다.

"어딘지 아시겠어요?" 하고 불안한 표정을 지었다.

묘하게 어두운 밤하늘의 한편에 별이 반짝거리고, 뿌연
안개 같은 하늘의 강이 이쪽 끝에서 저쪽 끝으로 흐르고 있
었다. 좁다란 길 양쪽으로 상점들이 처마를 맞대고 등불을
밝히고 있었다.

나름 번화한데도 어디인지 전혀 짐작이 가지 않는 이상
한 곳이었다. 그런 거리를 인력거가 한 마장쯤 거침없이 달
리자 막다른 곳 정면에 '精美堂'이라고 크게 써놓은 인형가
게 간판이 보이기 시작했다. 간판 귀퉁이에 작은 글씨로 쓰

인 동네 이름과 번지를 잘 보려고 내가 몸을 앞으로 내밀자 여자가 황급히 내 눈을 가려버렸다.

번화한 상점이 빼곡히 들어선 길 끝에 인형집 간판이 서 있는 거리, 아무리 생각해보아도 아직 내가 가본 적이 없는 곳 중의 한군데였다. 나는 또다시 어릴 때 경험한 별세계에 온듯한 느낌에 사로잡혔다.

"당신, 간판 글씨…… 보셨어요?"

"아니, 못 봤어. 여기가 어딘지 전혀 모르겠어. 내가 너에 대해 아는 것이라곤 3년 전 태평양 파도 위에서 있었던 일이 전부야. 그런 너에게 유혹되어 먼 바다를 건너 환상의 세계로 끌려온 것 같아."

내 대답을 듣고 여자가 가라앉은 목소리로 말했다.

"제발 언제까지나 그렇게 기억해주세요. 환상의 세계에 사는 꿈속의 여자로만 알고 계세요. 이제 두 번 다시 조르지 마세요."

여자의 눈에 눈물이 흐르는 것 같았다.

나는 그날 밤 여자가 보여준 거리의 풍경을 한동안 잊을 수 없었다. 등불이 훨훨 불타던 번화한 골목길, 막다른 곳, 인형 가게 간판이 뇌리에 선명하게 박혀 있었다. 어떻게 해서든 그 동네를 다시 찾아내려고 궁리한 끝에 나는 드디어

한 가지 방법을 생각해냈다.

몇 달 동안 매일처럼 똑같은 인력거에 실려 이리저리 혼들려다니는 동안 가미나리 문에서 인력거가 빙글빙글 도는 횟수나 오른쪽 왼쪽으로 꺾어지는 순서나 횟수까지도 일정했기 때문에 언제부터인지 내 몸이 그 감각을 외우고 있었다. 며칠 지나 나는 가미나리문이 있는 모퉁이에 섰다. 그리고 눈을 감고 몇 바퀴 빙빙 돌고나서 인력거와 비슷한 속도로 한쪽으로 달려보았다. 적당히 시간을 어림하여 이리저리 골목길로 들어가보는 방법밖에 없었는데, 예상대로 다리가 나오고 전차 길도 나왔다.

길은 처음에 가미나리문에서 공원 외곽을 돌고 센조쿠초로 나와 류센지초의 골목을 따라 우에노 방향으로 이어졌다. 구루마자카에서 다시 왼쪽으로 꺾어 오카치마치 길을 두어 마장 지나 또 왼편으로 휘어지기 시작했다. 일전에 보았던 골목길이 불쑥 튀어나왔다.

아니나다를까 정면에 인형집 간판이 보였다. 간판을 쳐다보면서 비밀리에 만들어 놓은 암굴 속을 들여다보기라도 하듯 막다른 곳까지 거침없이 갔다. 왠걸, 여기는 매일 밤 술 마시러 다니던 시타야타케마치 길로 이어지는 바로 그곳이 아닌가! 그 자잘한 문양이 찍힌 비단옷을 샀던 옷 가게가 몇 발자국 앞에 있었다. 이 골목은 샤메센보리와 나카오카치마치의 큰길을 연결하는 길인데 아직 지나가본 적이 없었다. 그렇게도 내 머릿속을 맴돌던 '精美堂' 간판 앞에 나는 한참 서 있었다. 찬란한 별이 총총히 박힌 하늘을 머리에 이고 벌건 가로등불을 좌우에 거느리며 꿈결 같은 신비스러운 분위기를 한껏 자아내던 밤 풍경과는 전혀 딴판이었다. 따갑게 내리쬐는 가을 볕에 바짝 말라비틀어진 허름한 집들이 거기에 있었다. 맥이 빠졌다.

주체할 수 없는 호기심에 끌려, 개가 길가의 냄새를 맡으며 자기 집으로 돌아가듯 나도 그곳에서 다시 방향을 가늠하고 달리기 시작했다. 길은 다시 아사쿠사로 접어들고 고지마초에서부터 계속 오른쪽으로 꺾어 스가하시 다리 근처에서 전차 선로를 건넜다. 다시 스미다 강둑 길을 야나기바시 쪽으로 타고 돌아나오니 이윽고 맞닥뜨린 곳이 료코쿠 큰길이었다. 방향을 기억하지 못하게 하려고 인력거가 얼마나 멀리 돌았는지 알 수 있었다. 야겐보리, 히사마쓰초, 하마마치를 지나 가키하마 다리까지 건너고 나서는 어디로 가야 할 지 막연했다. 아마 그 근처 골목 어디에 여자 집이 있는 것 같았다. 나는 주변의 좁은 골목길 일대를 1시간쯤 들락날락했다.

그러다 사이조지 절 건너편에서 빼곡하게 들어선 집들의 처마 사이로 나 있는 좁다란 샛길을 찾아냈을 때, 나는 직감적으로 알았다. 여자 집이 그 안쪽 어디에 숨겨져 있으리라는 것을! 골목으로 들어가 오른편 세 번째 집 앞에 이르렀다. 소나무 가지 너머로, 나뭇결도 선명한 판자벽에 둘러쌓인 2층 집의 안쪽 난간에서 그 여자가 죽은 사람 같은 얼굴로 나를 내려보고 있었다.

나도 모르게 비웃는 눈으로 2층을 올려보았더니 그 여자가 모르는 사람인양 무표정하게 나를 바라보았다. 밤에 보던 모습과는 전혀 달랐다. 단 한 번, 남자의 애원에 못 이겨 눈가리개를 벗겨주는 바람에 비밀이 드러나버린 데 대한 회한! 그 회한의 표정이 실의에 찬 얼굴로 바뀌더니 여자가 조용히 장지문 그늘 속으로 들어갔다.

여자는 요시노라고 하는 그곳 재력가의 미망인이었다. 인형집 간판이 그랬던 것처럼 모든 의문이 풀려버렸다. 나는 여자를 버렸다.

며칠 후, 나는 절을 나와 다바타 근처로 옮겼다. 나는 더 이상 '밋밋하고 뻔한 비밀' 따위의 쾌감에 만족할 수 없었다. 더 진하고, 피가 더 낭자한 환락을 찾아 나섰다.

두동자

두 살 터울인 두 동자는 열다섯 살과 열세 살이다. 위는 천손동자(千手丸), 아래는 구슬동자(瑠璃光丸)다. 둘 다 어려서부터 금녀의 땅 히에이산(比叡山)에 보내져 큰스님 슬하에서 자랐다. 천손동자는 오미 나라의 부잣집에서 태어났다고 하는데 사연이 있어 네 살 때 이 절에 맡겨졌다. 높은 벼슬아치의 자식인 구슬동자도 어떤 사정으로 세 살이 되어 유모 젖을 떼자마자 왕성을 수호하는 신령한 이곳에 오게 되었다. 물론 두 동자는 이런 이야기를 어디선가 듣기는 했지만 명확하게 기억나는 것도 없고 분명한 증거가 있는 것도 아니다. 자신들에게는 아버지도 없고 어머니도 없으니 그저 지금까지 올바르게 키워주신 큰스님을 부모인양 의지하며 불도에 뜻을 두어야 한다고 생각했다.

"너희는 더없이 복 받은 운명을 타고 났느니라. 인간이 부모를 따르고 고향을 그리워하는 것은 모두 미천한 번뇌가 저지르는 소행이니라. 다행히 너희는 이곳 말고는 다른 세상을 보지 않았고, 또 부모도 없기에 번뇌의 고통에 시달리지 않고 지낼 수 있는 것이니라" 하는 큰스님의 가르침을 들을 때도 둘은 자신들의 처지를 감사히 여겼다. 큰스님처럼 덕이 높은 대사님조차도 속세에서는 온갖 번뇌에 시달렸고, 거기에서 벗어나고자 이 산으로 도망쳐오고 나서도 그 고리를 끊기까지 오랫동안 수행을 거듭하셨단다. 큰스님의 제자 가운데는 아침저녁으로 설법을 들으면서도 아직까지 번뇌를 끊지 못해 탄식하는 사람이 많다고 한다. 두 동자는 사바세계를 알지 못하는 덕분에 그토록 무서운 번뇌라는 몹쓸 병에 걸리지 않아도 된다. 떨치고 나서야 비로소 깨달음의 경지에 이를 수 있다는 그런 번뇌를 처음부터 해탈한 자신들은 머지않아 삭발을 하고 계율을 받고 나면 큰스님과 같은 스승에게도 뒤지지 않을 승려가 될 수 있을 거라고 고대하며 지냈다.

하지만 그런 곳에 살고 싶지는 않으면서도, 두 동자는 아이다운 순수한 호기심 때문에 번뇌의 고통으로 가득한 세상이 도대체 얼마나 무서운 곳인지에 대해 이런저런 상상을 할 때가 있었다.

큰스님을 비롯하여 수행을 쌓고 있는 다른 스님들의 이야기에 의하면 이 추악한 세상에서 극락정토의 모습이 그나마 남아 있는 곳은 자신들이 수행하는 바로 이 산뿐이란다. 산기슭에서 사방으로 뻗어 나가며 파란 하늘에 떠 있는 구름에 맞닿은 저 넓은 대지, 그 대지가 바로 경문에 분명하게 나오는 5탁(濁)의 세계란다. 둘은 시메이가다케 봉우리에서 자신의 고향 방향의 땅을 내려보면서 꿈 같은 공상을 펼치곤 하였다.

하루는 천손동자가 오미 땅의 연보라 빛 안개 속에서 반짝이고 있는 비와코 호수를 바라보며 말했다.

"이봐 구슬동자, 저기가 사바세계라는데 어때 보여?" 하며 형답게 어른스러운 말투로 아우 동자에게 물었다.

"속세는 때에 찌든 나쁜 곳이라고 들었는데 여기에서 보니 호수가 거울처럼 깨끗하네. 형 눈에는 그렇게 안 보여?"

구슬동자가 이런 어리석은 질문으로 연상의 벗에게 웃음을 사지 않을까 염려된다는 듯 조심스레 물었다.

"하지만 저 아름다운 호수 속에는 무서운 용신이 살고, 호수 옆의 미카미야마라는 산에는 그 용보다 훨씬 큰 지네가 살고 있다는 사실을 아마 넌 모를 거야. 산 위에서 보면 깨끗해 보이지만 막상 내려가서 보면 항상 조심해야 하는 곳이 바로 속세라던 스님 말씀이 맞을 거야."

천손동자가 영리해 보이는 미소를 입가에 떠웠다.

한번은 구슬동자가 멀리 보이는 도성의 하늘 아래에 그

림처럼 펼쳐진 평원과, 그 평원 위에 길게 늘어선 궁전의 기와지붕들을 손가락으로 가리키며 말했다.

"저것 좀 봐, 천손동자. 저기도 분명히 속세일 텐데, 저기에 우리 절의 약사당이나 대웅전보다 더 크고 멋진 누각이 있는 것 같아. 저런 집들은 다 뭐지?"

구슬동자가 미심쩍다는 듯이 눈썹을 찌푸렸다.

"저기는 일본국을 다스리는 왕이 사는 궁전이래. 속세에서는 저기가 가장 정갈하고 귀한 곳이야. 그렇지만 인간이 저 궁전에 살 수 있는 천자[1]로 태어나려면 전생에 그만큼 공덕을 쌓아야 하는 법이지. 그러니 우리는 이 산에서 수행하며 현생에 좋은 업을 많이 쌓아야 해."

천손동자가 손아래 동자승을 격려했다.

그러나 말하는 쪽이나 듣는 쪽이나 이 정도의 대화만으로 호기심이 모두 채워질 리 없었다. 스님 말씀에 의하면 속세는 허깨비나 마찬가지란다. 산에서 보면 아무리 아름다운 풍경일지라도 실상은 물에 비친 달빛이나 그림자처럼 거품에 불과하다는 것이다.

"산꼭대기에 걸린 저 구름을 보아라. 멀리서 보면 눈처럼 깨끗하고 은처럼 빛나지만, 막상 그 구름 속에 들어가 보면

---

[1] 원문은 '십선(十善)의 王位(이승에서 열 가지 악을 저지르지 않으면 내세에서 천자(天子)로 다시 태어나는 것을 일컫는 말)'임.

58

눈도 아니고 은도 아니고 그저 몽롱한 안개다. 너희도 이 산 골짜기에서 피어오르는 구름 속에 들어간 적이 있을 것이다. 속세가 바로 그 구름이니라."

이런 설명을 듣고 있을 때면 알듯하다가도 나중에는 어딘지 채워지지 않는 곳이 남아 있었다.

둘에게 유독 석연치 않았던 점은, 속세에 사는 인간의 한 종류로 모든 재앙의 근원이 된다는 '여자'라는 생물을 본 적이 없다는 것이었다.

"내가 이 산에 들어온 게 세 살 때였다는데, 형은 네 살이 될 때까지 속세에 있었잖아? 그렇다면 속세의 모습을 조금은 기억할 만도 한데……. 다른 여자는 그렇다 치더라도 어머니 모습이라도 머릿속에 남아 있는 거 없어?"

"나도 가끔 생각해보는데, 금세 떠오를 듯하다가도 어떤 막으로 가려진 것처럼 아무것도 안 보이니 애만 탄다니까. 내 머릿속에 어렴풋이 남아 있는 건 가슴에 달린 따스한 유방에 닿았을 때의 혓바닥의 감촉과 달짝지근한 젖 냄새뿐이야. 여자 가슴에는 남자 몸에는 없는 봉긋한 유방이 있었던 것만큼은 분명해. 거기까지만 가끔 기억나고 나머지는 마치 전생에 있었던 일처럼 뿌예져 아무 생각도 안 나."

두 동자는 밤이 되면 큰스님의 옆방에 베개를 나란히 하고 누워 이렇게 소근거리곤 했다.

"여자는 악마라는데…… 그렇게 부드러운 유방이 있다는 게 이상하잖아?" 하고 구슬동자가 의심쩍어하면 "정말 그러네, 악마에게 그렇게 부드러운 유방이 있을 리 없지" 하며 자신의 기억이 미심쩍은 듯 천손동자도 고개를 갸웃거렸다.

둘은 어릴 때부터 익힌 경문을 통해 여자라는 것이 얼마나 영악한 동물인지를 잘 알고 있었다. 그러나 여자가 어떤 수단으로 어떤 성질의 나쁜 독을 퍼뜨리는 존재인지에 대해서는 아무 짐작도 할 수 없었다. '女人最偽惡難一. 縛着牽人入罪門'이라는 우진왕경(優塡王經) 문구나 '執劍向敵猶可勝女賊害人難可禁' 라는 지도론(智度論)에 나오는 글귀로 미루어 보면 여자는 남자를 꽁꽁 옭아매 무서운 곳으로 끌고 가는 도적 같기도 했다. 그러면서 또 열반경에 나오는 대로 "여자는 대마왕이고, 사람을 먹는다"는 말에 의하면 호랑이나 사자보다 더 큰 거대한 괴수 같기도 했다. "여자를 한번 보고나면 대개의 남자는 눈의 공덕을 잃는다. 커다란 뱀을 볼지언정 여자를 보아서는 아니 된다"고 보적경(寶積經)에 나와 있는 글이 사실이라면, 깊은 산에 사는 이무기처럼 몸에서 독기를 내뿜는 파충류라도 되는 것 같았다. 천손동자와 구슬동자는 여러 경문 가운데서 여자에 대한 새로운 글을 찾아내 서로에게 알려주며 의견을 나누었다.

"그런데 너나 나나 그렇게 무서운 여자를 어머니로 두었고 한번쯤은 가슴에 안기기도 했을 텐데 오늘까지 이렇게 아무 탈없이 잘 자랐지 않아? 이런 걸 보면 여자가 맹수나 큰 뱀처럼 사람을 잡아먹거나 독기를 내뿜거나 하지는 않는가 보지?"

"여자는 지옥의 사신이라고 유식론(唯識論)에 쓰여 있으니 맹수나 큰 뱀보다도 훨씬 더 무시무시한 형상을 하고 있을 거야. 여자들이 우리를 죽이지 않은 걸 보면 우리가 어지간히 운이 좋았나 봐."

"그런데" 하며 천손동자가 말을 가로막았다.

"구슬동자는 유식론의 뒷부분에 나오는 女人地獄使, 永斷佛種子, 外面似菩薩, 内心如夜叉라는 구절을 아나? 이렇게 쓰여 있는 걸 보면 마음속은 야차(夜叉) 같아도 겉으로는 분명히 아름다울 거야. 그 증거로 일전에 읍내에서 불공을 드리러 왔던 장사꾼이 넋을 잃고 내 얼굴을 바라보더니 '여자같이 귀여운 동자네'라며 혼잣말을 했거든."

"나도 이전에 다른 사람들이 나를 보고 여자 같다고 놀리는 말을 들은 적이 있어. 내 모습이 악마를 닮았다는 생각에 무서워서 울기도 했지만 꼭 그럴 것만은 아니더라고. 내 얼굴이 보살처럼 아름답다는 뜻이었다고 위로해주는 사람도 있었거든. 칭찬을 받은 건지 놀림을 받은 건지 아직도 잘 모르겠다니까."

여자의 정체는 이렇게 대화를 나누면 나눌수록 둘의 이해를 넘어서는 존재가 되어버렸다.

대사가 수행을 하는 신성한 곳이라고는 하지만 이 산에도 독을 가진 뱀과 사나운 짐승이 살고 있다. 봄이 오면 휘파람새가 울고 꽃이 피고, 겨울이면 초목이 시들고 눈이 내리는 것은 속세와 조금도 다르지 않다. 다른 점은 여자라는 것이 하나도 없다는 것뿐이다. 그런데 부처님이 그토록 싫어하는 여자가 어째서 보살과 똑같이 생긴 거지? 그렇게 아름다운 자태를 가진 여자가 왜 구렁이보다도 무서운 걸까?

'속세가 허깨비라면 분명히 여자도 예쁜 허깨비다. 허깨비라서 범부들이 거기에 빠져드는 거다. 마치 깊은 산을 가던 나그네가 안개 속에 헤매듯이.'

여러 생각 끝에 둘은 이런 결론에 도달했다. '아름다운 허깨비, 아름다운 허무. 이것이 여자다!' 두 사람은 맞든 틀리든 어쨌거나 결론을 지어 놓아야 직성이 풀리는 이성을 가지고 있었다.

손아래인 구슬동자의 호기심은 마치 아이가 옛날이야기 속의 낙원을 그리워하는 듯한 바람처럼 변덕스러운 호기심이었지만, 연상인 천손동자의 가슴에 도사리고 있는 호기심은 말로 다 표현할 수 없을 만큼 강렬했다. 왜 나만 이런 고민을 하는 걸까? 밤이면 밤마다 마주보며 쌔근쌔근 잠든 구슬동자의 무심한 얼굴을 바라보며 천손동자는 다른 사람의 태연함이 부러웠다. 그러다 눈이라도 감으면 눈꺼풀 속에 온갖 여자의 형상이 생생하게 떠올라 밤새도록 그의 잠 속을 휘젓고 다녔다. 어떤 때는 32개의 형상을 지닌 부처님 모습으로 나타나 황금 광채 속에서 그를 껴안기도 하고, 어떤 때는 아비지옥의 옥졸이 18개의 뿔에서 화염을 날름거리며 그를 태워 죽이려 들기도 했다. 이런 악몽에 가위눌려 식은땀을 뻘뻘 흘리다 구슬동자가 흔들면 소스라쳐 깨어날 때도 있었다.

"형, 방금 이상한 잠꼬대를 했어. 무슨 괴물에 쫓긴 거야?"

이렇게 물으면 천손동자는 부끄러운 듯이 고개를 숙이고 떨리는 목소리로 대답했다.

"내가 여자의 환영에 쫓겼어."

날이 갈수록 천손동자의 표정과 몸짓에서 아이들에게서 볼 수 있는 활발하고 순박한 모습이 조금씩 사라졌다. 그는 틈만 나면 구슬동자 몰래 대법당 안을 오가면서 관세음과 미륵보살의 귀하고 고운 모습을 꿈꾸듯 그윽한 눈길로 바라보며 망연히 생각에 빠져들었다. 이럴 때 그의 뇌리에 떠오르는 것이 유식론의 한 구절 '外面似菩薩'이었다. 속은 야차 같고 겉모습이 비록 허깨비라 할지라도, 이 산의 많고 많은 사찰과 탑에 그려진 보살 같은 인간이 이 세상에 살아 있다면 그 얼마나 단려하고, 그 얼마나 장엄할까? 생각이 여기에 이르면 여자에 대한 공포심은 어느 틈에 모두 사라지고 남는 것은 수상쩍은 동경심이었다. 약사당, 법화당, 계단원, 산왕원. 그는 산속의 모든 사찰을 헤매며 거기에 안치된 본존, 협사(脇士), 또는 벽을 날아오르는 선녀들을 한없이 바라보며 멀거니 하루를 보냈다. 그 무렵부터는 어린아이를 상대로 여자에 관한 소문 같은 것을 이야기하려고도 하지 않았다. 구슬동자에게는 아무렇지도 않은 말이었지만 이상하게도 천손동자는 '여자'라는 두 글자를 입으로 말하면 큰 죄라도 짓는 것 같았다.

"나는 왜 구슬동자처럼 여자 문제를 쉽게 말로 못하는 거지? 눈으로는 존귀한 부처님 상에 절을 올리면서 왜 마음속에는 불손하게 여자 형상이 떠오르는 거지?"

혹시, 이런 게 번뇌라는 건가? 불현듯 그런 생각이 들면서 온몸에 소름이 돋았다. 산속에서는 번뇌할 게 없다던 큰스님의 말씀에 의지해왔던 내가 어느새 번뇌에 사로잡힌 게 아닐까? 차라리 마음속의 번민을 큰스님께 털어놓을까도 했지만 '함부로 남에게 말하지 마라'는 소리가 끊임없이 귓전을 때렸다. 그 번민은 괴로우면서도 달콤했다. 왠지 깊숙한 곳에 그대로 숨겨두고 싶은 것이었다.

천손동자가 열여섯이 되고 구슬동자가 열넷이 되던 해 봄이었다. 동탑 주변의 다섯 골짜기마다 산벚이 흐드러지고, 푸른 새싹과 어린 잎새들이 승방을 알록달록 에워싸고, 범종 소리가 은은하게 울려 퍼지는 가운데 울적하면서도 나른한 햇살이 비치는 날이 이어졌다.

이른 새벽에 스님의 가르침을 듣고 나서 주지스님이 머무는 요카와로 심부름을 갔다 돌아오는 길에 두 동자가 인적 드문 삼나무 그늘에 걸터앉아 잠시 쉬고 있었다. 천손이 이따금 한숨을 깊게 쉬며 도소쓰 골짜기에서 피어오른 아침 안개가 구름으로 바뀌며 산기슭을 타고 올라가는 모양을 유심히 바라보고 있었다. 그러다가 갑자기, "너 혹시, 요즘 내가 이상해 보이지 않아?" 하며 웃지도 않고 구슬동자 쪽을 돌아보았다.

"······ 너랑 속세 이야기를 하면서부터 여자란 것 때문에 밤낮으로 너무 힘들어. 여래상 앞에 무릎 꿇고 아무리 기도를 올려봐도 여자 모습만 어른거려 염불을 외울 수가 없어. 여자를 만날 생각이 없는데도 그래. 정말 한심한 꼬락서니야."

구슬동자는 천손의 볼에 흐르는 눈물을 보았다. 우는 걸로 보아 절실한 상황일 것이다. 그러나 여자 이야기가 왜 그를 고통스럽게 만드는지 알 수 없었다.

"너는 출가하려면 아직 두어 해 남았지만 나는 올해 득도
할 거라고 스님께서 말씀하셨어. 하지만 이 불경한 마음보
를 다스리지 못할 바에야 무슨 소용이 있겠어. 설령 육바라
밀을 수행하고 오계를 지킨다 한들 머릿속엔 망상만 가득할
테니 나는 영겁의 윤회에서 벗어나지 못할 거야. 여자라는
게 정말 허공에 떠 있는 무지개처럼 실체 없는 허깨비일지
도 몰라. 그러나 우리 같이 어리석은 범부가 무지개를 허깨
비라고 깨닫기 위해서는 거룩한 설교를 듣기보다 차라리 구
름 속에 뛰어들어가 직접 보는 편이 더 나을 것 같아. 그래
서 나는 출가하기 전에 잠시 산을 내려가 여자란 것을 직접
보고 오기로 작정했어. 그러면 허깨비가 무엇인지도 알게
되고 망상도 모두 사라질 거야."

"그러면 스님께 꾸지람 듣지 않을까?"

구슬동자는 여자의 정체를 밝혀 혼돈에서 벗어나려는 천
손의 결심이 너무도 애처로웠다. 하지만 하나뿐인 벗을 그
무서운 속세로 보낼 수 없었다. 비와코 호수에 사는 용왕신
이나 미카미야마산에 사는 지네 같은 것이 나타나면 어쩔
셈이지? 여자에게 손발이 묶여 어두운 구멍으로 끌려 들어
가지는 않을까? 설령 살아서 돌아온다 한들 "내가 허락할 때
까지 산을 내려가서는 안 되느니라" 하고 엄히 일렀던 스님

의 분부를 어기고도 산에서 다시 지낼 수 있을까?

"속세에 무수한 고난이 기다리고 있으리라 이미 각오했어. 맹수 엄니에 받히거나 도적의 칼이 내 목에 닿는 것도 불법 수행의 한 가지가 아니겠어? 잘못되어 목숨을 잃는다 해도 이렇게 번뇌하며 고통스럽게 사는 것보다는 나을 것 같아. 게다가 듣자 하니 도성은 여기에서 고작 이십 리 길이니 아침 일찍 산을 내려가면 점심 조금 지나서 돌아올 수 있대. 도성까지 가기에 너무 멀 것 같으면 산 아래의 주막에라도 가면 여자를 볼 수 있다고 했어. 딱 한나절만 스님이 모르시게 하면 내 바람이 이루어질 거야. 나중에 들통나더라도 깨달음의 길을 가로막는 의혹을 풀 수만 있다면 스님도 틀림없이 기뻐하실 거야. 구슬동자가 염려해주는 것은 고맙지만, 이제 말리지 마. 난 마음을 굳혔어."

천손은 발 아래에 펼쳐진 비와코 호수 위의 새벽 안개를 헤치고 솟아오르는 해를 바라보며 구슬동자의 어깨에 손을 올리고 단호하게 말했다.

"오늘이 다시없는 좋은 기회야. 지금 나서면 한낮 조금 지나 돌아올 수 있어. 무사히 돌아오면 저녁에는 속세의 재미있는 이야기를 들려줄게, 기다려."

그러자 구슬동자가 울음을 터뜨렸다.

"정 그러면 나도 데리고 가. 한나절 여행이니 아무 일 없이 돌아오면 다행이지만, 행여 형에게 무슨 일이라도 생기면 또 어느 세상에 다시 만날 수 있겠어. 목숨까지도 버리겠다는 형을 여기서 이렇게 보내는 몰인정한 사람이 될 수는 없어. 거기에, 큰스님께서 형 간 곳을 물으시면 내가 뭐라고 대답해? 어차피 야단 맞을 바에는 나도 함께 산을 내려갈 거야. 형에게 수행이 되는 일이라면 내게도 수행이 되는 일이 잖아?"

"아니, 아니야. 망상의 어둠에 갇힌 내 마음은 구슬동자의 가슴 속과는 눈과 먹물처럼 달라. 업경(業鏡)처럼 맑은 구슬동자는 일부러 위험을 무릅써가며 수행할 것까지 없어. 구슬동자에게 무슨 일이 생기면 더더욱 내가 큰스님을 뵐 면목이 없잖아. 재미있는 곳에 간다면야 두고 갈 리가 없지. 속세가 얼마나 추잡하고 끔찍한 땅인지, 운 좋게 살아서 돌아오면 나도 방황하는 꿈에서 깨어나고 구슬동자에게도 자세한 이야기를 들려줄 수 있을 거야. 그렇게 되면 구슬동자도 저절로 속세를 볼 뿐만 아니라 허깨비의 의미도 알 수 있을 거야. 그러니 잠자코 기다리고 있어. 만약 스님께서 찾으시거든 산길을 잘못 들어 나를 잃어버렸다고 말씀드려."

말을 마친 천손은 아쉬운 듯 구슬동자 곁으로 다가와 오랫동안 볼을 비볐다. 철들고 나서부터 한시도 떨어진 적이 없는 벗과 산에서 잠시나마 헤어지는 것이 힘들기도 하고 자랑스럽기도 했다. 그는 전쟁터에 처음 출정하는 병사처럼 흥분되었다. 진짜 죽을지도 모른다는 두려움과 공을 세워 개선하고픈 설렘이 작은 가슴에서 아우성쳤다.

그러나 이틀이 지나고 사흘이 지나도 천손은 돌아오지 않았다. 골짜기에라도 떨어져 죽은 게 아닐까 하고 동문들이 사방으로 나뉘어 산속을 빠짐없이 찾아보았지만 그의 모습은 보이지 않았다.

"스님, 제가 나쁜 짓을 저질렀습니다. 일전에 제가 스님께 거짓말을 했습니다" 하고 구슬동자가 큰스님 앞에 손을 짚으며 태어나서 처음으로 거짓말을 했노라고 참회한 것은 천손이 사라지고 나서 열흘이나 지난 뒤였다.

"요카와에서 돌아오던 도중에 천손을 잃어버렸다고 말씀드린 것은 거짓이옵니다. 천손은 이미 이 산에 없습니다. 아무리 천손이 부탁했다고 해도 거짓말을 한 것은 저의 잘못입니다. 제발 용서하시옵소서. 아아, 제가 왜 천손을 말리지 않았을까요."

구슬동자는 바닥에 엎드려 서글피 울며 몸부림쳤습니다.

자신이 형처럼 의지했던 천손동자는 지금 어디를 헤매고 있을까? 길가의 풀에 누워 이슬에 젖어 있을 것이다. 한나절이 지나면 돌아오겠노라고 다짐하던 말을 생각하면 무슨 변고가 일어났음이 분명했다. 더 이상 불필요하게 산속을 뒤지기보다는 속세를 구석구석 찾아보자. 그리하여 다행히 살아 있다면 한시바삐 구해내자. 구슬동자는 이렇게 결심하고 혼날 것을 각오하고 천손이 산을 내려간 동기를 숨김없이 스님께 털어놓았다.

"한 번 속세에 들어가고 나면 바다에 돌 하나 던진 것과 진배없다. 천손의 육신이 어찌 되었을지는 이제 알 바 없다."

스님은 동자에게 위엄을 보이려고 한층 더 눈을 꼭 감고 숨을 들이키며 깊은 생각에 잠기듯이 말했다.

"그렇지만 너는 망상에 사로잡히지 않고 용케 산에 남았구나. 나이는 어려도 너는 어릴 때부터 천손과는 그릇이 달랐느니라. 과연 피는 속일 수 없는 법⋯⋯."

천손동자는 돈 많은 백성의 자식, 구슬동자는 지체 높은 벼슬 집안의 혈통이다. 둘의 기량이나 품격이 비교될 때마다 이전부터 사람들이 '피는 속이지 못한다'고 쑤군대기는 했지만, 그런 말을 스님에게 직접 듣는 것은 오늘이 처음이었다.

"법문을 어기고 멋대로 산을 내려가다니 못된 놈이지만, 어리석은 짓을 저지른 죄로 험한 꼴을 당했을 것을 생각하면 불쌍하기도 하다. 지금쯤은 개에게 먹혔거나 도적에 끌려갔거나, 어쨌든 무사히 살아 있지는 못할 게다. 이제 이 세상에 없는 것으로 알고 명복이나 빌어주자. 그러니 너는 절대 번뇌를 일으켜서는 안 되느니라. 천손동자가 좋은 본보기니라."

스님이 영리하게 생긴 구슬동자의 동글동글한 눈을 들여다보며 참으로 영리한 아이라고 말하듯 등을 어루만졌다.

그때부터 구슬동자는 스님의 옆방에서 혼자 자야 했다. 헤어질 때 "곧 돌아올게" 하고 사람 눈을 피해 일부러 야세 쪽으로 험한 산길을 타고 내려간 천손동자의 뒷모습이 밤이면 밤마다 꿈속에 나타나 점점 작아지며 멀어지다가 사라졌다. 목숨을 부지하기 어려울 게 뻔했으니 무리해서라도 끝까지 말려야 했었다. 이제 와서 생각해보면 자신에게도 죄가 있었다. 그러나 그때 자신이 함께 가서 입었을 화를 생각하면 그는 스스로의 행운을 축복하지 않을 수 없었다.

"내게 부처님의 가호가 있으니 이런 일도 일어나는 것이다. 앞으로는 영원히 큰스님의 가르침을 받들고 나중에 큰덕을 쌓은 대사가 되어 꼭 천손동자의 명복을 빌어주어야겠다."

구슬동자는 마음속으로 수없이 맹세했다. 자신이 정말 스님에게 칭찬받을 만큼 뛰어난 기량이 있다면 어떤 고난과 고행도 견디고, 나아가서는 우주만물의 이치도 깨쳐 부처님의 뜻을 깨닫고 싶었다. 이런 생각만으로도 그의 머릿속에는 믿음의 불꽃이 활활 타오르는 듯했다.

그러다 가을이 되었다. 천손이 산을 내려간 지 벌써 반년이 흘렀다. 온 산을 뒤덮던 매미 소리가 쓰르라미의 구슬픈 울음소리로 바뀌고, 이제 곧 나뭇가지 끝이 노랗게 물들기 시작할 무렵이었다. 어느 날 구슬동자가 저녁 예불을 마치고 문수누각 앞의 돌계단을 내려가려는데,

"여기 보오. 당신이 구슬동자요?" 하고 주변을 살피며 돌계단 위에서 소리를 낮추어 부르는 자가 있었다.

"저는 야마시로 땅의 후카쿠사에서 주인님 심부름으로 동자를 뵈러 왔습니다. 이 글을 동자께 직접 전하라는 분부를 받았습니다."

남자가 누각 문 뒤에 몸을 숨긴 채 소맷자락에 숨겨두었던 접은 종이를 무슨 사연이 있다는 듯이 얼핏 보여주고 연신 머리를 조아려 절을 하면서 손짓으로 구슬동자를 불렀습니다.

"이렇게 말로만 들어서는 잘 모르시겠지요, 자세한 사정이 여기에 적혀 있습니다. 이 글은 가급적 사람 눈에 띄지 않게 읽으세요. 그리고 꼭 동자의 답을 듣고 오라는 주인님의 분부가 있었습니다."

구슬동자는 남루한 하인 옷차림을 하고 스무 살 남짓에 수염을 조금 기른 남자 얼굴을 수상쩍다는 듯이 지켜보다가

문득 받아 든 종이를 보더니,

"아, 천손동자 글이다" 하며 엉겁결에 소리쳤다. 목소리를 낮추라는 손짓을 하며 남자가 말을 이어갔다.

"그렇지요? 아직 기억하시는군요. 이 글을 쓰신 분이 당신과 가까이 지내던 천손동자, 지금의 제 주인입니다. 올봄에 산에서 내려오자마자 사람을 팔아먹는 장사꾼에게 걸려들어 오랫동안 힘든 일을 당하셨습니다만, 아직 운이 다하지 않으셨던 모양입니다. 두 달쯤 전에 후카쿠사의 부잣집에 하인으로 팔려간 것이 인연이 되어 그 집 따님이 천손님의 자상한 모습에 반해 천손님은 지금 부잣집의 사위로 무엇 하나 부족함 없이 지내고 계십니다. 그래서 언젠가 약속하신 대로 속세의 모습을 당신에게 알리고자 이 글을 보내신 겁니다. 속세는 결코 산에서 상상하는 것처럼 허황된 곳도 아니고 무서운 곳도 아닙니다. 여자라는 것은 맹수나 구렁이에 비할 바가 아니라 벚꽃처럼 화사하고 부처님처럼 다정한 존재라는 내용이 소상히 적혀 있을 겁니다. 천손님은 부잣집 딸뿐만 아니라 수많은 여자에게 사랑을 받아 오늘은 간자키, 내일은 가니시마와 에구치 하는 식으로 여기저기를 번갈아 다니며 스물다섯 보살보다도 어여쁜 기생들에 둘러싸여 봄날에 산과 들에 하늘거리는 나비처럼 즐거운 세월을 보내시고 계십니다. 속세가 이토록 즐거운 곳인 줄도 모르고 외롭게 살아가실 당신을 생각하면 불쌍하기 그지없으니, 가능하오시면 살짝 후카쿠사에서 만나 옛정을 나누고 싶다는 주인님의 말씀이 있으셨습니다. 제가 뵙기에도 당신은 천손님보다 더 아름답고 사랑스러운 동자이신데 이렇게 산 속에서만 지내기는 너무 아깝습니다. 당신 같이 잘생긴 분이 세상에 나오면 모든 사람이 당신을 이야기하고 사랑할 것입니다. 제 말씀이 거짓일지 아닐지는 우선 이 글을 읽어 보세요. 그리고 부디 저와 함께 후카쿠사로 가시지요. 저는 이제부터 오미 땅의 가타다 포구를 건넜다가 내일 새벽녘에 다시 여기로 돌아오겠습니다. 그때까지 잘 생각하시어 마음을 정하시면 아무도 알아채지 못하도록 이 누각 아래에서 저를 기다리십시오. 절대로, 절대로 나쁜 일은 없습니다. 당신을 데리고 돌아가면 주인님께서 얼마나 기뻐하실까요."

이렇게 말하며 싱글벙글 웃고 있는 남자가 구슬동자는 까닭 없이 무서웠다. 반년 만에 뜻하지 않게 벗의 소식을 접한 기쁨을 제대로 맛보지도 못하고 자신의 일생의 운명이 걸린 중대한 문제에 갑작스레 봉착한 그는 한동안 숨이 막히고 눈앞이 캄캄해지고 몸이 부들부들 떨리면서 꼼짝도 못하고 그대로 서 있기만 했다.

"그 뒤에 일어난 수많은 일들을 어디부터 쓰고 어디를 쓰지 말아야 할지 모르겠소. 내 발로 산을 찾아가 참으로 오랜

만에 얼굴을 마주하고 직접 들려주고 싶건만, 이미 규율을 어긴 몸이 되어 깨달음의 높은 봉우리에 올라갈 수 없고 가르침의 깊은 골짜기도 범접하기 어렵게 되었으니…….”

이렇게 시작되는 편지의 끝을 쥔 채 구슬동자는 아직도 믿기지 않는다는 듯이 그저 건성으로 글을 군데군데 황급히 읽어내려 갔다.

“한나절 지나 돌아가겠다고 해놓고 이렇게 지내는 동안에 필시 내게 속았다고 생각하셨을 텐데, 아무리 생각해도 안타깝고 괴롭기 그지없소. 그럴 마음은 추호도 없었소. 그날 저녁에 승방에 돌아갈 셈으로 기라라 고개에 접어들 무렵, 갑자기 어두운 숲 속에서 사람들이 튀어나와 입을 틀어막고 눈을 가리더니 나를 들쳐 메고 어디론가 가기에 부처님의 벌을 받아 생으로 삼도팔난(三塗八難)을 당하는 줄 알았소” 하는 점잖은 문구도 있는가 하면, 아주 대담하게 “얼씨구, 좋구나 좋아” 하는 말을 하면서 신이나 부처님까지도 무시하는 듯한 구절도 보였다.

“절씨구, 좋구나 좋아. 속세는 꿈도 아니고 허깨비도 아니고 실로 극락정토를 보여주는 천국이오. 오늘의 천손에게는 일념삼천(一念三千)의 법문이나 삼제원융(三諦圓融)의 수행도 더 이상 필요 없소. 고행자보다는 번뇌하는 범부들이 훨씬 기쁘고 즐겁소. 결코 속이려는 게 아니오. 하루바삐 마음을 바꾸어 산을 내려오시기 앙망하오.'"

이것이 정녕 그 천손동자의 말인가? 그토록 신심이 깊었던, 번뇌라는 두 글자를 저주하고 또 저주하던 천손동자가 하는 말인가? 편지 전체에 차고 넘치는 모독적인 언어와 묘하게 들떠 있으면서 은근히 사람을 압박하는 듯한 분위기가 구슬동자의 가슴에 강한 반감을 자아냈지만, 한편으로는 오랫동안 머릿속에 잠들어 있던 속세에 대한 호기심도 그만큼 뭉게뭉게 피어올랐다.

"내일 아침까지도 좋으니 충분히 생각해두십시오. 굳이 말씀드릴 필요도 없겠지만, 절대 다른 사람과 상의해서는 안 됩니다. 이 산의 중들이 하는 말은 모두 새빨간 거짓말입니다. 이 세상을 포기하게 만들려고 당신처럼 죄 없는 동자를 적당히 위로하는 말들입니다. 어쨌든 이 편지를 천천히 읽으시고 나서 스스로 잘 판단하십시오. 아시겠지요?"

남자가 구슬동자의 표정에 나타난 망설이는 기색을 눈치채더니 부추기듯 말했다. 그리고 바쁘다는 듯이 두세 번 고개를 살짝 숙여 보이더니 돌계단을 후다닥 뛰어내려갔다.

그런 뒤에도 구슬동자는 한동안 몸을 떨고 서 있었다. 사내는 순결하고 올곧은 소년에게 감당하기 어려운 커다란 짐을 지우고 떠났다. 내일 아침 내놓을 답에 자신의 장래가 달려 있다. 지금까지 그런 중대한 일이 자신의 손에 맡겨진 적이 없었다. 생각만 해도 후들거리는 몸을 진정할 수 없었다.

날이 어두워지고 나서도 구슬동자는 마음이 진정되지 않아 자신에게 닥친 문제를 따져볼 수 없었다. 뇌리는 불안과 흥분에 지배되어 있었다. 뛰는 가슴을 좀 더 가라앉히고 나서 편지를 읽고 싶었다. 오랫동안 덮여 있던 '여자'의 비밀을 들춰내며 이곳저곳에 경이로운 소식을 늘어놓은 불가사의한 편지를 책상 위에 올려놓고 그는 명상에 잠기며 염불을 외웠다. 그리운 친구가 보낸 소식이기는 하지만 이날까지 일심전력으로 오로지 불도만을 수행하였고 이제는 그 연(緣)을 따라 공덕을 쌓으려는 참에 별안간 마음을 뒤흔드는 편지가 원망스럽기도 하고 화도 났다.

'읽으면 혼란이 일어날 거야. 차라리 태워버릴까?'

그러면서도 한편으로는 '이런 일에 흔들릴 정도로 약한 내가 아니다'라며 스스로의 비겁함을 비웃고도 싶었다. 자신의 마음이 흔들리든 흔들리지 않든 모두 부처님의 뜻이다. 속세가 허상이 아니라는 천손동자의 말을 과연 어디까지 믿을 수 있을까? 그 말이 나를 어디까지 유혹할 수 있을까? 그런 유혹도 견디지 못할 정도라면 자신은 이미 부처님에게 버림받은 것이나 마찬가지라며 수시로 고개를 처들고 다가오는 호기심이 그에게 이런저런 변명거리를 지어내게 만들었다.

"……본디 여인의 부드러움과 아름다움은 그림이나 글로도 다 설명하기 어렵고 무엇에 비유하거나 비교하여 말할 수도 없소. ……어제도 요도 포구에서 배를 띄워 에구치라는 곳으로 가는 도중에 강가의 이 집 저 집에서 수많은 논다니들이 삿대를 저으며 모여드는데, 대세지보살(大勢至菩薩)이 강림하신 것인지 양류관음(楊柳觀音)이 모습을 보이신 것인지 알 수 없어 너무도 기쁘고 감사해 내가 배 안을 돌며 노래를 불렀소. 그러자 저마다 노래 한 곡조 들려 달라고 조르던 차에 논다니 하나가 뱃전을 두드리며 "번뇌에 찌든 세상보다야 번뇌 없는 깨끗한 세상~ 석가도 출가하기 전까지는 여자를 알았다네~" 하는 노래를 부르고 또 부르며 즐겁게 놀았다오……."

그 앞뒤의 문장은 천손이 혼신의 힘을 다해 구슬동자의 구도심을 흔들려는 듯한 투였다. 세상에 태어난 지 16년 만에 속세라는 것을 처음 본 젊은이의 무한한 환희와 찬탄을 편지에서 마음껏 외치고 있었다. 어느 대목에서는 우쭐거리고, 어느 대목에서는 자신을 속인 스님을 탓하고, 또 어느 대목에서는 옛날과 변함없는 우정을 맹세하면서 어릴 때부터 함께 자란 구슬동자에게 산에서 내려오라고 권유했다. 구슬동자는 불경의 어느 구절이나 다른 어떤 글에서도 이 편지에서와 같은 강렬한 인상을 받은 기억이 없었다.

"십만억토(十萬億土) 저편에나 있으리라 여겼던 극락정토가 바로 이 산자락에 있다. 그곳에는 살아 있는 보살이 무수하게 있어 내가 가면 언제라도 반겨준다."

이 놀라운 사실은 이제 더 이상 의심할 여지가 없다. 천손이 편지에는 빠뜨렸겠지만 그곳에는 틀림없이 가릉빈가(迦陵頻伽)나 공작이나 앵무새가 지저귀고 있을 것이다. 옥으로 된 누각이나 금은과 붉은 구슬로 덮여 있는 계단이 기다랗게 이어져 있을 것이다. 구슬동자의 눈앞에 순식간에 동화 같은 멋진 공상의 세계가 펼쳐졌다. 그토록 즐거운 세상으로 내려가는 일이 어째서 도를 깨치는 데에 방해가 된다는 말인가? 스님은 왜 그 세계를 경멸하고 우리를 그 세계에서 떼어 놓으려 할까? 그는 유혹을 이겨내기 이전에 이겨내야 하는 이유를 알고 싶었다.

구슬동자는 어둑한 등잔불 아래에 편지를 펼쳐놓고 읽고 또 읽으며 날이 샐 때까지 생각에 잠겼다. 자신이 가진 지식과 이해력의 최대한의 범위에서 편지에 적힌 사실을 부인할 만한 그 무엇을 찾아내려고 몸부림도 쳐보았다. 스스로도 대견하다고 할 만큼 양심의 소리에 귀를 기울여 부처님께 구원해달라고 빌어도 보았다. 그리하여 결국, 결심을 주저하게 만드는 최후의 걸림돌은 단지 살기에 익숙해진 승방 생활에 대한 미련, 그리고 스님의 훈계가 강요하는 맹목적인 외경뿐이라는 사실을 그는 깨달았다.

이 두 가지가 그의 마음을 의외로 집요하게 붙들고 있었다. 그가 산을 내려가지 않으려면 이 두 감정을 최대한 고조시키는 방법밖에 없었다.

'너는 천손동자의 말은 믿고 부처님이나 스님의 가르침은 믿지 않느냐? 불경스럽게 부처님과 스님을 거짓말쟁이라고 할 참이냐? 그러면 그게 끝일 것 같으냐?

이렇게 소리 내어 자신에게 물어보기도 했다. 천손동자의 말에 따르면 속세는 분명 재미있는 곳이다. 하지만 그런 재미에 이끌려 14년 동안 쌓아 올린 굳은 신앙을 하루 아침에 팽개쳐버려도 되겠는가? 자신은 오래 전부터 모든 고행과 고난을 견디겠노라고 맹세하지 않았던가? 현세에서 쾌락을 맛본다 한들 그 때문에 부처님께 벌을 받아 내세에서 지옥에 떨어진다면 고통이 열 배, 스무 배 더 크지 않은가?

'피는 속일 수 없는 법……'

불현듯 구슬동자의 뇌리에 이 문구가 떠올랐다. 자신과 천손동자는 태어날 때부터 근본이 다르다. 자신에게는 부처님의 가호가 함께한다. 지금 운 좋게 자신에게 '내세의 응보'가 떠오른 것도 부처님의 가호 덕분이다. 내세란 것이 분명히 존재하는데 어떻게 부처님의 벌을 무서워하지 않을소냐. 우리의 내세를 위해 스님이 쾌락을 멀리하라고 했던 것이다. 천손동자는 믿지 않았던 모양이지만 나는 끝까지 내세를 믿고 부처님의 벌을 믿어야겠다. 그래야 비로소 근본이 다르다고 말할 수 있지 않은가? 스님이 나를 칭찬한 것도 이런 점을 두고 하는 말이 아니겠는가?

이런 생각이 마치 하늘의 계시인양 구슬동자의 뇌리에 박혔다. 처음에는 번갯불처럼 머리를 때리더니 점차 바다의 파도처럼 출렁이다 전신으로 번져나가면서 구슬동자의 혼을 적셨다. 상쾌하고 낭랑한 음악에 취한 것 같은 그 심경은 삼매경에 빠져든 수행자가 아니면 맛보지 못할 고귀한 종교적인 감격 같았다. 구슬동자는 자신도 모르게 합장을 하고 눈에 보이지 않는 부처에게 절을 했다. 그리고 마음속 깊이 되뇌었다.

'잠시나마 이생의 영화에 마음을 뺏겨 내세의 복을 버리려던 어리석은 죄를 부디 용서하소서. 앞으로 다시는 오늘 같은 불경한 잡념을 품지 않겠습니다. 부디 용서해주소서.'

어떤 일이 있어도 자신은 사람의 유혹에 넘어가지 않겠다. 천손동자가 현세의 쾌락에 빠지겠다면 혼자서 얼마든지 빠지라지. 그래서 내세에는 무간지옥(無間地獄)에 거꾸로 떨어져 영원히 고통을 당하라지. 그때야말로 극락정토의 높은 곳에 올라 그가 울며 부르짖는 모습을 내려다 보아야지. 더이상 무슨 말을 들어도 자신의 신념은 흔들리지 않는다. 자신은 위기일발의 순간에 멈추었다. 이제 안심이다. 이제 확실하다.

구슬동자가 이렇게 결심하는 순간에 긴 가을 밤이 훤하게 밝아오며 새벽 예불의 종소리가 낭랑하고 길게 울렸다. 그는 평소보다 몇 배나 긴장하여 방금 눈을 뜨신 듯한 큰스님 방에 정중하게 문안 인사를 올렸다.

천손동자의 심부름꾼이 그날 아침 여섯 시경에 문수누각의 돌계단 언저리에서 기다리고 있자니 약속했던 대로 구슬동자가 찾아왔다. 그러나 동자의 답은 예상과 달랐다.

"속세가 재미는 있겠지만 내게 사정이 좀 있어 산을 내려가지 않겠다. 내게는 여자의 정보다도 역시 부처님의 은혜가 더 감사하다"고 말했다. 그리고 품 속에서 어젯밤의 편지를 꺼내며 "나는 이 세상에서 고생을 하고 그 대신 다른 세상에서 안락하게 지낼 거라고 천손께 전해달라. 이 편지를 가지고 있으면 마음이 흔들릴 테니 이 편지도 마저 가져가라"고 덧붙였다.

심부름꾼이 이해할 수 없다는 듯이 눈을 깜빡거리다가 뭐라고 말을 꺼내려 하는 사이에 구슬동자가 황급히 편지를 땅바닥에 내던지고 뒤도 돌아보지 않고 승방 쪽으로 모습을 감추었다.

겨울이 되었다.

"이제 너도 내년이면 열다섯이다. 천손동자의 일도 있고
하니 봄이 되면 서둘러 출가토록 하거라."

큰스님이 구슬동자에게 말했다.

그러나 오랜 친구가 보낸 소식에 한번 흔들릴 뻔했던 그
의 마음을 그때의 결심으로 눌러 두고는 있었지만 그런 평
정이 계속될 수는 없었다. 그의 가슴에도 동트는 새벽처럼
번뇌가 조금씩 빛을 발하기 시작했다. 과거에 천손동자를
괴롭혔던 망상의 의미가 그에게도 조금씩 이해되었다. 꿈
속에 여자가 보이고 천손동자가 그랬듯이 그도 경내의 보살
상에 현혹되었다. 천손동자의 편지를 돌려준 일이 후회스러
울 정도였다. 어떤 때는 후카쿠사에서 그 심부름꾼이 한번
더 오지 않을까 하고 기다리는 날도 있었다. 그는 스님의 얼
굴을 마주하기가 두려웠다. 그러면서도 아직도 '부처님의
명호(冥護)'를 믿고 있던 구슬동자는 천손동자처럼 무분별하
게 행동하려 하지 않았다.

그가 어느 날 스님 앞에서 합장을 하고 이렇게 말했다.

"스님, 제 어리석음을 불쌍히 여기소서. 이제는 저도 천손
동자를 비웃지 못할 인간이 되고 말았습니다. 부디 제게 번
뇌의 불을 끌 수 있는 길을, 여자의 환상을 지울 방법을 알려
주시옵소서. 해탈의 문으로 들어가기 위해서는 어떠한 힘든

수행도 마다하지 않겠습니다."

"내게 그런 참회를 하다니 참으로 훌륭한 마음가짐이로다. 기특한 동자로구나" 하며 스님이 칭찬을 하고 나서, "그런 사악한 마음이 준동하면 오로지 부처님의 자비에 매달리는 방법밖에 없느니라. 이제부터 스무하루 동안 하루도 거르지 말고 찬물을 끼얹고 법화당에 들어가 기도를 올리거라. 그리하면 공덕을 입어 불경한 환상에서 벗어날 수 있을지니라" 하고 일러주었다.

그리하여 그 이튿날부터 기도를 시작하여 스무하루째 날이 되는 마지막 날 밤이었다. 연일 이어진 기도에 지쳐 구슬동자가 법화당 기둥에 기대어 졸고 있는데 꿈속에 귀인의 형상이 나타나 그의 이름을 계속 부르는 것 같았다.

"내가 너에게 이르노라. 너는 전생에 천축의 어느 왕을 모시던 사람이었다. 그때 그 성에 아름다운 여인이 하나 있어 너를 깊이 사모하였다. 그러나 너는 그때부터 구도심이 견고하여 정욕에 빠지지 않는 인간이었기에 여인이 더 이상 너를 유혹할 수 없었다. 너는 여인의 향기와 빛깔을 떨쳐낸 선행을 쌓은 덕에 지금 세상에서는 스님의 가르침을 받고 자라며 은혜로운 지식을 배우는 몸이 되었지만, 너를 사모하던 여인은 아직까지 너를 잊지 못하고 모습을 바꾸어 이 산에 살고 있다. 네가 여인의 환상에 고통을 받고 있다면 그 여자를 만나보거라. 그 여자는 너를 유혹하려 한 죄로 지금 세상에서는 금수로 태어났지만 신령한 곳에 둥지를 틀고 아침저녁으로 불경을 들은 덕분에 내세에는 극락정토에 태어날 것이니라. 그리하여 드디어 극락의 연화 위에서 너와 함께 은은한 보살의 상을 띄우고 삼라만상을 관장하는 부처님의 광명을 받을 것이다. 그 여자가 지금 홀로 이 산의 샤카가 봉우리에서 손에 상처를 입어 죽어가고 있다. 한시바삐 그 여자를 만나거라. 그리하면 그 여자가 너보다 먼저 아미타 나라에 가서 보이지 않게 너의 불심을 도와줄 것이니라. 너의 망상은 이제 흔적도 없이 사라질 것이로다. 나는 너의 믿음이 너무 기특하여 보현보살(普賢菩薩)의 사자가 되어 도솔천에서 내려왔느니라. 너의 신앙이 오래도록 흔들리지 않게 이 수정염주를 주겠노라. 내 말을 결코 의심치 말지어다."

구슬동자가 화들짝 정신을 차렸을 때 이미 노인의 모습은 온데간데 없고 그의 무릎 위에는 수정염주가 아침이슬처럼 영롱하게 빛나고 있었다.

12월도 끝자락에 접어든 이른 아침의 살을 에는 찬 바람 속에 샤카가 봉우리를 오르는 일이 나이 어린 동자에게는 스무하루 동안의 찬물 목욕재계보다 더 힘든 고행이었다. 그러나 삼세(三世)에 걸쳐 인연을 맺고 있는 여인의 현세 모습을 보고 싶은 마음에 험준한 산길을 정신 없이 올라가는 구슬동자는 조금도 힘들지 않았고, 그 무엇도 장애가 되지 않았다. 도중부터 흩날리던 솜 같은 눈송이조차도 그의 한결같은 의지와 정열을 불태우는 장작에 지나지 않았다. 하늘도 땅도 골짜기도 숲도 순식간에 은색으로 뒤덮여가는 곳에서 그는 몇 번이고 넘어지면서 앞으로 나아갔다.

정상에 이르렀을 무렵이었다. 휘몰아치며 내리는 눈 속에 눈보다 더 새하얀, 한 덩어리의 눈의 요정 같기도 한 이름 모를 새 한 마리가 보였다. 날개에 커다란 상처를 입고 점점이 선홍색 꽃을 흩뿌리듯 피를 떨구고 땅을 구르며 신음하고 있었다. 그 모습이 눈에 들어오자 구슬동자는 단숨에 달려가 병아리를 감싸는 어미 새처럼 두 팔로 그녀를 꼭 끌어안았다. 그리고 온 산을 뒤덮는 거대한 폭풍 속에서 나무아미타불을 소리 높여 외우며 손에 들고 있던 수정염주를 그녀의 목에 걸어주었다.

구슬동자는 그녀보다 자신이 먼저 얼어 죽을 것 같았다. 그녀를 덮어주듯 구슬동자가 얼굴을 묻고 있었다. 구슬동자의 장난감처럼 작고 가여운 머리 위로 눈인지 새의 깃털인지 알 수 없는 무엇이 자꾸만 쌓였다.

그리운 어머니

그 옛날을 그리는 두견새런가

유즈루하 미노이 하늘을 울며 날아가네

　　　　　　　　　　　　　　─ 만엽집

……하늘이 잔뜩 흐리고 달은 구름 속에 잠겨 있는데도
도대체 어디서 빛이 나오는지 바깥이 훤하다. 그 빛은 밝다
고 생각하면 제법 밝아서 길 위의 작은 돌멩이도 훤히 보이
지만 먼 곳을 잘 보려고 하면 왠지 눈앞이 안개처럼 뿌예지
고 어리어리해지는 환영처럼 신비로운 빛이다. 인간세상에
서 아주 멀리 떨어진 어느 무궁(無窮)한 땅이 생각나는 빛이
다. 기분에 따라서는 칠흑 같은 밤도 되고 달밤도 될 것 같
은 빛이다. 그렇게 희뿌연 곳에 더 새하얀 길 한 가닥이 내
가 가는 방향으로 곧게 나 있다. 길 양편에 하늘로 끝없이

솟은 커다란 소나무가 가끔 왼편에서 불어오는 바람 때문에 쏴 하고 솔가지 스치는 소리를 낸다. 이상하게 습하고 바다 내음이 물씬 풍기는 바람이다. 가까이에 바다가 있나 보다. 겨우 여덟 살이고 원래 겁도 많은 내가 이렇게 늦은 시간에 혼자 시골길을 걸으려니 너무 무섭다. 유모는 어디 간 거지? 내가 너무 보채서 집을 나갔을 거라는 생각이 들면서도 나는 어느 때처럼 무서워하지 않고 그 길을 계속 걸었다. 내 작은 가슴은 밤길을 걷는 무서움보다 훨씬 두렵고 더 큰 슬픔에 가득 차 있었다. 하룻밤 새 우리 집에 비운이 닥쳐, 우리 집…… 그토록 번화한 니혼바시의 한복판에 있던 우리 집이 이런 시골 변두리로 이사했다. 이런 일이 어린 내 마음에 형용키 어려운 슬픔을 안겨주었다. 내가 불쌍한 아이라는 생각이 들었다. 지금까지는 황금색 비단에 솜을 둔 번지르르한 옷만 입었고, 집 밖으로 나서기라도 하면 옥양목 버선에 돗자리로 덧댄 게타를 신었는데, 어떻게 이럴 수가 있지? 연극에서나 보던 각설이처럼 꾀죄죄하고 지저분해서 남 보기에도 창피한 꼬락서니지. 손과 발도 터지고 갈라져서 물에 뜨는 돌처럼 까칠해졌어. 그러고 보면 유모가 사라진 것도 이상할 게 없어. 이제 우리는 유모를 둘 만한 돈이 없는 거야. 유모는 고사하고 매일 어머니 아버지를 도와 일을 하잖아. 물을 지어 나르고, 불을 피우고, 마룻바닥에 걸레

질을 하고, 먼 곳으로 심부름 다니고, 쉬지 않고 일해야 하는 거야.

이제 비단그림처럼 예뻤던 닌교마치의 밤거리에는 다시 못 가는 걸까? 스이텐구 신사 앞의 시장 골목이나 가야바라초에 있는 약사여래님에게도 이제 놀러 못 가겠지? 그러고 보니 쌀가게 집 미이짱은 어떻게 지내고 있을까? 요로이바시에 사는 선장네 아들 데쓰코는? 떡집을 하는 신코나 신발가게 집 신지로, 그 녀석들은 지금도 몰려다니며 가키우치네 담배가게 집 2층에서 연극놀이를 하며 놀까? 이제 그 아이들과는 어른이 될 때까지 다시 만날 일이 없겠지. 이런 생각을 하면 분하기도 하고 한심하기도 하다.

그러나 내 가슴에 박혀 있는 슬픔은 이런 것 때문만이 아니다. 이 소나무에 비치는 달빛이 까닭 없이 슬프듯, 내 가슴에도 이유를 알 수 없는 슬픔이 끝없이 밀려온다. 왜 이렇게 슬픈 거지? 그리고 이렇게 슬픈데 왜 울지 않는 거지? 평소에 울보였던 내가 눈물 한 방울 흘리지 않는다. 슬픈 가락으로 가득 찬 샤미센[1] 소리를 들을 때처럼 맑고, 바닥이 비치는 깨끗한 물 같이 투명한 슬픔, 그 슬픔이 마음 깊은 곳 어딘가에서 밀려온다.

---

1   三味線: 세 줄로 되어 있는 현악기.

길게 늘어선 소나무 언덕 오른편이 처음에는 밭인 줄 알았는데, 걷다 보니 어느새 밭이 아니라 어떤 새까만 평면이 바다처럼 널따랗게 펼쳐져 있다. 그리고 그 평면 여기저기에 푸르스름한 것이 보였다 안 보였다 하며 펄럭거린다. 왼쪽에서 소금기 머금은 바닷바람이 불어올 때마다 그 푸르스름하게 펄럭대는 것이 더 아우성치면서 쭈글쭈글한 노인의 힘없는 기침 소리 같은 쉰 소리를 요란하게 낸다. 바다에 생겨나는 파도일 거라는 생각도 해보았지만, 그건 아니다. 바다가 그렇게 마른 소리를 낼 리가 없다. 어떻게 보면 악마가 허연 이빨을 드러내고 히죽거리는 것 같아서 나는 될 수 있는 대로 그쪽을 쳐다보지 않으려고 애썼다. 그런데도 기분 나쁘면 나쁠수록 더 보고 싶어져 결국 고개를 돌려서 보고 만다. 힐끔……. 힐끔……. 여러 번 보아도 정체를 잘 모르겠다. 쏴 하고 소나무를 스치는 바람 소리 사이사이에 서걱서걱 하며 우는 소리가 점점 내 귀를 때린다. 그러는 사이에 왼편의 소나무 언덕 너머 먼 곳에서 우르르 우르르 하는 진짜 바다 소리가 들려왔다. 틀림없이 파도 소리다. 바다가 우는 것 같았다. 바다 소리는 멀리 떨어진 부엌에서 맷돌을 돌리는 소리처럼 희미하지만 무겁고, 힘차고, 은은했다.

파도 소리, 소나무를 스치는 바람 소리, 서걱거리는 정체 모를 소리, 나는 도중에 우뚝 멈춰 서서 나를 향해 모여드는 모든 소리를 들어보았다. 그리고 다시 터벅터벅 걸었다. 논에 뿌린 건지 어디서 퇴비 냄새가 풍겨왔다. 뒤를 돌아보아도 앞과 똑같은 풍경이다. 소나무가 심어진 반듯한 길이 끝없이 나 있다. 어디를 보아도 사람 사는 집이 없다. 거기에, 벌써 1시간 넘게 걷고 있는데 지나가는 사람이 없다. 어쩌다 만나는 것이라곤 왼편으로 30~40미터쯤 떨어져 소나무 언덕과 나란히 서 있는 전신주뿐이다. 그런데 그 전신주도 아까 들었던 파도 소리처럼 윙윙대며 운다. 나는 전신주를 지날 때마다 다음 전신주를 목표 삼아 하나, 둘, 셋…… 하는 식으로 장난 삼아 헤아리며 걸어갔다.

서른, 서른하나, 서른둘…… 쉰여섯, 쉰일곱, 쉰여덟…… 이렇게 아마 일흔을 헤아렸을 것이다. 저 멀리서 불빛 하나가 깜박 하고 눈에 들어왔다. 자연히 내 목표는 전신주에서 그 불빛으로 바뀌었는데, 빛이 소나무 사이에서 어른거리며 사라졌다가 다시 보인다. 여기에서 전신주 10개쯤 떨어져 있는 것 같은데도 막상 걸어 보니 생각처럼 가깝지 않다. 10개는 고사하고 기둥 20개를 지나도 불빛은 아직도 멀리서 반짝인다. 호롱불 정도로 밝은데, 한곳에 가만히 멈추어 있는 것 같기도 하고 내가 걸어가는 속도로 내게서 멀어지는 것 같기도 하다.

그때부터 몇 분, 아니면 몇십 분이 지나자 드디어 그 불빛이 100걸음쯤 앞에 있었다. 호롱불 같았던 그 빛이 점점 커지고 환해져서 이제는 길가의 어둠을 대낮처럼 환하게 비추고 있다. 한참 동안 희멀건 지면과 검은 소나무가 눈에 익었던 나는 비로소 소나무 잎이 초록색이라는 것을 깨달았다. 그 불빛은 전신주에 매달린 아크등이었다. 가로등 바로 아래에 서서 땅바닥에 그림자를 떨구고 있는 내 모습을 이리저리 둘러보았다. 소나무 이파리 색깔마저 잊을 정도니 만약 내가 거기서 가로등을 만나지 않았더라면 정말 내 모습도 잊어버렸을 것이다. 이렇게 환한 빛 속에 들어와서 보니 방금 지나온 소나무 언덕이나 이제 가려고 하는 길이나, 내 주변 얼마간을 빼고 나면 모두 칠흑 같은 어둠이다. 이렇게 어두운 곳을 내가 혼자 지나왔다니 대견하다. 아마 그 깜깜한 곳을 걸을 때에는 혼만 남아 있었을 거다. 이렇게 밝은 곳으로 나올 때 육체가 다시 혼을 찾아왔을 것이다.

그때 문득, 오른쪽 어둠 속에서 아직도 그 서걱서걱 하는 쉰 소리가 나고 있음을 알았다. 어둠 속에서 하얗게 나부끼던 것들이 어슴푸레한 빛을 받아 아까보다 훨씬 더 음산해 보인다. 나는 크게 마음먹고 가로수 사이로 얼굴을 내밀어 그 펄럭거리는 물체를 자세히 쳐다보았다. 1분……
2분…… 한참을 그렇게 들여다보아도 정체를 알 수 없다. 내 발 밑에서 저 멀리 아주 깜깜한 곳까지 무수한 비늘 같은

것이 일시에 나타났다 순식간에 사라져 버린다. 너무도 괴
상해서 온몸에 소름이 돋는데도 오랫동안 뚫어져라 바라보
았다. 그러는 사이에 마치 조금씩 잊혀 가던 일이 기억에서
희미하게 되살아나듯, 혹은 어슴푸레 날이 새기 시작하듯
그 신비한 물체의 정체가 생각났다. 그 칠흑처럼 망망한 평
지는 오래된 연못이고, 거기에 수많은 연이 심어져 있던 것
이다. 그 연잎들은 진작에 시들어 지금은 바짝 말라붙었다.
바람이 불 때마다 그 잎들이 뒤쪽의 하얀 부분을 내밀고 사
각거리는 소리를 내면서 일제히 드러누웠던 것이다.

그렇긴 해도 연못이 정말 넓었다. 벌써 어디서부터 나를
무섭게 했던가! 앞으로 얼마나 더 계속될 건지 궁금하여 연
못 저편을 바라보았다. 연못과 연은 눈길 닿는 데까지 영원
히 영원히 이어져 저 멀리 잔뜩 흐린 하늘에 맞닿아 있다.
마치 폭풍우가 몰아치는 큰 바다를 보는 것 같다. 그런데 이
런 곳에 바다에 떠 있는 고기잡이 배의 불빛처럼 빨갛고 작
게 깜빡이는 불빛 한 점이 나타났다.

"아, 불이다! 그럼 누군가 사람이 살겠지. 사람 사는 집이
있으니 큰 마을도 나오겠지."

나는 다시 용기를 내어 가로등 불빛을 벗어나 어둠 속으
로 길을 서둘렀다.

10분쯤 걷자 불빛이 가까워졌다. 초가집 한 채가 있는데,

그 집 창문에서 빛이 나오는 것 같았다. 누가 살고 있겠지. 저 황량한 들판의 외딴 집에 어머니랑 아버지가 살고 있을지도 몰라. 저기가 우리 집 아닐까? 불 켜진 저 창문을 열면 나이 든 어머니와 아버지가 화톳불에 장작을 올리며 "이치로 왔구나, 심부름하느라 애썼다. 어서 불 옆으로 오렴. 밤길에 무서웠을 텐데, 착하기도 하지" 하고 등을 토닥여주지 않을까?

초가집 부근에서 길이 왼쪽으로 꺾이는지 길 오른편에 있는 그 집의 불빛이 마치 내가 걷고 있는 이 길의 막다른 곳에 있는 것처럼 보인다. 초가집의 바깥 장지문이 닫혀 있고 옆에 난 쪽문에는 삼 줄로 짠 포렴이 드리워져 있다. 포렴 사이로 새어 나온 부엌 불빛이 길가의 지면을 희미하게 비추며 길 건너편 큰 소나무 둥치까지 닿아 있다. 집이 가까워졌다. 부엌 안쪽에서 무엇을 씻는 소리가 난다. 처마 아래 조그만 창문에서 실 같은 연기가 피어올라 초가지붕 끝에 제비 둥지처럼 몽실몽실 뭉쳐 있다. 이 시간에 무얼 하는 거지? 이렇게 늦은 시간에 저녁밥을 차리는 걸까? 그런 생각을 하던 차에 구수한 된장국 냄새가 풍겼다. 생선도 굽는지 지글지글 소리를 내며 기름 눈는 냄새가 맛있게 났다.

"아, 내가 좋아하는 꽁치를 굽고 계시는구나. 맛있겠다."

갑자기 배가 고파졌다. 빨리 들어가서 어머니와 함께 꽁치와 된장국에 밥을 먹고 싶었다.

이제 바로 집 앞이다. 포렴 사이로 안을 들여다보니 역시 내가 생각했던 대로 어머니가 머리에 수건을 동여매고 아궁이 옆에 등을 돌리고 쪼그려 앉아 있다. 손에 부지깽이를 들고 매운 눈을 깜박거리며 아궁이에 후후 바람을 불어넣고 있다. 아궁이에 장작 몇 개가 타고 있고, 뱀 헛바닥처럼 불길이 솟아오를 때마다 어머니의 귀와 뺨이 어렴풋이 비친다. 동경에서 넉넉하게 살 때에는 손수 밥 한 번 안 지었을 텐데…… 힘드실 거다. 울쑥불쑥하게 솜을 둔 꾀죄죄한 저고리 위에 너덜너덜한 감색 조끼를 입은 어머니 등이 바람이 불어서 그런지 꼽추처럼 둥그렇게 부풀었다. 어느새 시골 할멈이 되어버렸다.

"어머니, 어머니, 저예요. 준이치 왔어요."

문 앞에서 소리쳤다.

그러자 어머니가 부지깽이를 가만히 내려놓고 무릎 위에 두 손을 짚더니 허리를 구부리고 천천히 일어섰다.

"네가 누구였지? 네가 내 자식이었더냐?"

고개 돌려 내게 말하는 목소리가 아까 지나쳐온 연못 위의 연잎보다도 더 쉬고 멀었다.

"그럼요, 예. 제가 어머니 자식입니다. 아들 준이치가 돌아왔어요."

하지만 어머니는 나를 물끄러미 바라보기만 할 뿐 아무 말이 없다. 머릿수건과 그 아래로 삐져 나온 백발 섞인 머리카락에 재가 수북하다. 볼이며 이마에도 주름이 깊게 패어 이제 완전히 늙었다.

"내가 오랜 세월 10년, 20년을 이렇게 자식 돌아오기를 기다렸다만…… 너는 내 자식이 아닌 것 같아. 내 자식은 훨씬 더 컸을 거야. 그래서 이제 곧 우리 집 앞을 지나갈 거야. 내게 준이치라는 아들이 없어."

"아, 그래요? 그럼 다른 집 할머닌가요?"

그러고 보니 그 할머니는 내 어머니가 아니다. 아무리 늙었다고 해도 내 어머니가 벌써 이렇게 나이 먹었을 리 없다. 그런데, 그럼 내 어머니 집은 대체 어디에 있는 거지?

"할머니, 어머니를 만나려고 이 먼 길을 끝에서부터 걸어 왔는데, 우리 어머니 집이 어디인지 할머니가 아셔요? 아시면 좀 알려주세요."

"어머니 집?"

할머니가 눈곱이 덕지덕지 하고 흐리멍덩하던 눈을 부릅 떴다.

"네 어머니 집을 내가 어떻게 알아?"

"그럼 할머니, 내가 밤길을 걸어서 배가 많이 고파요. 먹을 것 좀 주세요."

그러자 할머니가 못마땅한 표정으로 나를 위아래로 훑어보았다.

"나이도 어린 것이 참 뻔뻔하구나. 너한테 어머니가 있다니, 거짓말이겠지. 행색을 보아하니, 너 고아지?"

"아니, 아니에요, 할머니. 거지 아니에요. 멀쩡한 아버지도 있고 어머니도 있어요. 우리 집이 가난해서 옷이 더럽기는 하지만, 그래도 고아는 아니에요."

"고아가 아니면 집에 가서 밥 먹으면 되잖아. 여기에는 먹을 게 아무것도 없어."

"할머니, 여기 이렇게 많잖아요. 할머니, 방금 밥 지었지요? 그 냄비 속에 된장국도 끓고 있고, 또 생선도 굽고 있잖아요?"

"넌 정말 나쁜 아이다. 남의 집 부엌까지 엿보다니 정말 못된 아이로구나. 이 밥이랑 생선이랑 된장국은 말이야, 안됐지만 너에게는 안 줄 거야. 이제 곧 자식이 돌아오면 꼭 밥을 먹을 거 같아서…… 그래서 지어 놓는 거야. 세상에 둘도 없는 사랑스러운 자식 주려고 만들어 놓은 것을 왜 너 같은 아이에게 주겠어? 얘야, 여기 있지 말고 얼른 가거라. 난 할 일이 있어. 솥에 밥물이 넘치는데 너 때문에 눋는 냄새가 나잖아."

할머니가 싫은 표정을 지으며 매정하게 부뚜막으로 갔다.

"할머니, 할머니, 너무 그러지 마세요. 배가 고파 죽겠어
요."

그렇게 말을 해도 할머니는 등을 돌리고 일만 한다.

'별수 없네. 배고파도 참아야지. 어서 어머니한테 가야
지.'

나는 생각 끝에 포렴을 들추고 밖으로 나왔다.

거기서 왼쪽으로 굽어지는 큰길을 따라 조금만 가면 언
덕이 하나 나올 것 같다. 길은 언덕 기슭까지는 똑바로 하얗
게 나 있지만 그 너머는 여기에서 보이지 않는다. 이 큰길
가의 소나무 숲과 똑같은 까맣고 높다란 소나무 숲이 언덕
꼭대기까지 빽빽하게 우거져 있다. 어두워서 분명히 보이지
는 않지만 소나무에 스치는 바람 소리가 언덕 전체를 뒤흔
들고 있으니 그럴 거라는 생각이 든다. 언덕이 가까워지자
소나무 길은 언덕 기슭을 누비며 오른쪽으로 휘돈다. 고개
를 들어 하늘을 보려고 해도 울창한 소나무 가지에 가려 하
늘이 조금도 안 보인다. 머리 위에서는 쏴 하는 소나무 스치
는 바람 소리가 여전하다. 이제 나는 배고프다는 생각은 조
금도 없고 오로지 무섭기만 하다. 전신주가 윙윙대며 우는
소리와 연못에서 나는 바삭거리는 소리도 들리지 않고 지금
은 그저 바다의 굉음만이 땅을 흔들며 울부짖고 있다. 왠지
발이 땅에 닿지 않고 걸을 때마다 허공을 디딘다. 모랫길인

가 보다. 그렇다면 달리 이상할 것도 없지만 그래도 기분 나쁘다. 아무리 걸어도 제자리걸음을 하는 것 같다. 모랫길이 이렇게 걷기 힘든 곳인 줄 몰랐다. 그런데다 지금까지와는 달리 길이 구불구불하다. 자칫하면 소나무 숲으로 빠져들어갈 것 같다. 몸이 점점 더워진다. 이마에 식은땀이 흥건하고, 심장이 벌떡거리고, 가쁜 숨소리가 내 귀에 크게 들렸다.

고개를 숙이고 발 아래를 보면서 걷고 있던 내가 그때 문득 동굴 같은 좁은 곳을 벗어나 널찍한 곳으로 들어서는 듯한 기분이 들어 고개를 쳐들었다. 소나무 숲은 아직 끝나지 않았지만 저 멀리에 망원경으로 볼 때처럼 조그맣게 빛나는 작은 것이 있다. 그것은 등불이 아니라 은빛처럼 날카롭고 차가운 빛이었다.

"아, 달이다, 달이다. 바닷물에 달이 떠 있구나."

때마침 눈 앞의 소나무들이 듬성듬성해지면서 만들어낸 창문 같은 틈새 저편에서 교교한 은빛이 은비단처럼 반짝거린다. 내가 걷고 있는 이 길은 어둡지만 저쪽 바다 위의 하늘은 구름이 갈라져 달빛이 쏟아지나 보다. 그러는 사이에 바다가 더욱 반짝거리더니 이곳 깊은 소나무 숲까지 눈부시다. 반짝반짝 쉴새 없이 빛을 보내면서도 왠지 바닷물이 용솟음치며 포효하는 것 같다.

바다부터 하늘이 개어와 내가 걷고 있는 이곳 언덕 위의 숲길도 점차 밝아온다. 푸르스름한 달이 내 머리 위의 솔잎을 생긴 그대로 찍어낸다. 언덕의 형체가 조금씩 왼쪽으로 멀어져 가더니, 어느결에 끝도 없이 아득한 바다가 펼쳐진 곳에 내가 서 있다.

"아아, 정말 멋지다!"

황홀해서 한참을 거기에 서 있었다. 내가 걸어온 길은 하얀 파도가 부딪히는 해안을 따라 한없이 이어져 있다. 여기가 미호노마쓰바라(三保の松原) 소나무 언덕일까? 아니면 다고노우라(田子の浦) 포구나 스미노에노기시(住江の岸) 강가나 아카시노하마(明石の浜) 해변일까? 아무튼 멋진 엽서에서 본 적이 있는 옆으로 드러누운 소나무 가지가 길가 여기저기에 선명한 그림자를 땅에 새기고 있다. 내가 서 있는 길과 일렁이는 파도 사이에 있는 눈처럼 새하얀 모래사장은 달빛이 구석구석 환하게 비춰주기 때문에 굴곡져 보이지 않고 평평해 보인다. 그 뒤로는 널따란 하늘에 걸린 둥근 달과 수평선 끝까지 펼쳐진 바다 말고는 아무것도 눈에 들어오지 않는다. 아까 숲 속에서 보았던 것은 그 달 바로 아래에 환하게 달빛이 쏟아진 부분이다. 그곳 바다는 그냥 빛나기만 하는 게 아니라 빛나면서 실타래처럼 휘도는 것을 알 수 있다. 아니 휘돌기 때문에 더 빛난다고도 할 수 있다. 그곳이 바다의 중심이니 거기에서 바닷물이 소용돌이를 일으키려고 바다 한쪽을

102

부풀렀는지도 모른다. 아무튼 그 부분을 중심으로 하여 바다가 정말 부풀어 올랐다. 부풀어 오른 곳이 사방으로 퍼져 가면서 달빛은 물고기 비늘처럼 자잘하게 부서지기도 하고 일렁이는 잔물결 속에 뒤섞여 반짝거리기도 하며 조용히 해변으로 밀려온다. 그 빛들은 뭍에 부딪히고 나서 가끔씩 백사장을 타고 올라오는 물에도 섞여 있다.

어느 틈에 바람이 잦아들고 그토록 울부짖던 소나무 가지들도 잠잠해졌다. 해변으로 밀려드는 파도조차도 이 달밤의 적막을 깨지 않으려는 듯 멀리서 희미하게 속삭이는 소리만 들려 준다. 그 속삭임은 마치 여인의 흐느낌이나 게가 등껍질 사이로 뱉어내는 거품처럼 스러지듯 희미하면서도 영원히 그치지 않고 이어질 슬픈 노래처럼 들린다. 그 소리는 '소리' 라기보다 차라리 '침묵' 이라서 이 밤의 이 정적을 한층 더 신비스럽게 만들어주는 음악이다.

이런 달을 보면 누구라도 '영원' 을 생각할 것이다. 내가 아이다 보니 영원이라는 명확한 관념이 없었지만 뭐랄까, 거기에 가까운 감정이 가슴에 가득 차오르는 느낌이 들었다. 이런 광경을 어디선가 본 적이 있다. 그것도 한 번이 아니라 몇 번이나 보았다. 내가 이 세상에 태어나기 이전의 일인지도 모른다. 전생의 기억이 지금 되살아난 건지도 모른다. 아니면, 진짜 세상이 아니라 꿈속에서 본 걸까? 꿈속에서 여기와 똑같은 풍경을 여러 번 본 듯한 기분이 든다. 그렇다, 꿈에서 보았다. 몇 년 전에도 보았고 바로 얼마 전에도 보았다. 그리고 그 꿈 같은 풍경이 실제로도 세상 어딘가에 존재할 거라는 생각을 했다. 이 세상에서 언젠가 한번은 그 풍경과 마주칠 것이다. 꿈이 내게 그것을 암시하였으며, 그 암시가 지금 현실이 되어 내 눈앞에 나타난 것이다.

파도까지 소리 없이 밀려오니 나도 할 수만 있다면 소리를 내지 않고 도둑고양이처럼 살금살금 걷고 싶었다. 그런데 어떻게 된 셈인지 나도 모르게 흥분하여 해안선을 따라 나 있는 길을 허둥지둥 도망치듯 걸었다. 주변이 너무 고요해서 무서웠나 보다. 내가 꽁꽁 얼어붙어 옆으로 기울어져 있는 소나무나 저 모래밭처럼 꼼짝 못하게 될지도 모르겠다.

'오늘 밤 같은 풍경을 실제로 만나면 누구라도 죽고 싶다는 생각이 조금은 들 거다. 이런 곳이라면 죽어도 별로 무섭지 않겠다.' 아마 이런 생각이 나를 흥분시켰나 보다.

'달빛이 천지를 속속들이 비추고 있다. 그리고 이 달빛을 받은 사람은 모두 다 죽었다. 나 혼자 살았다. 나만 살아 움직인다.'

이런 기분이 내 뒤에서 나를 쫓아오는 것 같다. 쫓기면 쫓길수록 더 빨리 걸었다. 그러다 이번에는 나 혼자만 뛰고 있다는 사실 때문에 또 무서워졌다. 숨이 차서 그 자리에 서버렸다. 그랬더니 주변의 풍경이 저절로 눈에 들어왔다. 하늘과 물, 멀리 있는 산이나 들판도 아스라한 달빛에 녹아들어 얼마나 푸르고 고요한지 마치 돌아가던 활동사진 필름이 도중에 덜컥 멈춰 선 것 같다. 길가의 지면은 서리가 내렸는지 온통 새하얗고, 그 위로 기울어진 소나무의 그림자들이 길섶에서 기어 나온 뱀처럼 드러누워 있다. 소나무와 그림자가 밑동에서 합쳐졌는데, 소나무는 없어져도 그림자는 절대 없어지지 않을 것처럼 분명하다. 그림자가 주인이고 소나무가 따라다니나 보다. 그렇기로는 내 그림자도 마찬가지다. 가만히 서서 내 그림자를 한참 들여다보았더니 그림자도 땅바닥에 누워 소리 없이 나를 올려본다. 나 말고 움직이는 것이라곤 이 그림자뿐이다.

'나는 네 부하가 아니야. 친구지. 달빛이 너무 좋아 그만 여기까지 와버렸네. 너도 혼자서 심심할 테니 길동무 해줄게.'

그림자가 말을 거는 것 같다.

아까는 전신주를 헤아렸지만 이번에는 소나무 그림자를 헤아리며 걸었다. 길과 바다가 멀어졌다 가까워졌다 한다. 어떤 때는 모래를 타고 들어온 바닷물이 소나무 뿌리를 적실 것 같다. 멀리서 바다를 기어올 때는 얇은 카펫을 깔아놓은 것처럼 보여도 가까이 오면 깊이가 주먹만큼 되고 위에는 비누 거품 같은 게 떠 있다. 달은 그 깊이까지도 정직하

게 그늘로 만들어 모랫바닥에 비춰놓는다. 정말 이런 달밤
에는 바늘 하나에도 그림자가 생기겠다.

바다 건너에서인지 아니면 내가 가려는 저 멀리 소나무
숲에서인지, 어느 쪽인지 잘 모르겠지만 이상한 소리가 들
려왔다. 헛들었는지 몰라도 샤미센 소리 같은 게 들려온다.
간간이 들렸다 안 들렸다 하는 소리가 아무래도 샤미센이
다. 니혼바시에 살 때 유모 품에 안겨 포대기 속에서 잠들며
샤미센 소리를 들었다.

"덴푸라~ 사세요~. 덴푸라~ 사세요~."

유모는 샤미센 소리가 들릴 때마다 가락에 맞춰 흥얼거
렸다.

"아가, 저 노래, 정말로 덴푸라 먹고 싶어지지? 그렇지?"
하며 자기 가슴에 손을 대고 젖꼭지를 만지작거리는 나를
들여다보곤 했다. 그래서 그런지 유모 말대로 "덴푸라 사세
요. 덴푸라 사세요" 하며 슬프게 노래했다. 유모와 나는 오
랫동안 눈빛을 마주치면서 가만히 샤미센 소리에 귀를 기울
였다. 인적이 끊긴 겨울 밤의 얼어 붙은 길. 신나이부시[2]를
부르는 사람이 닌교마치 쪽에서 우리 집 앞을 지나 고메야
동네 쪽으로 달그락 달그락…… 게타를 끌며 지나간다. 샤

---

2 新内節: 남녀가 함께 여행하는 내용의 샤미센 곡.

미셴 소리가 점점 멀어진다. "덴푸라~ 사세요~. 덴푸라~ 사세요~" 하고 크게 들리던 소리가 점점 작아지더니, 바람에 날려 얼핏 들리거나 아예 안 들리거나 한다.

"덴푸라…… 덴푸라 사세요. ……사세요. 덴푸…… 요……사세……덴……."

이런 식으로 띄엄띄엄 들리다 나중에는 사라져버린다. 그래도 나는 깊은 터널 속으로 빨려들어가는 조그만 불빛 한 점을 끝까지 바라보듯 다시 그 소리를 찾는다. 샤미셴 소리가 끊기고 나서도 한동안은 '덴푸라 사세요. 덴푸라 사세요' 하는 속삭임이 귓가를 맴돈다.

'어라? 지금도 샤미셴 소리가 나는 건가? 아니면 잘못 들은 건가?'

나는 혼자 그런 생각을 하면서 새근새근 더 깊게 잠들었다.

그 샤미셴 소리가 오늘 밤에도 '덴푸라 사세요. 덴푸라 사세요' 하는 슬픈 신나이가락이 되어 들려온다. 달그락거리는 게타 소리가 없는 것이 그때와 다르지만 노래만큼은 틀림없는 그 노래다. 처음에는 "덴푸라…… 덴푸라……" 하며 "덴푸라" 부분만 명확했지만 조금씩 가까워지는지 이제는 "사세요" 하는 부분도 알아들을 수 있었다. 하지만 지상에는 나와 소나무 그림자 말고는 신나이가락을 부르는 사람이 어디에도 없다. 달빛이 닿는 모든 곳을 끝에서 끝까지 아무리 둘러보아도 나 말고 이 길을 지나가는 것은 개 한 마리도 없다. 달빛이 너무 밝아 아무것도 보이지 않을 수 있겠다는 생각도 해보았다.

얼마나 시간이 지났을까…… 드디어 샤미센을 연주하는 사람의 그림자가 멀리 보였다. 여기에 오기까지 긴 시간 동안 도대체 내가 달빛을 얼마나 받았고, 파도 소리에 얼마나 젖었을까? '긴 시간'이라고만 해서는 실제 길었던 느낌을 제대로 설명할 수 없다. 사람은 꿈에서 2년이나 3년도 되는 긴 시간을 맛볼 때가 더러 있다. 지금 내 시간이 그런 때와 비슷하다. 하늘에는 달이 떠 있고 길에는 가지를 늘어뜨린 소나무가 있고, 해안가에서는 파도가 부서진다. 내가 이런 길을 2년이나 3년, 혹은 10년 동안이나 걷고 있는지도 모른다. 걸으면서 나는 이미 이 세상 사람이 아닐 거라는 생각을 했다. 사람은 죽으면 긴 여행을 떠난다, 그 여행을 내가 지금 하고 있는 게 아닐까. 아무튼 그렇게 긴 느낌이다.

"덴푸라~ 사세요~. 덴푸라~ 사세요~."

이제 샤미센 소리가 또렷이 들린다. 차르륵 차르륵, 모래를 씻어내는 파도 소리에 맞춰 술대로 튕기는 청아한 샤미센 소리가 방울지는 샘물처럼, 은방울처럼 성스럽게 내 가슴에 스민다. 샤미센을 튕기는 사람은 분명 젊은 여자다. 설날에 기생들이 쓰고 다니는 삿갓을 쓰고 고개를 조금 숙이고 걷는 여자의 목덜미가 달빛 때문이겠지만 놀랍게 하얗다. 젊은 여자가 아니라면 그렇게 하얄 리 없다. 가끔 오른쪽 소매 밖으로 나오는 샤미센 주감이를 쥐고 있는 손목도 똑같이 희다. 아직 쉰 걸음도 더 떨어져 있어 옷 무늬는 안 보이지만 새하얀 목덜미와 손목만큼은 먼바다의 파도가 빛나듯 내 눈에 확 들어온다.

"아, 그렇지. 인간이 아닐지도 몰라. 여우구나. 여우가 둔갑한 거야."

갑자기 무서운 생각이 들어 될 수 있는 대로 발소리가 나지 않게 조심조심 그림자를 따라갔다. 그림자는 여전히 샤미센을 켜면서 뒤도 돌아보지 않고 느릿느릿 걷는다. 하지만 만약 여우라면 내가 뒤에서 따라가는 것을 모를 리 없다. 알면서도 딴청을 부리는 거다. 이제 보니 하얀 살도 인간의 피부가 아니라 아무래도 여우의 털 같다. 털이 아니라면 이렇게 갯버들 이파리처럼 하얗게 빛날 리 없다.

내가 천천히 가고 있는데도 여자의 뒷모습이 점점 가까워진다. 둘의 거리는 이제 스무 걸음도 안된다. 조금만 더 가면 땅에 비치는 내 그림자가 여자의 발뒤꿈치를 덮을 것 같다. 내가 앞으로 한 걸음 가면 그림자는 쑥쑥 두 걸음 늘어난다. 내 그림자의 머리가 여자 발뒤꿈치에 곧 닿으려 한다. 이렇게 추운데도 여자가 맨발에 짚신을 신었다. 역시나

목과 손목처럼 하얗다. 이렇게 하얀데도 멀리서 보이지 않았던 건 아마 긴 옷자락 때문일 것이다.

정말 무서우리만치 긴 옷이다. 풀어헤친 옷자락이 연극에 나오는 남자나 여자 작부들처럼 발등을 덮었는데 자칫하면 모래땅에 질질 끌릴 만큼 늘어졌다. 그런데 모래가 고와서 그런지 발이나 옷자락에 티끌 하나 묻어 있지 않다. 바삭바삭 하며 짚신을 들어 걸을 때마다 내 혀로 핥아도 좋을 만큼 새하얀 발등이 드러난다. 여우인지 인간인지 아직 정체를 알 수 없지만 피부는 의심할 여지없이 인간의 피부다. 달빛이 삿갓을 타고 내려와 차갑게 빛나는 목덜미부터 앞으로 조금 굽은 등줄기를 따라 솟아난 가냘픈 등뼈까지 또렷하게 비쳐준다. 등줄기 양쪽에는 동그스름한 작은 어깨가 땅에 끌리는 옷과 잘 어울리게 자리 잡았다. 옆으로 트인 삿갓의 차양보다도 좁아 보일 만큼 작은 어깨다. 가끔 고개를 숙일 때 물에 흠뻑 젖은 듯한 곱게 묶은 머리카락이 보이고, 그 머리카락을 묶어주는 삿갓 끈 사이로 귓불이 보인다. 그러나 보이는 것은 귓불뿐이고 그 앞에는 어떤 얼굴이 있는지 삿갓에 가려 보이지 않는다. 하늘거리며 바람도 못 이기는 뒷모습, 보면 볼수록 점점 사람이 아니라 꼭 둔갑한 여우처럼 수상하다. 이렇게 여리고 상냥한 미녀의 뒷모습을 보여줘 놓고 가까이 가면 '왁!' 하며 뿔 달린 여자 귀신 얼굴이 쑥 나올지 몰라…….

이제는 분명히 이 여자도 내 발소리를 들었을 것이다. 누가 뒤에 있다는 것을 알면 한번쯤 뒤돌아볼 만도 한데 모른 체 하는 걸 보니 더 이상하다. 땅바닥을 기던 내 그림자가 이제 발뒤꿈치를 따라잡았다. 그리고 여자의 옷자락을 한 뼘, 두 뼘 타고 올라간다. 여자 허리를 덮은 내 얼굴 그림자가 차츰 오비로 옮아가더니 이제는 등줄기로 올라타려 한다. 내 그림자 너머에 여자 그림자가 누워 있다. 내가 옆으로 비켜나 보았다. 그러자 내 그림자가 금세 허리를 벗어나 여자 그림자와 어깨를 나란히 해서 땅바닥에 선명하게 찍혔다. 이제 누가 뭐래도 틀림없이 여자다. 그런데도 여자는 나를 처다보지 않는다. 정성을 다해, 아주 차분하고 너무도 얌전하게 신나이가락만 켜고 있다.

그림자와 그림자 사이가 한 치도 안된다. 내가 여자 얼굴을 슬쩍 보았다. 갓끈 너머로 도톰한 뺨의 윤곽이 조금 눈에 들어왔다. 얼굴 선만큼은 확실히 귀신과는 다르다. 귀신의 볼이 이렇게 통통할 리 없다.

도톰한 뺨의 그늘에서 조금씩, 아주 조금씩 코끝이 나온다. 마치 기차 창으로 경치를 보는데 어느 산기슭을 지나면서 언덕이 조금씩 나타나는 듯한 형국이다. 나는 그 코가 높고 반듯하고 기품 있는 코이기를 바랐다. 이런 달밤에 이렇게 풍류 넘치는 모습으로 걷고 있는 여자가 못생겨서는 안 된다. 이런 생각을 하는 동안에 콧등이 얼굴 반대편에서 조금씩 모습을 드러낸다. 코끝 아래로 이어지는 콧방울 선이 매끈해 보인다. 여기까지만 보아도 코가 어떻게 생겼는지 거의 상상할 수 있다. 분명히 우뚝 선 코다. 갸름하고 예쁜 코가 틀림없다. 이제 됐다…….

정말 기뻤다. 생각보다 여자 코가 훨씬 예쁘고 그려 놓은 듯 완벽하게 아름답다는 사실이 분명해진 순간에 나는 얼마나 기뻤는지 모른다. 이제 여자 얼굴이 단엄한 콧등을 시작으로 숨김 없이 모두 드러나 내 얼굴과 나란히 있다. 그래도 여자는 고개를 돌리지 않는다. 옆 모습 외에는 보여주려 하지 않는다. 콧등을 경계로 하여 반대편 절반은 산그늘에 숨어 피는 꽃처럼 가려져 있다. 여자 얼굴이 그림처럼 아름다우면서 동시에 그림처럼 겉만 있고 속은 없는 것 같다.

"아주머니, 아주머니. 아주머니는 어디로 가요?"

내가 물었지만 그 소리가 샤미센 소리에 묻혀 여자가 듣지 못했다.

"아주머니, 아주머니……."

또 불러 보았다. 사실은 아주머니가 아니라 누님이라고 부르고 싶었다. 누나가 없는 나는 늘 예쁜 누나가 필요했다. 예쁜 누나를 둔 친구들이 부러웠다. 그래서 내가 방금 아주

머니라고 부를 때 누나에 대한 달콤하고 그리운 기분이 솟
아났다. 왠지 아주머니라고 부르기는 싫었다. 그래도 처음
부터 누님이라고 부르면 너무 제멋대로인 것 같으니 별수
없이 아주머니라고 해버린 거다.

　두 번째는 큰 소리로 부른 것 같았는데 그래도 여자가 대
답을 안 한다. 고개를 돌리지 않는다. 오직 샤미센만 켜면서
고개를 숙인 채 긴 옷자락을 모래에 사르르 사르르 끌며 똑
바로 걸어간다. 여자 눈은 오로지 샤미센 줄만 바라보는 것
같다. 아마 자신이 연주하는 음악에 푹 빠졌나 보다.

　내가 한 걸음 앞으로 나가 옆에서만 보았던 여자 얼굴을
이번에는 정면에서 똑바로 들여다보았다. 삿갓 아래로 그늘
이 깊게 드리워져 얼굴이 더 하얘 보인다. 그늘이 그녀의 아
랫입술 언저리까지 내려와 있어 갓끈이 파고든 턱 끝만이
달빛에 드러났다. 꽃잎처럼 작고 귀여운 턱이다. 입술에는
연지를 짙게 발랐다. 지금까지는 몰랐는데 여자의 화장이
짙었다. 너무 하얘 보였던 것도 이제 보니 얼굴과 목에 분을
잔뜩 발랐기 때문이었다. 그렇다고 그녀의 미모가 조금이라
도 덜하다는 말이 아니다. 밝은 전등불이나 태양 광선 아래
라면 천해 보이기도 하겠지만, 이런 푸르스름한 달빛 아래
에서 진하게 화장을 한 요염한 미녀의 얼굴은 오히려 신비
롭게도 보이고, 악마처럼 무시무시한 기분을 맛보게도 해준

그리운 어머니　113

다. 얼굴에 바른 분은 아름답다거나 화려하다기보다는 차가운 느낌이 훨씬 더했던 것이다.

어찌된 일인지 여자가 멈춰 서더니 숙였던 고개를 들어 달을 쳐다보았다. 삿갓 그늘 속에서는 희끄무레했던 뺨에서 아까 바다에서 보았던 은빛이 묻어나는 것 같았다. 교교한 뺨에서 반짝하고 빛나며 연잎에 흐르는 이슬방울처럼 굴러 떨어지는 것이 있다. 반짝하고 빛나고, 어디로 사라졌다 싶으면 또 반짝하고 빛났다.

"아주머니, 아주머니. 아주머니 울잖아요. 아주머니 볼에서 반짝이는 게 눈물 아니에요?"

내가 묻자 여자가 고개를 들어 대답했다.

"눈물은 맞지만 내가 우는 건 아니야."

"그럼 누가 우는 거에요? 그 눈물은 누구 눈물이에요?"

"이건 달의 눈물이야. 달님이 울어서, 그 눈물이 내 볼에 떨어지는 거야. 저것 봐. 저렇게 달님이 울고 계시잖아."

그 말을 듣고 나도 하늘의 달을 보았다. 하지만 정말 달님이 울고 계신 건지 어떤 건지 잘 몰랐다. 아마 내가 아이라서 모르는 거라고 생각했다. 그렇지만 달님의 눈물이 왜 여자 뺨에만 떨어지고 내 뺨에는 떨어지지 않는 걸까?

"아냐, 아무래도 아주머니가 우는 거야. 아주머니가 거짓말 했어."

나도 모르게 말이 튀어나왔다. "왜냐면 말이지", 우는 얼굴을 내게 들키지 않으려고 여자가 고개를 든 채 연신 훌쩍거렸다.

"아니야, 아니야. 내가 왜 울어. 나는 아무리 슬퍼도 안 울어."

그렇게 말하면서도 여자는 하염없이 운다. 들어올린 얼굴의 눈꺼풀 아래에서 솟아나는 눈물이 코 양쪽을 타고 뺨으로 가늘게 흘러내린다. 소리 죽여 훌쩍거릴 때마다 목뼈가 피부 속에서 애처로우리만큼 드러났다가 숨이 멎을 것처럼 바르르 떨며 움푹 들어간다. 처음에는 이슬처럼 방울방울 떨어지더니 나중에는 물처럼 온 뺨을 적시며 콧구멍과 입 속으로 사정없이 들어간다. 여자가 콧물을 훌쩍이면서 입술에 배어든 눈물을 삼키나 싶더니 콜록콜록 힘겹게 기침을 했다.

"그거 봐요. 아주머니 울고 있잖아요. 네, 아주머니. 뭐가 그렇게 슬퍼서 울어요?"

그렇게 말하면서 몸을 숙여 콜록대는 여자 어깨를 쓰다듬어주었다.

"뭐가 슬프냐고? 이런 달밤에 이런 길을 걷고 있으면 누구라도 슬퍼지지. 너도 마음속으로는 슬플 거야."

"그건 그래요. 나도 오늘 밤에는 슬퍼서 견딜 수가 없어요. 도대체 왜 그런 거지요?"

"그러니 달을 보라는 거지. 슬픈 건 달 때문이야. 너도 그
렇게 슬프면 나랑 함께 울자. 응? 제발 부탁이야, 울어줘."

여자 말이 샤미센 소리 못지않은 아름다운 음악으로 들
렸다. 이상하게 이렇게 말을 나누는 동안에도 여자 손은 샤
미센을 계속 연주하고 있다.

"그럼 아주머니도 우는 얼굴을 숨기지 말고 이쪽을 보세
요. 아주머니 얼굴을 보고 싶어요."

"아, 그러네. 우는 얼굴을 가린 건 내가 나빴어. 착한 아이
니까 이해해줘."

하늘을 보고 있던 여자가 얼굴을 휙 돌리고 삿갓을 젖혀
내 얼굴을 들여다보았다.

"자, 내 얼굴 보고 싶으면 찬찬히 잘 봐. 이렇게 하고 울게.
내 얼굴이 이렇게 눈물로 젖었어. 자, 너도 나랑 울자. 달이
떠 있는 동안에는 함께 울면서 어디까지라도 이 길을 걷자."

여자가 내게 뺨을 대고 또 울었다. 슬픈 건 분명한데도
이렇게 하고 우는 게 좋은가 보다. 그런 마음이 내게도 전해
졌다.

"네, 울어요, 울어요. 아주머니랑 함께라면 얼마든지 울
게요. 나도 아까부터 울고 싶었는데 참았어요."

이렇게 말하는 내 목소리도 왠지 아름다운 노랫가락의

선율처럼 들렸다. 내 볼을 타고 내려가는 눈물이 느껴졌다.

"아, 우네. 네가 울어주면 난 더 슬퍼져. 한없이 슬퍼서 견딜 수 없게 되지. 하지만 난 슬픈 게 좋으니 차라리 맘껏 울게 해줘."

여자가 또 내 볼에 비볐다. 아무리 눈물이 흘러도 여자 얼굴의 하얀 분이 지워지지 않는다. 젖은 볼이 오히려 달처럼 윤기가 흐르고 빛났다.

"아주머니, 아주머니. 아주머니가 말한 대로 내가 울고 있어요. 그러니 그 대신 아주머니를 누님이라고 부르게 해주세요. 네, 아주머니, 이제부터 아주머니를 누님이라고 불러도 되지요?"

"왜 네가 그런 말을 하지?"

여자가 억새 이삭처럼 가느다란 눈으로 내 얼굴을 찬찬히 바라보며 물었다.

"왜는요, 꼭 누님 같은 생각이 들어서요. 아주머니는 분명히 내 누님이야. 그렇지요? 맞지요? 그렇지 않더라도 이제부터 내 누님이 되어주면 되잖아요?"

"너한테 누나가 있을 리 없어. 너한테는 동생들밖에 없잖아? 네가 아주머니니 누님이니 하고 부르면 나는 자꾸 슬퍼져."

"그럼 뭐라고 불러요?"

"뭐라고 부르다니, 네가 나를 잊었느냐? 내가 네 어머니 아니냐?"

그렇게 말하면서 여자가 얼굴을 내 얼굴에 댔다. 깜짝 놀랐다. 그러고 보니 정말 어머니다. 어머니가 이렇게 젊고 예쁠 리가 없지만 그래도 틀림없이 어머니다. 어찌된 셈인지 의심도 할 수 없다. 나는 아직 어린아이다. 그러니 어머니가 이 정도로 젊고 예쁜 게 당연하다는 생각이 들었다.

"아아, 어머니, 어머니셨어요? 제가 오래전부터 어머니를 찾았어요."

"오오, 준이치야, 이제 어머니인줄 알았구나. 알아주었구나……."

어머니가 기쁨에 떨리는 목소리로 말했다. 그리고 나를 꼭 껴안고 서 있었다. 나도 힘껏 끌어안고 놓지 않았다. 어머니 가슴에 달콤한 젖 냄새가 따스하게 배어 있었다.

여전히 달빛과 파도 소리가 몸에 스민다. 샤미센 소리가 들린다. 둘의 볼에는 아직도 눈물이 흐른다.

문득 잠에서 깼다. 꿈속에서 정말 울었는지 베개에 눈물이 흥건하다. 내가 올해로 서른넷이다. 어머니는 재작년 여름부터 이 세상 사람이 아니다. 이런 생각이 들자 또 눈물이 베개 위로 툭 떨어졌다.

"덴푸라 사세요……. 덴푸라 사세요……."

저 세상에서 건너오듯 샤미센 소리가 아스라히 들려온다.

호칸[1]

1904년 봄부터 이듬해 가을까지 세상을 놀라게 한 러일전쟁이 마침내 포츠담조약으로 막을 내렸습니다.

국력을 키운다는 기치 아래 많은 기업이 속속 세워지고 화족[2]이라는 것도 생기고 벼락부자도 생기면서 온 세상이 무슨 축제라도 벌이듯 경기가 살아나던 1907년의 4월 중순이었지요.

무코지마 강변에 벚꽃이 만개한 화창한 일요일 오전이었습니다. 아사쿠사로 향하는 전차나 증기선은 하나같이 사람을 가득 가득 실어 나르고, 사람들이 개미처럼 줄지어 오가는 아즈마 다리 건너편은 야오마쓰부터 고토토이 계류장 일대까지 연무로 온통 뿌옇게 덮여 있습니다. 또 강 건너 고마

---

1 幇間: 남자 기생.
2 구다이묘나 고관의 가계와 관계없이 특별한 공이 있어 화족(華族)이 된 사람들.

쓰 집안의 저택부터 하시바, 이마도, 하나가와 마을까지는 자욱한 쪽빛 속에 잠들어 있고, 그 뒤로 수증기를 잔뜩 머금은 숨막힐 듯이 파란 하늘 속에 12층짜리 건물[3]이 몽롱하게 서 있습니다.

센주 쪽에서 짙은 안개의 밑바닥을 헤치며 구불구불 휘돌아 흘러내려오던 스미다강(隅田川)은 고마쓰에 이르러 당당한 대하가 되고, 봄에 취한 듯 나른하게 흐르는 미지근한 양 기슭의 물은 햇살에 반짝거리며 아즈마 다리 아래를 지나갑니다. 수면에는 한껏 차오른 도도한 물결이 넘실넘실 졸리듯 울렁이고, 손에 닿으면 이불처럼 푹신할 것만 같은 수면 위에 보트 몇 척과 유람선이 떠 있고, 이따금 산야보리 어귀를 나서는 거룻배는 열 지어 오르내리는 배들을 가로지르며 뱃전에 넘쳐나는 많은 사람을 제방 위로 실어 나르고 있습니다.

그런 날 오전 10시 무렵입니다. 간다강(神田川) 어귀를 지나 가메세로[4]의 돌담 그늘에서 오카와강(大川) 한가운데로 노를 저어 나오는 배가 한 척 있습니다. 희고 붉은 색의 휘장을 옆으로 둘러쳐 곱게 장식한 놀잇배에 다이치[5]의 호칸과

---

3 아사쿠사에 있었던 12층의 凌雲閣의 속칭. 당시 일본에서 가장 높은 고층 건물이었음.
4 龜淸樓: 柳橋에 있던 장려한 모습의 요정.

124

기생들이 타고 있습니다. 그리고 그 한가운데에 가부토초에서 벼락부자로 소문난 사카키바라(榊原)라는 사람이 기생 대여섯을 거느리고 좌중의 남자와 여자들을 둘러보며 커다란 술잔에 꿀꺽꿀꺽 술을 들이켜고 있습니다. 불그스레하게 살찐 얼굴에 이미 술기운이 거나합니다. 강 가운데로 들어선 배가 도도집안의 담장 옆을 나란히 지나갈 때부터 휘장 속에서 샤미센에 맞춰 부르는 노랫소리가 와자하게 울려 퍼지나 싶더니 떠들썩한 소리가 오카와 강물을 뒤흔들며 학봉쿠이와 다이치의 강기슭을 덮어갑니다. 료코쿠 다리 위나 혼조아사쿠사 강기슭을 지나던 사람들이 모두 목을 길게 빼고 이 떠들썩한 광경을 바라봅니다. 뭍에서도 뱃속의 상황이 손에 잡힐 듯 훤히 보이는 가운데 여자 목소리도 간간이 수면에 불어오는 산들바람을 타고 밖으로 새어나옵니다.

배가 요코즈나 강안에 다다랐을 즈음에 갑자기 로쿠로[6]로 변장한 인물이 뱃머리로 나오더니 샤미센에 맞추어 우스꽝스러운 춤을 추기 시작합니다. 여자 얼굴을 그린 풍선에 종이봉투로 엄청나게 길고 가느다란 목을 이어 붙여놓고, 그것을 머리에 푹 뒤집어썼나 봅니다.

얼굴은 종이봉투로 가리고 몸뚱이는 화려하게 물들인 후

---

5 代地: 스미다강을 따라 유곽이 발달하였던 곳의 지명.
6 목이 자유자재로 늘어나는 도깨비.

리소데[7]를 입고 발에는 흰 버선까지 신고 있지만, 이따금 팔을 처드는 춤사위에 주홍빛 소맷부리 밖으로 굵은 손목이 얼핏 비치고 마디마디 거무튀튀한 손가락 5개도 유독 눈에 띱니다. 풍선에 그려진 여자 얼굴은 바람 부는 대로 두둥실 흐느적거리다 강가에 처마를 맞대고 있는 남의 집을 들여다보기도 하고, 엇갈려 지나가는 뱃사공의 얼굴을 스치기도 합니다. 그럴 때면 뭍에서 바라보던 사람들이 박수 치며 와 하고 웃습니다.

그러는 사이에 배가 우마야 다리 쪽으로 다가옵니다. 다리 위에서는 사람들이 잔뜩 모여들어 하나같이 누런 얼굴을 내놓고 다리 아래로 다가오는 배에서 벌어지는 광경을 바라보고 있습니다. 배가 가까워지면서 허공의 풍선에 그려진 얼굴도 점점 또렷해집니다. 우는 것 같기도 하고, 웃는 것 같기도 하고, 또 잠자는 것 같기도 한 묘하게 표일(飄逸)한 표정에 구경꾼들이 또다시 와 하고 웃습니다. 그러는 사이에 뱃머리가 다리 아래로 쏙 들어갑니다. 물이 불어난 수면 위에서 로쿠로의 풍선 얼굴이 구경꾼들 코앞에 있는 난간을 스르르 살짝 스치며 배에 이끌려 옆으로 누운 채 다리 바닥을 퉁퉁대며 훑더니 이번에는 반대편의 파란 하늘에 둥실

---

7 미혼 여성이 입는, 소매가 길고 화려한 무늬를 넣은 기모노.

떠올랐습니다.

고마가타 앞을 지날 무렵에는 아즈마 다리를 지나던 사람들이 멀리서 이것을 보고 마치 개선하는 군대를 환영이라도 하듯 기다리고 서 있습니다. 그런 모습이 배에서도 잘 보입니다.

거기에서도 우마야 다리에서처럼 우스꽝스러운 모습을 한바탕 연출하여 사람을 웃기고 나서 드디어 무코지마에 다다릅니다. 샤미센 하나가 가세하여 연주 소리가 더 커지자 배도 신명난 음악에 이끌려 물 위를 힘차게 미끄러져 갑니다. 마치 채근하는 샤미센 소리에 소가 마쓰리 수레를 더 힘차게 끄는 것처럼 말이지요. 오카와강 가득히 노 저어 다니는 많은 놀잇배나, 빨갛고 파란 조그만 깃발을 흔들며 보트를 응원하는 학생들[8]을 비롯하여 양안의 군중은 그저 넋이 빠져 이 기괴한 놀잇배가 가는 곳을 바라봅니다. 덩실덩실 한창 춤이 무르익는데 갑자기 강바람이 불어 풍선이 하늘로 날아올랐습니다. 풍선이 증기선의 하얀 연기를 뚫고 점점 높이 올라가더니 마쓰산을 발 아래로 내려보며 구경꾼들에게 아양 떨듯 바보짓을 하여 강가에 있는 사람들의 인기를 한 몸에 받고 고토토이 쪽에서 제방을 멀리 벗어나다가 다

---

8 매년 4월 초에 스미다강에서 열리던 제국대학의 보트 경기를 응원하던 학생들.

시 강 위로 돌아옵니다. 그러는 사이에 요릿집 나카노 우에한과 오쿠라 씨의 별장 근처를 지나던 사람들은 멀리 강 위의 하늘 언저리에 떠다니는 사람 영혼 같은 로쿠로 머리를 바라보고 "뭐지?" "뭐야?" 하며 풍선이 가는 곳을 지켜보고 있습니다.

방약무인, 제멋대로 마음껏 강변을 휘저은 배가 드디어 요정 화월화단(花月華壇)의 잔교에 밧줄을 매자 한 무리의 사람들이 배에서 내려 정원 잔디밭으로 우르르 올라섰습니다.

"이야, 수고했어요, 수고했어."

벼락부자 사카키바라와 게이샤들에 둘러싸여 박수갈채를 받으며 머리에 로쿠로를 뒤집어쓴 남자가 종이봉투를 홀렁 벗었습니다. 불타듯 새빨간 한에리[9] 사이로 빡빡머리에 애교 띤 거무스름한 얼굴이 나타났습니다.

여기에서도 한바탕 놀아보자며 또 술자리가 펼쳐집니다. 사카키바라와 남녀 모두가 잔디 위에서 춤추고 뛰어다니며 눈가리개를 하고 놀고, 술래잡기를 하며 깔깔댑니다.

그 남자는 여자 기모노를 입고 흰 버선에 빨간 끈의 아사우라[10]를 발에 걸치고 비트적비트적 갈지자로 기생 뒤를 쫓기도 하고 도망치기도 합니다. 그러다가 그 남자가 술래가

---

9 半衿: 속옷인 주반에 꿰매 붙이는 헝겊 동정.
10 바닥을 삼실로 감싸 덧댄 일본식 짚신.

되면 분위기가 더 살아나는데, 그가 눈가리개를 얼굴에 갖다 대기만 해도 사카키바라나 기생이나 벌써 배를 움켜쥐고 손뼉을 치고 어깨를 들썩이며 춤사위가 일어납니다. 빨간 속치마[11] 속에서 털이 북슬북슬한 정강이를 드러내놓고

"기이야, 기이야. 한번 잡아봐" 하며 어딘지 끈적한, 광대 같은 새된 소리를 지르며 여자 소매를 슬쩍 건드리거나 나무에 머리를 부딪히거나 하며 이리저리로 마구 내달립니다. 하지만 거동은 크고 잽싼데 비해 어딘지 익살스럽게 모자란 구석이 있어 아무리 돌아다녀도 사람을 잡지 못합니다.

모두가 킥킥대고 재미있어 하다가 숨을 죽이고 살금살금 남자 뒤로 다가가 "웩! 여기 있지!" 하며 귀에 대고 큰 소리를 지르고는 등을 휙 밀치고 달아납니다.

"이봐, 어떠냐 맛이" 하며 사카키바라가 귀를 잡아당기며 들볶아도 "아야, 아야" 하며 비명을 지르고 눈썹을 찌푸리며 슬프다는 듯이 너스레를 떱니다. 그런 표정이 더할 수 없이 귀여워 누구나 이 남자의 머리를 툭 치거나 코를 살짝 건드리며 놀리고 싶어집니다.

이번에는 열대여섯 살 먹은 장난기 많은 기생이 뒤에서 두 손으로 발을 걸자 잔디 위로 나동그라지며 데굴데굴 굴

---

11 원문은 蹴出し(일본식 속치마의 한 가지)임.

렸습니다. 그래도 와 하는 웃음소리에 둘러싸인 채 꾸물꾸물 다시 일어나 "누구인고? 이 할아범을 괴롭히는 게" 하고 눈이 가려진 채 입을 커다랗게 벌려 호통을 치며 마치 가부키의 주인공 유라처럼 두 팔을 벌리고 걷습니다.

이 산페이(三平)라는 호칸은 원래는 가부토초에 사는 거간꾼이었습니다. 그런데 그때부터 이런 일을 하고 싶어하다가 결국 4, 5년 전에 유흥가 야나기바시[12]에서 남자 기생의 제자가 되었습니다. 이런 방면에 남다른 재주가 있다 보니 일찌감치 단골도 몇 명 꿰차고 지금은 이 방면에서 제법 잘 나가고 있습니다.

과거의 그를 아는 사람들은 더러 이런 말을 합니다. "사쿠라이(桜井) 저 놈 팔자 한번 상팔자네(사쿠라이가 이 남자의 성이에요). 거간꾼보다 훨씬 낫다니 얼마나 좋겠어. 이제 수입도 꽤 쏠쏠한 모양이고, 광대 짓은 복도 많은 직업이지 뭐야."

청일전쟁 때 같으면 가이운바시 근처 어디쯤에 사무실이라도 하나 차려놓고 직원 대여섯 거느리고 사카키바라 같은 치와도 함께 어울렸을 겁니다. 하지만 지금은 "그 친구와 놀면 분위기도 살고 재미있다"며 놀거나 술자리가 있을 때마

12 철거된 후카가와(深川) 유곽의 기생들이 옮겨와 번성한 유흥가. 메이지시대 신정부의 고관들은 新橋를, 구 막부 세력들은 柳橋를 많이 이용했음.

다 사람들이 찾는 인물이 되었습니다.

그는 노래 잘하고 말도 잘하고, 하는 일이 잘나가도 전혀 생색 안 내고, 큰 장사꾼이 될 수도 있었던 자신을 잊고, 그 럭저럭 괜찮은 남자라는 생각조차 잊고, 오로지 친구와 기 생들에게 '재미있다' '잘한다'고 칭찬받는 것이 더없이 좋 습니다. 화려한 전등 아래에서 거나하게 술이 올라 속 좋은 얼굴[13]을 번들거리며 '에헤헤헤헤' 하고 넉살도 부리며 기 발한 농담을 쉬지 않고 주절주절 늘어놓을 때의 그의 생명 력이나, 정말 재미있어 죽겠다는 듯이 눈동자를 반짝이며 꾸부정한 어깨를 들썩이는 티없는 모습을 보면 마치 도락 의 진수에 통달한 달인, 말 그대로 환락의 화신이 아닐까 싶 습니다. 어느 쪽이 손님인지 구분이 안 될 정도로 분위기를 맞춰 가며 처신하기 때문에 기생들과 어울려 놀라치면 처음 에는 기생오라비 같다며 여자들이 비위 상해하기 마련이지 요. 그러나 차츰 어떤 속셈이 있어서가 아니라 그저 재미있 어 하는 모습을 보고 싶어하는 호인이라는 것을 알게 되니 나중에는 "사쿠라이 씨, 사쿠라이 씨" 하며 이름까지 편하게 부릅니다. 그러나 한편으로는, 이렇게 사랑을 받는 그가 아 무리 돈을 많이 벌고 아무리 인기가 올라가도 누구 하나 그

---

13 원문은 恵比寿(벙글거리는 표정의 칠복신의 하나의 얼굴)임.

에게 아양을 떨거나 반하는 사람은 없습니다. '선생' 도 아니고 '당신' 도 아니고, 그냥 "사쿠라이 씨, 사쿠라이 씨" 하고 부릅니다. 그러다 보니 한참 아랫사람 취급을 하면서도 그런 것을 실례로도 생각지 않습니다. 실제로 그는 남이 존경하거나 연정을 느낄 만한 사람이 못 됩니다. 그보다는 남들이 일종의 너그러운 경멸, 혹은 연민의 정을 느껴 친하게 대해주고 사랑해줄 법한 천성을 가지고 있습니다. 아마 길가의 거렁뱅이도 그에게는 인사하고 싶지 않을 겁니다. 남들이 그렇게 함부로 다루어도 사쿠라이 본인은 화가 나는 게 아니라 오히려 기쁩니다. 돈만 생기면 친구들을 불러모아 술자리를 만들어 놓고, 제발로 나서서 술시중을 들었습니다. 모임이 있거나 동료 중에 누가 불러주기라도 하면 만사 제쳐놓고 입이 헤벌어져 부리나케 달려가고요.

그러다 술자리가 파할 때쯤 친구들이 "오늘, 수고 많았어요" 하고 놀리면 그는 옷 매무새를 고치고 방바닥에 손을 짚어 인사하며 "손님, 제게도 행하 한번 쓰시지요" 하고 나옵니다. 기생이 장난으로 손님 목소리를 흉내 내어 "그래, 알았다, 옛다" 하며 종이를 둘둘 말아 장난 삼아 던지면 "어이쿠, 이거 정말 감사합니다" 하고 머리를 연신 조아렸습니다. 그런 다음에는 받은 종이 뭉치를 어깨에 올려놓고 "에헤라, 이거 정말 감사합니다. 다른 분들도 조금 보태주세요. 그저 두 푼이면 됩니다요. 홀애비도 좀 먹고살게요. 자고로 도쿄 양반들은 없는 자는 도와주고, 있는 자는 혼내……" 하며 절 앞 저잣거리의 장사꾼처럼 떠벌리기 시작합니다.

이렇게 태평한 남자도 가끔은 사랑을 하는지 마누라도 아닌 나이 먹은 기생을 데리고 다닐 때가 더러 있습니다만, 그가 여자에게 빠졌다 하면 하는 짓이 가관입니다. 여자의 환심을 사겠다고 온갖 비위를 맞추니 서방다운 권위가 생겨날 리 없습니다. 사달라는 것은 무엇이든 사주고 "여보, 이거 해주세요" "저거 해주세요" 하며 턱으로 부려먹어도 "네, 네" 해가며 하라는 대로 하는 맥없는 남자지요. 술버릇 고약한 여자에게 바보, 천치 소리 들어가며 머리를 얻어맞은 적도 있을 정도입니다. 그래도 여자가 생기면 그때부터는 손님 접대도 거의 안 하고 매일 밤처럼 친구나 동료들을 2층 방에 불러모아 자기 여자의 샤미센 연주에 맞춰 노래하며 부어라 마셔라 야단법석을 떨었습니다. 한번은 여자가 자기 친구와 바람을 피웠는데도 갈라서지 못한 적이 있습니다. 갈라서기는커녕 여자 기분을 있는 대로 맞춰가며 상대 남자의 옷감을 끊어주기도 하고 둘을 데리고 연극을 보러 가기도 했습니다. 또 어떤 때는 그 둘을 상좌에 앉혀놓고 평소에 하던 것처럼 북을 두드려가며 두 사람의 광대 노릇을 하며 즐거워했습니다. 그 가운데는 돈을 써서 남자 기생을 붙여

주겠다는 조건으로 집에 데리고 온 여자도 있었습니다. 그는 같은 남자들끼리 다투거나 질투심 때문에 화를 낼 생각이 털끝만큼도 없는 사람입니다.

그 대신 쉽게 질리는 성격입니다. 여자에게 빠지고 빠지고 푹 빠져서 너무하다 싶을 정도로 오냐 오냐 하다가도, 한순간에 열기가 식어 이 사람 저 사람 여자를 바꾸는 성격이지요. 처음부터 특별히 그를 좋아할 여자가 따로 있었던 것도 아니니 달아올라 있는 동안에 있는 대로 다 쥐어짜내고 나면 여자가 적당히 알아서 떠납니다. 상황이 이렇다 보니 점원들에게 위신도 안 서고 장사에도 소홀해지다가 결국 큰 손실이 나면서 가게가 망했던 거지요.

그 뒤로는 거간꾼이나 호객꾼 노릇도 했습니다. 아는 사람을 만나기만 하면 "두고 봐. 곧 보란 듯이 재기할 거야" 하며 떠벌렸습니다. 붙임성도 있고 눈썰미도 좋은 편이어서 더러 돈을 벌기도 합니다만 그때마다 여자에게 탈탈 털리니 늘 허덕입니다. 그러다 빚에 쪼들려 오도가도 못하더니 결국 옛 동료였던 사카키바라의 가게를 찾아가 일거리를 얻었습니다.

한낮 점원으로 영락한 뒤에도 그의 몸 속에는 기생놀음을 하던 시절의 즐거움이 뼛속까지 배어 있습니다. 판매대에 앉아 있다가도 나긋나긋한 여자 목소리나 딩댕딩댕 딩댕

딩댕 하며 신나게 연주하는 샤미센 소리가 들리면 아무리 대낮이라도 입 속으로 따라 부르며 안절부절못합니다. 그러다 나중에는 온갖 구실을 있는 대로 붙여가며 이곳저곳에서 조금씩 돈을 변통하여 주인 눈을 피해 밖으로 나갑니다.

"그 놈은 그런 데가 귀여워" 하며 처음에는 선뜻 돈을 빌려주던 사람들도 나중에는 절레절레 고개를 가로저었습니다.

"사쿠라이 그 놈도 참 한심한 놈이다. 더 이상 꼴을 못 봐주겠다. 심성이 나쁜 놈은 아니지만 다음에 또 돈 이야기를 꺼내거든 따끔한 맛을 보여줘야겠다."

하지만 생각은 그렇게 해도 막상 당사자가 눈 앞에 있으면 왠지 불쌍해 보여 그런 말이 나오지 않는가 봅니다.

"오늘은 안 돼요, 그만 가봐요" 하며 대충 돌려보내려 해도,

"그러지 말고 제발 조금만 빌려주소. 틀림없이 갚을게. 후배, 부탁일세. 제발 부탁이야 후배!" 하며 끈덕지게 들러붙으니 대개는 지고 맙니다.

보다 못해 주인 사카키바라가 "내가 한번씩 데리고 가줄 테니 다른 사람을 귀찮게 하지 마라"며 세 번에 한 번쯤은 마치아이[14]에 데리고 갔습니다. 그러면 그때만큼은 마치 다

---

14 待合: 남녀가 함께 지내거나 술자리를 하도록 장소를 빌려주는 찻집.

른 사람이 된 것처럼 평소보다 더 일을 잘합니다. 사업 상의 걱정거리로 마음이 무거울 때도 이 남자와 술을 마시며 착한 얼굴을 보고 있으면 마음이 편해지다 보니 주인도 흔쾌히 데리고 가는 거지요. 그러다 보니 나중에는 업무로 하는 일보다 술 마시고 노는 일이 주가 되어 낮에는 온종일 가게에서 빈둥대면서 자기는 사카키바라 가게의 전속 기생이라고 떠들어대고 다녔습니다.

사카키바라의 아내도 완고한 집안 출신일뿐더러 열다섯 살 먹은 딸을 비롯하여 아이들도 여럿 두었습니다. 그런 안주인뿐만 아니라 식모들까지도 너나없이 사쿠라이를 좋아하여 "사쿠라이 씨 맛있는 거 있어요, 부엌에서 한잔 하세요" 하며 안채로 불러들여 재미있는 이야기를 들으려 합니다.

"자네처럼 속 편하게 살면 돈이 없어도 걱정이 없겠네. 평생 웃고 사니 그게 바로 제일 행복한 거지."

마님께 이런 말을 들으면 그는 우쭐하며 "그렇습죠. 그러니 저는 여태껏 한 번도 화 같은 것을 내본 적이 없지요. 모두 이런 일을 하는 덕분입죠" 하고는 그때부터 1시간쯤은 쉬지 않고 너끈히 떠듭니다.

어떤 때는 작은 소리로, 또 어떤 때는 쉰 소리로 이야기했습니다. 노래, 도키와즈, 기요모토[15], 무엇이든 몇 소절씩은 구성지게 불렀고, 자기 목소리에 취해가며 입으로 샤미센 반주까지 흉내를 낼 때면 듣는 이 누구나가 분위기에 흠뻑 빠져들었습니다. 유행하는 노래가 있으면 언제나 가장 먼저 배워와서는 "아가씨, 재미있는 노래 알려줄까요?" 하며 안채에서 얼른 한 곡 부릅니다. 가부키 극장에서 공연하는 노래나 대사 같은 것도 공연이 바뀔 때마다 두어 번 서서 보고[16] 나면 곧바로 시칸이나 아오조[17]를 흉내 냈습니다. 어느 정도인가 하면, 변소나 길거리 한복판에서도 눈을 부릅뜨거나 고개를 흔들어가며 연습하고, 틈날 때면 온종일 샤미센을 뜯으며 유행가를 부르거나 배우 흉내를 내거나 했습니다. 하여간 혼자 있어도 신명이 나 있지 않으면 성이 차지 않는 사람이지요.

어려서부터 그는 음악이나 만담을 아주 좋아했습니다. 태어난 곳은 시바노 아타고시타 근처이고 소학교 시절에는 신동이라는 소리를 들을 만큼 공부도 잘하고 머리도 좋았는데, 그 무렵부터 이미 기생 기질이 있었던 모양으로 공부로는 반에서 수석을 차지하면서도 친구들이 마치 부하 다루듯 가지고 놀려도 그저 좋아했습니다. 그래서 아버지를 졸

---

15 常磐津 淸元: 모두 에도시대의 조루리(浄瑠璃: 샤미센 반주에 맞추어 이야기 식으로 부르는 노래)의 한 유파.

16 立ち見: 1막분의 요금만 내고 서서 관람하는 것.

17 가부키 배우 5대 中村芝翫(1865~1940): 여자 역할을 주로 했던 명배우. 가부키 배우 7대 市川 八百蔵(1860~1936): 시대극 역할을 주로 한 중역 배우.

라 거의 매일 밤 공연장 같은 곳을 따라다녔습니다. 그는 만담가를 동정하고 나아가 동경하는 마음까지 갖게 되었습니다. 사쿠라이는 단상 위에 어수룩하게 앉아 우선 관객에게 꾸벅 절부터 했습니다. "어디 보자, 어디 보자. 오늘도 감사합니다. 하여간 나리들이 사고를 쳤다 하면 술 아니면 여잔데, 그 많고 많은 여자 중에서도 마나님들의 권세는 정말 대단했지요. 우리나라는 그 옛날의 '하늘동굴 사건'이 일어났을 때부터 하여간 여자에게는 밤이 길었던 나라[18]입니다만……" 하고 시작하지요.

그럴 때의 혀끝에 착 달라붙는 말투와 어딘지 애정 어린 말버릇……. 필시 말하는 본인조차 기분이 좋아질 겁니다. 그러면서 말 한 마디 한 마디로 여자와 아이들을 웃겨가며 중간중간에 애교 가득한 눈빛으로 손님들 있는 곳을 휘둘러보곤 했습니다. 더할 나위 없이 정감이 가득한 모습이지요. 사쿠라이는 그런 순간에 '사람 사는 따뜻한 맛' 같은 것을 가장 진하게 맛보았습니다.

"하이, 고~랴~, 고~랴~"

신명 나는 샤미센 소리에 맞춰 구성지게 부르는 도도이쓰, 산사가리, 오쓰에[19] 같은 것을 한바탕 듣고 나면 어린 마

---

18 일본 건국의 신이 하늘의 동굴로 들어가는 바람에 천지가 어두워졌다는 신화를 빗댄 말.

음에도 몸 속 어딘가에 잠들어 있던 방탕한 피가 끓어올라 인생의 즐거움이나 기쁨을 암시받는 듯한 기분이 들었습니다. 학교에 오가는 도중에 기요모토[20]를 가르치는 집의 창문에서 새어 나오는 음악을 들으며 온종일 서 있기도 했습니다. 저녁에 책상에 앉아 있다가도 길거리에서 신나이노 나가시[21]가 들려오면 공부는 물 건너가고 저도 모르게 책을 덮고 술에 취한 사람처럼 흐리멍덩해졌습니다. 나이 스물에 처음으로 기생을 불러 놀았는데, 바로 코앞에서 여자들이 나란히 앉아 평소에 그토록 선망했던 오자쓰키[22]를 연주하는 것을 보고 있다가 왈칵 눈물을 쏟기도 했습니다. 어려서부터 이 정도였으니 사쿠라이는 당연히 놀기도 잘하고 노래도 잘 부르지요.

그가 직업적인 호칸이 된 것은 순전히 사카키바라 덕분이었습니다.

"언제까지 빈둥거리고 놀기만 할 수는 없지 않으냐? 내가 한번 알아볼 테니 호칸이 되어 봐라. 술도 거저 마시면서 돈

---

19 都都逸는 주로 남녀의 애정을 노래하는 속곡. 三下り는 나고야지방에서 생겨난 샤미센 세 번째 줄을 한음 낮춰 부르는 유행가. 大津絵節는 大津絵의 풍자그림을 소재로 하여 생긴 유행가.

20 清元: 조루리(浄瑠璃: 샤미센에 맞춰 부르는 노래)의 한 유파.

21 新内の流し: 에도조루리의 한 유파인 신나이시 가락의 샤미센으로 저음과 고음으로 합주하며 길거리에서 들려주고 돈을 받은 연주.

22 연회를 시작할 때 연주하는 축하곡.

도 버니 그런 직업이 어디 있겠느냐? 너 같이 게을러 빠진 놈에게는 안성맞춤이다."

그 말에 그도 마음이 동해 야나기바시에 사는 호칸의 제자로 들어갔습니다. 산페이는 그때의 스승이 지어준 이름입니다.

"사쿠라이가 기생이 되었다고? 하긴 사람은 다 써먹을 데가 있기 마련이지."

가부토초 사람들도 소문을 듣고 한마디씩 거들었습니다. 늦깎이라고는 해도 춤도 되고 노래도 잘하고, 술자리는 도가 텄고, 기생이 되기 전부터 여러 방면으로 소문이 무성했던 남자인지라 금세 여기저기에서 손님이 붙었습니다.

한번은 이런 일이 있었습니다. 주인 사카키바라가 기생 대여섯을 불러놓고 최면을 걸 수 있다며 법석을 떨었습니다. 하지만 막상 최면을 걸어보니 신출내기 하나만 잠깐 잠든 것 같고 다른 기생들은 아무리 해도 먹혀들지를 않습니다. 그러자 그 자리에 있던 산페이가 갑자기 겁먹은 시늉을 했습니다.

"주인님, 너무 무서우니 그만하시지요. 저는 사람이 최면에 걸리는 것을 보기만 해도 이렇게 부들부들 떨리거든요."

무서운 척하는데도 왠지 최면을 걸어달라고 하는 것 같았습니다.

"그래? 어디 말 한번 잘했다. 그러면 네게 한번 걸어 보자" 하며 주인이 주문을 외웠습니다.

"어, 벌써 걸렸네? 거 봐, 점점 졸리지?"

"아아, 안 돼, 안 돼. 제발" 하며 혼비백산하여 달아나려는 산페이를 주인이 뒤쫓아가며 뒤통수를 손바닥으로 두어 번 때렸습니다.

"어어, 정말 걸렸네. 큰일 났네. 이제 도망도 못 가겠네."

그러면서 산페이의 다리가 풀리더니 그 자리에 풀썩 주저앉고 말았습니다.

그리고 나서는 장난 삼아 이것저것 주문을 걸어보니 시키는 대로 몸이 움직입니다.

"너 지금 슬픈 거야" 하고 말하면 얼굴이 어두워지고 눈물이 뚝뚝 떨어집니다.

"이제 화났어" 하면 얼굴이 새빨개지며 눈꼬리가 치켜 올라갑니다.

술이라며 물을 잔뜩 먹이거나 샤미센 대신 빗자루를 쥐어주고 할 때마다 여자들은 재미있다고 배꼽을 부여잡고 웃습니다.

그러다가 주인이 산페이의 얼굴 앞에 자기 볼기를 쑥 내밀고 "산페이, 이 사향 냄새 정말 좋을 거야" 하며 시원한 소리를 한 방 냈습니다.

"음, 아주 향이 좋네요. 어, 좋은 냄새, 가슴이 시원해지네" 하며 산페이가 마치 정말로 기분이 좋다는 듯이 콧방울을 벌름댑니다.

"자, 이제 그만 놀리고 놔주자."

주인이 철썩 하고 뺨을 후려치니 산페이가 눈을 동그랗게 뜨고 주변을 두리번거리더니 "아차차, 내가 걸렸었네. 이런 거 무서워서 싫어요. 내가 뭐 이상한 짓이라도 했어요?" 합니다. 겨우 제정신이 든 모양입니다.

그러자 장난기 많은 우메요시라는 기생이 앞으로 나서더니 "산페이 씨쯤은 저도 걸 수 있어요. 보세요, 벌써 걸렸잖아요! 자, 자, 점점 졸린다, 졸린다" 하고 주문을 외웠습니다. 방 안에서 도망치는 산페이를 뒤쫓아 옷자락을 붙잡으니 "어어, 틀렸다. 완전히 걸려버렸네" 하며 버둥대다가 얼굴을 두어 번 쓰다듬으니 몸이 축 늘어지고 입도 헤벌어지며 여자에게 매달린 꼴이 되어버렸습니다. 우메요시는 자기가 부처님이라며 절을 시키기도 하고, 지진이 일어났다며 벌벌 떨게도 만들었습니다. 그러면서 그때마다 표정이 풍부한 산페이의 얼굴이 바뀌는 것을 보고 재미있어 합니다. 그러다 사카키하라 주인과 우메요시가 동시에 주문을 걸면 푹 고꾸라져 뻗어버립니다.

우메요시가 술자리가 끝나고 돌아가던 길에 야나기바시

다리 위에서 산페이와 우연히 마주쳤을 때도 "산페이 씨, 여기 봐요" 하며 주문을 거니 으으 하는 신음소리를 내며 길 한가운데서 드러눕고 말았습니다.

그는 이렇게까지 해서 남을 웃기고 싶어하는 것이 문제였습니다. 하지만 너무 감쪽같고 자연스러워 사람들은 그가 너스레로 그러는 줄 몰랐습니다.

그러다 누가 퍼뜨렸는지 산페이가 우메요시를 좋아한다는 소문이 돌았습니다. 그렇지 않으면 어찌 그렇게 쉽게 최면에 걸리냐는 말이지요. 산페이는 남자를 우습게 보는 성격이 괄괄한 여자를 좋아했습니다. 산페이는 처음 최면에 걸려 호되게 당한 그날 밤부터 우메요시에게 푹 빠졌습니다. 그 이후로 기회가 생길 때마다 은근히 눈길을 보냈습니다만 여자 쪽에서는 바보 취급을 하며 상대도 안 해주었습니다. 기회를 보아 두어 마디 말을 건넬라치면 곧바로 우메요시는 한창 개구쟁이 짓을 할 때의 아이 같은 눈빛으로 "그런 소리 하면 또 주문 걸거야" 하며 노려봅니다. 그런 눈빛을 보면 하려던 말은 어디로 사라지고 그만 기운이 쑥 빠져버리지요.

그러다 더 이상 참지 못하고 사카키바라 주인님에게 속사정을 털어놓으며 매달렸습니다. "제가 생각해도 체신머리도 없고 한심하지만 딱 하룻밤만이라도 좋으니 제발 주인님이 어떻게 좀 해주세요."

"오냐, 알았다. 잘 알았으니, 마음 편히 먹고 기다리거라."

주인도 산페이를 놀려줄 요량으로 선뜻 대답하고 그날 저녁에 단골집으로 우메요시를 불러 이야기를 꺼냈습니다. "미안하다만 내가 시키는 대로 한번 해보거라. 오늘 밤 그 녀석을 이리로 불러내 분위기를 잔뜩 잡다가 중요한 대목에서 최면을 한번 걸어 보면 어떻겠느냐? 나는 숨어서 지켜볼 테니 그 놈을 홀랑 벗겨놓고 마음대로 가지고 놀아보거라."

이야기가 이렇게 흘러갔습니다. "아무리 그래도, 좀 불쌍해요." 우메요시도 처음에는 망설였지만 사후에 들통이 나더라도 화낼 사람도 아닌데다 호기심이 발동해 마음을 바꾸었습니다.

밤이 되어 인력거꾼이 우메요시의 편지를 들고 산페이를 데리러 갔습니다. '오늘 밤에 혼자 있으니 놀러 오시라'는 편지를 보자 산페이의 가슴이 뛰었습니다. 주인이 운을 떼어 일이 성사된 걸로 확신하고 평소보다 더 공들여 단장을 하고 치렁치렁한 호색한 차림으로 길을 나섰습니다.

"이쪽으로 좀 더 가까이 오세요. 산페이 씨, 오늘 밤에는 제가 모시는 거니까 편하게 놀다가세요." 우메요시는 방석도 내고 술도 따르며 융숭하게 대접하였습니다. 산페이는 처음에는 분위기에 눌려 주저주저하더니 조금씩 취기가 돌면서 여유가 생겼습니다. "나 말이지, 남자를 이겨 먹는 여자가 참 좋아" 하며 슬슬 분위기를 띄웁니다. 사카키바라와 기생 둘이 다락방에 숨어서 보고 있는 줄은 알 리 없습니다. 우메요시는 터져 나오려는 웃음을 참으며 그럴듯한 말을 적당히 늘어놓았습니다.

"저기요, 산페이 씨. 제가 그렇게 좋으면 뭐라도 증거를 좀 보여주세요."

"증거라, 이거 참. 정말 배라도 갈라 속을 보여주고 싶네."

"그럼, 최면을 걸 테니 솔직하게 털어놓아보세요. 저를 안심시킨다 셈 치고요. 어때요?"

"아니, 아니. 그러지마."

산페이도 오늘 밤만큼은 그런 식으로 두루뭉술 넘어가고 싶지 않았고, 상황에 따라서는 여태껏 진짜로 최면에 걸렸던 게 아니라고 밝힐 수도 있었습니다.

그러다가도 "거봐, 벌써 걸렸네, 이얍" 하고 우메요시가 당당하면서도 시원스러운 눈매로 자신을 바라보자 여자에게 눌리고 싶은 욕망에 휩싸여 중차대한 갈림길에서 또다시 고개를 떨구고 말았습니다.

"우메짱을 위해서라면 목숨도 바칠게요" "우메짱이 죽으라고 하면 당장 죽을게요" 하며 시키는 건 뭐든지 하겠다고 주절댑니다.

이제 잠들었으니 안심이라며 숨어서 보고 있던 주인과 기생 둘이 방으로 들어오더니 산페이를 에워싸고 배꼽을 붙잡고 옷소매를 깨물어가며 우메요시가 하는 장난질을 보고 있습니다.

낭패입니다. 하지만 이제는 다른 도리가 없습니다. 좋아하는 여자에게 이런 식으로 당하는 것에 묘한 쾌감까지 느끼다 보니 아무리 우스꽝스러운 짓을 시켜도 하라는 대로 다 했습니다.

"이 방에는 우리 둘밖에 없어요. 마음 편하지요? 자, 옷 벗으세요."

산페이가 안쪽에 벚꽃 무늬가 그려진 검은 비단의 무소 하오리[23]를 술술 벗었습니다. 쪽빛 모란이 가득 수놓아진 오비[24]를 풀고 다이묘[25] 비단도 벗으니 등에는 번개 신, 소매에는 붉은 번개가 그려진 흰 비단의 나가주반[26]만 남았습니다. 모처럼 차려입은 멋진 의상이 하나씩 차례로 벗겨지더니 결국에는 알몸이 되고 말았습니다. 그런데도 산페이는 우메요시의 거친 말 한 마디 한 마디가 너무도 자극적입니

---

23 겉·안감이 같은 재질로 된 하오리(羽織: 위에 덧입는 짤막한 윗도리).
24 帶: 기모노를 입을 때 허리부분에서 여며주는 띠.
25 大名: 옛 지명(다이묘가 많이 살았던 곳, 지금의 후쿠오카시 중앙구 일대).
26 長襦袢: 기모노 안쪽에 입는 가운 형태의 속옷.

다. 여자가 시키는 대로 하다 보니 차마 입으로 담을 수 없는 짓까지 하고 말았습니다.

우메요시는 실컷 가지고 놀고 난 다음 산페이를 재워 놓고 다른 사람들과 그 방을 나왔습니다.

다음 날 아침, 우메요시가 산페이를 깨웠습니다. 산페이는 눈을 떠 머리맡에 잠옷 차림으로 앉아 있는 여자 얼굴을 황홀하게 바라보았습니다. 그를 속이려고 우메요시가 이미 여자 베개나 옷가지들을 사방에 흩어 놓았습니다.

"방금 일어나 세수하고 오는 참이에요. 참 잘도 주무시네요. 틀림없이 나중에 극락왕생하실 거에요" 하고 우메요시가 딴전을 피웠습니다.

"우메짱이 이렇게 좋아해주니 나중에 복 받겠지. 내 소원이 이루어져 정말 기뻐."

산페이가 몇 번 절을 하고 일어나 주섬주섬 옷을 챙겨 입었습니다.

"사람들이 보면 말이 많을 테니 오늘은 조금 일찍 나갈게요. 다음에 또 자주……. 이런, 너무 밝혔나?" 하며 자기 머리를 툭 때리며 방을 나섰습니다.

"산페이, 일전에 어떻게 되었어?"
며칠 지나 사카키바라가 물었습니다.

"아, 주인님 덕분에 꿈 같은 밤을 보냈어요. 막상 부딪혀 보니 별거 아니에요. 드세다는 둥 기가 세다는 둥 해도 여자는 역시 여자더라고요. 정말 별거 아니더라니까요."

만족스럽기 그지없다는 얼굴에 대고 "너도 꽤나 밝히는구나" 하고 주인이 놀렸습니다.

산페이가 비열하면서도 Professional한 웃음을 지으며 부채로 자기 머리를 툭 쳤습니다.

"에헤헤헤헤헤."

소년

어느덧 20년이나 지난 일이다. 열 살쯤이었다. 가키가라 2초(町)에 있는 집에서 스이텐구 뒤에 있는 아리마학교에 다니던 시절이었다. 닌교마치 큰길의 하늘에는 봄 안개가 가득하고 가게마다 내건 남빛 포렴에는 따스한 햇살이 쏟아졌다. 꿈을 꾸듯 철없던 어린 마음에도 왠지 봄이 느껴지는 따사로운 계절이었다.

화창하게 갠 어느 날, 나른하게 졸리는 오후 수업이 끝나 양손에 먹물을 덕지덕지 묻힌 채 주판을 안고 학교 문을 나서는데 "하기와라 에이(萩原栄)야" 하고 내 이름을 부르며 뒤에서 헐레벌떡 뛰어오는 아이가 있었다. 같은 반 하나와 노부카즈(塙信一)다. 입학할 때부터 보통학교 4학년이 돼도 늘 하녀가 따라다니는 소문난 칠칠이다. 모두가 겁쟁이, 울보라고 부르며 놀아주지 않는 철부지다.

"왜?"

그런 노부카즈가 내 이름을 부르는 게 이상해서 그 아이와 하녀의 얼굴을 쏘아보았다.

"오늘 우리 집에서 놀자. 우리 집 마당에서 이나리 마쓰리[1] 하거든."

끈으로 졸라맨 듯한 입으로 머뭇머뭇 말하더니 이내 애원하는 눈빛으로 바뀌었다. 언제나 외톨이인데다 말도 잘 붙이지 못하던 아이가 왜 갑자기 그런 말을 하는지 조금 황당해서 내가 멈춰 섰다. 평소에는 겁쟁이다 뭐다 하며 놀려주고 욕도 했지만 이렇게 가까이서 보니 역시 양반집 아들인 만큼 기품도 있고 번듯해 보였다.

비단 통소매에 비단 띠를 둘러매고 금색 바탕에 무늬가 들어간 하오리[2]를 입은데다 옥양목 흰 버선에 셋타[3]를 신은 모습이 희고 갸름한 얼굴과 잘 어울렸다. 나도 모르게 멍하게 바라보고 있었다.

"저기, 하기와라 도련님. 우리 도련님하고 함께 노서요. 사실은 우리 집에서 오늘 마쓰리를 하는데요, 있잖아요, 될 수 있으면 점잖고 착한 친구를 데리고 오라고 마님께서 분부하셔서요, 그래서 우리 도련님이 초대하시는 거예요. 네,

---

1 음력 2월 첫 오(午)일에 열리는, 오곡의 신(이나리, 稲荷)을 모시는 축제.
2 羽織: 허리에서 발목까지 주름이 잡혀 있는, 겉에 입는 아래 옷.
3 죽순의 껍질로 엮은 신발 바닥에 소가죽을 댄 신발.

오서요. 싫으서요?"

하녀가 하는 말을 듣고 속으로는 우쭐하는 기분이 들었다. 그래서 "그럼 집에 가서 허락받고 가야지" 하고 일부러 기특한 대답을 했다.

"아, 그래요? 그럼 도련님 집에 함께 가서 제가 어머님께 말씀드릴까요? 그러고 나서 우리랑 함께 가시게요."

"아니, 됐어요. 거기 아니까 혼자 갈게요."

"그러세요. 그럼 꼭 기다릴게요. 돌아가실 때는 제가 집까지 바래다드릴 거니까 걱정 마시라고 말씀드리세요."

"네, 알았어요, 안녕."

이렇게 말하고 나서 노부카즈에게 친한 척 인사를 했다. 그 녀석은 웃지도 않고 고개만 끄덕였다.

오늘부터 그 반듯한 아이와 친구가 된다는 생각을 하니 왠지 신났다. 늘 함께 놀던 이발소 집 고키치나 뱃사공 네 뎃코에게 들키지 않으려고 서둘러 곧장 집으로 달려갔다. 감색 교복을 기하치조[4]로 갈아입자마자 신발을 신으며 안방을 향해 대충 "어머니, 놀고 올게요" 하고 노부카즈네 집으로 달리기 시작했다.

아리마학교 앞에서 곧장 달려 나카노 다리를 건너고 하

─────────────────────
4 노란 바탕에 갈색·연갈색의 색실로 줄무늬나 격자무늬를 넣은 건직물.

마초의 요정(料亭) 담벼락에서 나카스 방향의 둑길로 돌아서
자 왠지 을씨년스럽고 한적한 곳이 나왔다. 신오하시 다리
가 있던 곳을 조금 더 지나면 오른편에 유명한 떡집과 센베
과자 가게가 나오는데, 그 대각선 모퉁이에 있는 길고 긴 담
으로 둘러싸인 어마어마한 철대문집이 바로 노부카즈네 집
이었다.

대문 앞으로 지나가면서 보니 담장 안쪽에 있는 빼곡한
정원수의 푸른 잎 사이로 일본식 건물의 기와가 은회색으로
빛났다. 그 뒤편에는 서양식 건물의 붉은 기와가 살짝 보였
다. 엄청난 집이다. 으리으리했다.

정말 무슨 마쓰리를 하는 것처럼 신사 같은 데서 나던 북
소리가 담장 너머에서 들려오고 샛길에 달린 활짝 열어 놓
은 쪽문으로 근처에 사는 가난한 집 아이들 여럿이 줄줄이
안으로 들어간다. 나는 대문을 지키는 문간방으로 가서 노
부카즈를 불러달라고 할까 하다가 왠지 자신이 없어 그 아
이들을 따라 쪽문으로 들어갔다.

어마어마하다는 생각을 하면서 나는 호리병처럼 생긴 연
못가의 잔디밭에 서서 널따란 정원을 바라보았다. 지카노부
가 그렸다는 '에도성의 미인들'이라는 병풍에 나오는 개울
과 둔덕, 그리고 석등롱이나 도자기로 만든 학 같은 것이 그
림처럼 자리 잡고 있었다. 크고 작은 디딤돌과 징검돌이 끝

도 없이 길게 이어진 저편 멀리에 궁전 같은 집이 보였다.

노부카즈가 저런 곳에 있다는 생각을 하니 도저히 오늘
은 만나지 못할 것 같았다. 많은 아이들이 따스한 햇볕을 받
으며 양탄자처럼 푹신한 풀밭에서 뛰어놀고 있었다.

샛길 쪽문에서부터 정원 한구석에 예쁘게 꾸며진 이나리
사당까지 가는 도중에 대여섯 걸음마다 그림이 새겨진 각등
(角燈)이 늘어서 있고, 누구나 먹을 수 있도록 식혜와 어묵과
팥죽을 차려놓은 수레가 여기저기에 있다. 가구라⁵나 아이
들이 스모를 하는 곳에는 사람들이 새까맣게 몰려 있다. 잔
뜩 기대하고 놀러 왔다가 왠지 맥이 빠진 나는 기분 내키는
대로 여기저기 걸어다녔다.

"여기요, 식혜 마시고 가서요, 돈 필요 없어요."

식혜 수레 앞을 지나갈 때 이 집에서 일하는 빨간 다스키⁶
를 맨 여자아이가 웃으며 말을 걸었지만 나는 뚱한 얼굴로 그
냥 지나쳤다. 다음에는 오뎅 수레 앞을 지나가는데 "애야,
오뎅 먹고 가거라, 돈 없어도 주는 거야" 하며 대머리 아저
씨가 또 말을 걸었다.

"싫어. 안 먹어."

---

5 神樂: 왕실과 관련이 깊은 신사에서 신을 모시기 위해 연주하는 가무. 여기
에서는 그런 노래와 춤으로 하는 공연을 가리킴.
6 일할 때 옷소매를 걷어 올려 등뒤로 교차시켜 매는 끈.

퉁명스럽게 대꾸하며 쪽문으로 되돌아가려는데 어디서 짙푸른 핫피[7]를 입은 술 냄새 나는 아저씨가 불쑥 나타나 "애야, 너 과자 안 받았지? 돌아가려면 과자 받아가. 자, 이거 들고 저기 아주머니가 있는 곳으로 가면 과자 주니까, 얼른 받아가" 하고 빨갛게 물들인 과자 표를 건넸다. 서글퍼졌다. 그래도 거기에 가면 행여 노부카즈를 만날지도 모른다는 생각에 표를 받아 들고 다시 정원 쪽으로 갔다.

다행히 얼마 지나지 않아 낮에 만났던 하녀가 나를 발견했다.

"도련님, 잘 오셨어요. 아까부터 계속 기다리셨어요. 얼른 저쪽으로 가셔요. 이런 지저분한 아이들과 노시면 안 돼요" 하며 다정하게 내 손을 잡아주었다. 나도 모르게 눈물이 핑 돌아 대답도 제대로 못했다.

내 키만큼이나 될 듯한 높다란 툇마루를 끼고 돌아 정원 쪽으로 튀어나온 사랑채 뒤로 들어갔더니 열 평 정도의 안뜰이 딸린 작은 방이 나왔다.

"도련님, 친구분 오셨어요."

오동나무 아래에서 하녀가 알리자 장지문 안에서 부산한 발소리가 나더니 "이리 들어와" 하고 날카로운 소리로 화를

---

7   옷깃에 집안의 문양을 새긴 겉옷.

내면서 노부카즈가 마루로 달려 나왔다. 그 겁쟁이 아이가 어디를 누르면 이렇게 우렁찬 소리가 나올까 하는 생각을 하면서 사람이 달라 보일 만큼 성장(盛裝)을 한 친구의 모습을 눈부시게 쳐다보았다.

검은 비단의 노시메[8]에 하오리, 하카마[9]를 입고 서 있는 노부카즈가 툇마루에 환하게 쏟아지는 햇살을 정면으로 받고 있었다. 검은색의 주름 잡힌 하카마가 은가루처럼 반짝거렸다.

친구 손에 이끌려 들어간 곳은 다다미 여덟 장짜리 방이었다. 모치가시[10] 상자 바닥에서나 맡을 수 있는 달콤한 냄새가 방에 가득하고, 고동색과 노란색 줄무늬가 섞인 푹신한 방석 2개가 나를 기다리고 있다는 듯 가지런히 놓여 있다. 곧바로 하녀가 차와 과자, 찰밥까지 들어 있는 붉은 옻칠을 한 그릇들을 날라왔다.

"도련님, 마님께서 친구분과 사이좋게 드시랍니다. 그리고 오늘은 새 옷을 입으셨으니 심한 장난은 치지 말고 점잖게 노세요" 하며 머뭇거리는 내게 찰밥과 긴톤[11]을 권하고

---

8 허리 부분에만 무늬가 들어간 무사의 예복.
9 허리에서 발목까지 주름이 잡혀있는 아래옷.
10 찹쌀떡을 주재료로 하여 만든 말랑한 과자.
11 고구마 등으로 만든 소에 달게 조린 밤, 강낭콩을 섞은 음식.

물러갔다.

조용하고 햇볕이 잘 드는 방이다. 불타듯 벌건 창호지에 마루 앞의 홍매화 그림자가 서 있고, 멀리 정원 쪽에서 둥둥 둥 가구라 북소리가 아이들의 시끌시끌한 소리에 섞여 들려온다. 머나먼 다른 나라에 온 것 같았다.

"노부야, 너 여기 살아?"

"아니, 여기는 누나 방이야. 저기에 누나 장난감 있어. 보여 줄까?"

노부카즈가 벽장 속에서 나라 인형 쇼조[12], 헝겊을 붙여 만든 조토우바[13], 교토의 게시닌교[14], 후시미 인형[15], 이즈쿠라 인형[16] 같은 여러 가지 인형을 다다미 두 장 가득히 세워 놓았다. 우리는 이불 위에 배를 깔고 엎드려 수염이 나 있거나 눈을 부릅뜨기도 한 정교하게 만들어진 인형들의 얼굴을 하나씩 찬찬히 들여다보았다. 그러면서 이런 작은 사람이 사는 세상을 상상했다.

"여기에 그림책도 잔뜩 있어."

---

12 목각인형에 색을 칠해서 만드는 나라(奈良) 지방의 인형.
13 갈퀴와 빗자루를 든 노부부 모습의 인형(노(能)에서 유래함).
14 소인의 나라에 온 것처럼 다양한 복장을 한 아주 작은 인형.
15 도쿄 후시미 지방에서 만드는, 소박한 모습과 색채를 가진 흙으로 빚은 인형.
16 오사카 이즈쿠라에서 독점적으로 만들었던 인형. 토실토실 살찐 모습이 많음.

노부카즈가 또 벽장에서 한시로와 기쿠노조[17]의 얼굴이 크게 그려진 두꺼운 종이 상자를 꺼내와서 그 안에 들어 있는 여러 가지 그림을 보여주었다. 몇십 년이나 된듯한 목판화 고쿠사이시키[18]는 아직도 광택이 살아있다. 표지를 펼치니 퀴퀴한 냄새와 함께 옛날 막부시대 복장을 한 어여쁜 남녀가 생생한 얼굴 하며 섬세한 손가락과 발가락 하며, 지금이라도 살아서 걸어나올 것처럼 그려져 있다. 이 집과 비슷하게 생긴 커다란 저택의 안뜰에서 공주가 시녀들을 거느리고 반디를 좇는가 하면, 황량한 다리의 난간에서 삿갓으로 얼굴을 가린 사무라이가 이제 막 목을 벤 남자의 품에서 꺼낸 후바코[19] 속의 편지를 달빛에 비추어 읽고 있다. 다음 그림에는 검은 복면을 한 자객이 상궁의 처소에 숨어들어 깊은 잠에 빠진 시이타케타보 머리[20]를 한 여자의 목에 이불 위에서부터 칼을 찔러 넣고 있다. 또 다른 그림에서는 어둑한 방에 농염한 속옷을 입은 여자가 피가 뚝뚝 떨어지는 칼을 입에 물고 발 밑에 쓰러져 허공을 움켜쥐며 죽어가는 사

---

17 가부키 배우 이와이 한시로(岩井 半四郎, 1747~1800)와 세가와 기쿠노조 (瀬川菊之丞). 모두 여자의 역할을 하던 유명 배우.

18 極彩色: 광물 안료와 아교 등을 사용하여 매우 정교하게 색칠한 그림.

19 文箱: 서간을 넣어 두는 필통처럼 생긴 상자.

20 귀밑머리를 표고버섯 모양으로 감은 머리 형태. 에도시대에 궁녀들 사이에서 유행하였음.

내를 노려보고 서 있다. 우리가 가장 재미있게 본 그림은 사람을 기괴하게 죽이는 그림인데, 눈알이 빠진 얼굴, 몸통이 동강 나 허리 아래만 남아 있는 인간, 새까만 혈흔이 흩뿌려져 있는 장면들을 넋을 잃고 보았다.

"어머, 노부카즈, 너 또 남의 물건으로 장난치는구나."

유젠[21]으로 염색한 후리소데[22]를 입은 열서너 살 정도의 여자가 장지문을 열고 들어왔다. 이마가 촘촘하고 눈과 입이 야무지게 생긴 얼굴의 누나가 화난 표정을 짓고 우뚝 서서 우리를 매섭게 노려보았다. 노부카즈는 놀라거나 겁을 내기는커녕 "무슨 소리야, 장난 같은 거 안 해, 친구에게 그냥 보여주고 있잖아" 하며 전혀 개의치 않는다는 듯 누나 쪽은 쳐다보지도 않고 책장을 넘긴다.

"안 하긴 뭘 안 해. 그거 안 된다니깐!"

누나가 달려들어 책을 낚아채려 하자 노부카즈도 물러서지 않았다. 표지 쪽과 반대쪽을 서로 잡아당겨 책 가운데가 곧 찢어질 것 같았다.

"누나 욕심쟁이! 이제 안 볼 거야" 하고 노부카즈가 갑자기 책을 팽개쳤다. 그리고 옆에 있던 인형들을 누나의 얼굴을 향해 집어 던졌다. 인형이 빗나가 도코노마[23] 벽에 맞았다.

---

21 友禅: 염색의 한 종류.
22 옷소매가 긴 옷, 현재는 미혼 여성의 예복.

"거 봐, 지금 장난하잖아. 또 나 때렸지? 좋아 때리려면 맘대로 때려봐. 이것 봐, 지난 번 멍도 아직 이렇게 남아 있어. 아버지에게 이를 거야, 두고 봐."

분하다는 듯이 눈물을 글썽이던 누나가 치맛자락을 걷어 올려 새하얀 오른발 종아리에 새겨진 멍 자국을 내보였다. 발목에서 무릎까지 종아리의 핏줄이 파랗게 비쳐 보이는 희고 연한 살 위에 안쓰럽게도 보랏빛 반점을 흩뿌려 놓은 것처럼 멍이 번져 있다.

"이를 테면 일러봐. 욕심쟁이, 욕심쟁이."

노부카즈가 인형을 마구 걷어차더니 마당에 가서 놀자며 나를 데리고 방에서 뛰쳐나왔다.

"누나, 울고 있을까?"

밖으로 나오자 미안하기도 하고 불쌍하기도 했다.

"울어도 괜찮아. 싸우고 나면 맨날 울어. 누나라고는 해도 첩 딸이거든."

투덜대며 노부카즈가 서양관과 일본관 사이에 있는 커다란 느티나무 그늘로 들어갔다. 우거진 큰 나뭇가지들이 햇볕을 막아주니 축축한 지면에는 이끼가 수북했다. 어둡고 서늘한 기운이 우리 둘의 목덜미를 타고 올라오는 것 같았

---

23 床の間: 객실인 다다미방의 정면에 바닥을 높여 장식해둔 곳.

다. 옛날에 우물이 있었던 자리인지 늪인지 연못인지 구분할 수 없는 물 웅덩이에 수초가 녹청(綠靑)처럼 떠 있다.

우리가 웅덩이 옆에 앉아 축축한 흙 냄새를 맡으며 다리를 뻗고 앉아 있는데 어디서 악기를 연주하는 소리가 희미하게 들려왔다.

"뭐지?"

놓치고 싶지 않은 소리였다.

"누나가 피아노 치는 거야."

"피아노가 뭐야?"

"오르간 같은 거라고 누나가 그랬어. 서양 여자가 매일 저 서양관에 와서 누나를 가르쳐" 하며 노부카즈가 서양관 2층을 가리켰다. 자주색 헝겊을 드리운 창문 안에서 계속 새어 나오는 불가사의한 울림! 깊은 숲 속에서 나는 요괴의 웃음이 메아리 치는 소리 같기도 하고, 또 동화 속의 난쟁이들이 모두 모여 춤추는 소리 같기도 하다. 수천 가닥 가느다란 상상의 잉아로 어린 머리에 기묘한 꿈을 엮어주려는 신비한 울림이 오래된 늪의 바닥에서 흘러 나오는 것만 같았다.

그 소리가 그쳤을 때, 나는 아직도 마음속에서 사라지지 않는 황홀경의 여운을 맛보면서 지금이라도 저 창문에서 서양사람과 누나가 얼굴을 내밀지 않을까 고대하며 꼼짝 않고 2층을 바라보았다.

"노부야, 너 저기서는 안 놀아?"

"응, 장난치면 안 된다고 어머니가 못 들어가게 해, 한 번 몰래 가보았는데 잠겨 있었어."

노부카즈도 궁금하다는 눈빛으로 2층을 쳐다보았다.

그때 "노부야, 놀자" 하면서 뒤에서 한 아이가 뛰어왔다. 같은 학교의 1년 상급생이다. 이름은 몰라도 날마다 하급생을 괴롭히는 악동이라 얼굴은 잘 알고 있었다. 그런 녀석이 여기에 왜 왔을지 수상했지만 아무 말 않고 가만히 상황을 보고 있자니 노부카즈가 센키치, 센키치 하며 이름을 아무렇게나 불러대도 이 악동은 도련님이라고 부르며 은근히 비위를 맞춘다. 하나와 집안의 마부의 아들인데, 그때 노부카즈를 보던 내 눈빛은 아마 서커스단에서 맹수를 다루는 미녀를 바라볼 때의 눈빛과 같았을 것이다.

"우리 순사놀이 하자. 나랑 에이가 순사할 테니, 네가 도둑놈 할래?"

"좋긴 한데…… 지난 번에 잡혔을 때 너무 힘들었어. 도련님이 줄로 묶어 놓고 코딱지까지 발랐잖아."

깜짝 놀랐다. 여자 같이 곱상한 노부카즈가 학교에서 곰처럼 날뛰는 센키치를 묶어 놓고 괴롭히다니, 도저히 상상이 되지 않았다.

결국 나와 노부카즈가 순사가 되어 연못 주위의 풀숲을

헤치며 도둑 센키치를 쫓아다녔다. 이쪽은 사람이 둘인데도 상대가 상급생이다 보니 좀처럼 잡을 수 없었다.

그러다 한번은 서양관 뒤편 담장 구석에 있는 창고로 센키치를 몰아넣었다. 우리는 신호를 주고받으며 숨을 삼키고 발소리도 죽이며 창고 안으로 따라 들어갔다.

그런데 어디에 숨어 있는지 센키치의 모습이 보이지 않는다. 어둑한 창고에 된장통과 간장통에서 나는 퀴퀴한 냄새가 가득하고, 쥐며느리 같은 벌레가 스멀스멀 거미줄투성이의 지붕 안쪽과 통 주위를 기어다니는 풍경이 왠지 어린아이들에게 이상한 장난을 하라고 부추기는 것 같았다.

어디선가 쿡쿡 대며 웃음을 참는 소리가 들렸다. 들보에 매달린 소쿠리가 갑자기 움직이더니 "와아" 하고 소리치며 센키치의 얼굴이 불쑥 튀어나왔다.

"어이쿠! 도둑이 여기 숨어 있었구나. 얼른 내려오지 못해?"

노부카즈가 아래에서 소리를 질러대며 장대로 얼굴 쪽을 마구 쑤셨다.

"으하하하하, 올 테면 와봐. 가까이 오기만 하면 오줌을 갈길 거야."

센키치가 위에서 오줌을 누려는 듯 두 발을 벌리자 노부카즈가 대나무장대로 센키치의 엉덩이며 다리 쪽을 마구 찔

164

러대기 시작했다.

"이래도 안 내려와?"

"아야, 아야. 알았어, 내려갈게."

비명을 지르며 찔린 곳을 감싸 쥐고 내려오는 상대의 가슴팍을 노부카즈가 움켜쥐더니 "어디서 무엇을 훔쳤는지 솔직히 대라"며 몰아붙였다.

그러자 시로키야[24]에서 옷감을 다섯 필 훔치고, 닌벤[25]에서는 가쓰오부시[26]를 훔치고, 일본 은행에서도 돈을 바꿔치기했다는 둥 센키치도 엉터리 자백을 했다.

"음, 그래? 못된 놈이로군. 또 무슨 짓을 했어. 사람을 죽이지는 않았느냐?"

"그랬습죠. 구마가이[27] 둑길에서 눈먼 안마사를 죽이고 돈 오십 냥이 든 지갑을 훔쳤습죠. 그리고 그 돈으로 요시와라[28]에 갔습니다요."

---

24 白木屋: 니혼바시에서 포목상으로 번창했던 가게. 1919에 백화점으로 바꾸고 1967년부터 도큐(東急)백화점이 되어 현재에 이름.

25 니혼바시에 있는 점포 이세야(伊勢屋, 1704~). 가쓰오부시로 유명함.

26 鰹節: 훈제로 얇게 깎아 요리에 쓰는 가다랑어포.

27 사이타마현 아라카와강(荒川)의 둑길. 에도시대에 강도가 자주 출몰했던 지역.

28 吉原: 에도시대의 유곽(막부가 1617년에 흩어져 있던 유곽을 니혼바시 부근에 모아놓았음).

싸구려 연극이나 노조키가라쿠리[29]에서 그런 것을 보았는지 대답이 술술 나왔다.

"그것 말고도 또 사람을 죽이지 않았느냐? 어허, 어허, 말을 안 하는구나. 그렇다면 고문을 할 수밖에."

"더는 없습니다요, 용서해주십쇼."

두 손을 모아 싹싹 빌어도 소용 없었다. 노부카즈가 센키치의 허리에 매여 있던 노르스름한 모슬린을 풀어 손을 뒤로 묶고 나머지로 두 발목을 단단히 묶었다. 그러고 나서 센키치의 머리카락을 잡아당기거나 볼을 쥐어 틀고, 눈꺼풀의 빨간 곳을 까뒤집어 흰자위가 보이게 하기도 하고, 귓불이나 입술 끝을 잡고 사정없이 흔들기도 했다. 연극에 나오는 아이나 견습 기생의 손처럼 나긋나긋하고 뽀얀 손가락이 교활하게 움직이면서 투박하고 검고 못생기고 살찐 센키치의 얼굴을 고무줄처럼 우스꽝스럽게 늘였다 줄였다 했다. 그러다가도 재미가 없어지면 "잠깐, 잠깐. 너는 죄인이니 이마에 문신을 그려야지" 하며 숯가마니에서 숯을 꺼내 침을 발라 센키치의 이마에 문질렀다. 센키치는 오랫동안 고문을 당하면서 얼굴이 일그러지고 눈물도 그렁그렁하더니 나중에는 그럴 기운도 없는지 상대가 하는 대로 가만히 있었다. 학교

---

29 상자 속의 그림을 바꿔가며 대사를 읊는 장치(상자 앞에서 구멍으로 들여다보았음).

에서는 힘도 세고 난폭하기만 한 골목대장 사내가 노부카즈에게 차마 눈뜨고 보지 못할 꼴을 당하며 힘들어 하는 모습을 보고 있자니 나도 모르게 야릇한 쾌감이 생겨났다. 하지만 잘못했다가는 다음날 학교에서 어떤 앙갚음을 당할지 몰라 덩달아 따라하지는 못했다.

한참 지나 끈을 풀어주자 센키치가 분한 듯이 노부카즈의 얼굴을 흘겨보고 힘없이 그 자리에 널브러져 엎드리더니 아무리 말을 걸어도 움직이지 않는다. 어깨를 잡아 일으키려고 해도 다시 축 늘어져 버린다. 우리 둘은 조금 걱정되어 상태를 지켜보면서 잠시 가만히 서 있었다. 그러다 노부카즈가 "야, 왜 그래" 하며 목덜미를 잡아 뒤로 젖히니 땀과 눈물로 범벅 된 꾀죄죄한 센키치 얼굴이 드러났다.

"와하하하하" 하고 셋이 서로 얼굴을 쳐다보며 웃었다.

"다른 거 또 하자."

"너무 심하게 하지마. 이것 봐. 여기 자국이 남았잖아."

센키치의 손목에 끈으로 묶인 자국이 벌겋게 남았다.

"이번에 내가 늑대 할 테니까, 둘이 나그네 해봐. 그래서 나중에 둘 다 늑대에게 잡혀 먹히는 거야."

늑대가 되기 싫었지만 센키치가 대답해버리는 바람에 어쩔 수 없었다. 나와 센키치는 나그네고 창고는 사당이었다. 나그네 둘이 사당에서 노숙을 하고 있는데 한밤중에 늑대가 문밖에서 울어대기 시작하다가 나중에는 문을 물어뜯고 사당 안으로 들어와 네 발로 기어다니면서 개나 소 같은 이상한 소리를 내며 도망치는 나그네 둘을 쫓는 것이다. 노부카즈가 진짜 늑대처럼 무섭게 쫓아다니니 잡히면 어떤 짓을 당할지 몰라 조금 무서워졌다. 나는 겉으로는 장난처럼 히히거리며 웃어도 사실은 가마니 위나 거적 뒤로 있는 힘을 다해 도망쳤다.

"어이, 센키치. 넌 다리를 먹혔으니까 지금부터는 못 걷는 거야."

늑대가 이렇게 말하고 나그네 중 한 사람을 사당 구석에 몰아넣고 몸을 덮쳐 누르며 여기저기 물어뜯었다. 센키치가 배우들이 하듯이 괴로운 표정을 지으며 눈을 부릅뜨기도 하고 입을 뒤틀기도 하고 여러 가지 흉내를 그럴듯하게 내보였다. 그러다 결국에는 목덜미를 물어뜯겨 캬! 하는 최후의 비명소리를 끝으로 손가락과 발가락을 부들부들 떨다가 한 차례 허공에 손을 뻗더니 축 늘어져버렸다.

'이젠 내 차례구나' 하는 생각이 드니 정신이 없었다. 부리나케 간장통 위로 올라갔는데 늑대가 옷자락을 물고 엄청난 힘으로 잡아당겼다. 나는 새파랗게 질려 간장통에 꼭 들러붙었지만, 서슬 퍼런 늑대의 기세에 금세 기가 꺾였다. '아, 이제 끝장이구나' 하는 생각이 들어 포기하고 눈을 감자마자 순식간에 아래로 끌려 내려와 바닥에 내동댕이쳐졌다. 노부카즈가 번개처럼 내 목덜미로 덤벼들어 숨통을 노리고 물어뜯었다.

"이제 둘 다 시체가 되었으니 어떤 일이 있어도 움직이면 안 되는 거야. 뼈까지 싹싹 발라 먹어야지."

우습게도 노부카즈가 하는 말에 우리는 둘 다 바닥에 벌렁 드러누워 꼼짝 못했다. 갑자기 내 몸의 구석구석이 근질거리며 옷자락이 풀어헤쳐진 가랑이에서 스멀스멀 냉기가 타고 올라오고, 오른손 가운데 손가락이 센키치 머리카락에 살짝 닿는 것이 느껴졌다.

"살찐 놈부터 먹어볼까?"

노부카즈가 아주 만족스럽다는 듯 센키치의 몸 위에 올라탔다.

"너무 아프게 하지마."

센키치가 눈을 반쯤 뜨고 애원하듯 속삭였다.

"너무 세게는 안 할 테니, 가만히 있어."

노부카즈가 쩝쩝거리면서 머리부터 얼굴, 몸통에서 배, 두 팔에서 사타구니와 정강이까지 마구 물어대며 흙 묻은 짚신을 신고 얼굴이나 가슴 위까지도 마구 짓밟으니 센키치의 온몸이 흙투성이가 되었다.

"자, 이제부턴 엉덩이 고기다."

센키치를 뒤집어 놓고 바지를 홀렁 내리니 마늘 두 쪽을 붙여 놓은 듯한 엉덩이가 쑥 나왔다. 걷어 올린 옷자락으로 시체의 머리를 덮고 등뒤에 올라탄 노부카즈가 또 살을 물어뜯는데, 어떤 짓을 당해도 센키치는 꿈쩍 않는다. 추워서 닭살이 돋은 엉덩이 살이 연두부처럼 부들거린다.

나도 곧 똑같이 당할 거라는 생각에 가슴이 뛰면서도 설마 센키치 정도는 아니려니 하고 있는데 노부카즈가 내 가슴 위에 걸터앉았더니 콧등부터 사정없이 먹어 치우기 시작했다. 귀에는 하오리 안감 스치는 소리가 사각사각 들리고, 코에는 옷에서 뿜어 나오는 장뇌향이 진하게 풍겨 왔다. 내 볼은 순백 비단 조각에 부드럽게 닿아 있고, 가슴과 배는 노부카즈의 온기 있는 묵직한 몸뚱이의 느낌을 모두 받고 있다. 촉촉한 입술과 매끈한 혀 끝이 날름거리며 간질이듯 핥아가는 기괴한 감각은 소름 끼치는 섬뜩함을 밀쳐내며 내 마음을 호리듯 정복해가다가, 종국에는 어떤 쾌감으로 바뀌었다. 내 얼굴이 왼쪽 관자놀이에서부터 오른 뺨을 가로지르며 세차게 짓밟히고 그 아래에 깔린 코와 입술이 짚신 바닥의 흙과 마찰을 일으키는데도, 이런 감촉이 어느 순간에 유쾌하게 느껴지기 시작했다. 그러면서 온몸과 온 마음이 노부카즈의 꼭두각시가 되어 가는 것을 기쁘게 받아들이고 있었다.

그러다 나도 벌렁 뒤집혀 옷이 벗겨지고 등 아래를 모두 잡아먹혀버렸다. 두 시체가 엉덩이를 내놓고 나란히 누워 있는 장면을 즐기기라도 하듯 노부카즈가 키득대며 보고 있는데, 아까 그 하녀가 헛간 문으로 쑥 들어왔다. 우리는 벌떡 일어났다.

"어머, 도련님 여기 계셨어요? 저런, 옷이 왜 이래요? 왜 이런 데서 노서요? 센키치, 너 정말 나빠."

하녀가 나무라며 발자국이 찍혀 있는 센키치의 얼굴을 짐작이 간다는 듯 매섭게 바라본다. 나도 밟힌 얼굴이 욱신거리는 것을 참으며 큰 잘못이라도 저지른 사람처럼 옴짝달싹 못하고 서 있었다.

"목욕물 데워놓았으니 이제 그만 노시고 들어가서요. 마님께 혼나요. 하기와라 도련님도 또 놀러 오서요. 시간이 늦었으니 바래다드릴까요?"

하녀가 내게만큼은 공손하게 말했다. 나는 혼자 갈 수 있다고 했다.

문까지 배웅하는 세 사람을 뒤로 하고 밖으로 나서니 어느 틈에 길가는 푸르스름한 저녁 안개가 가득하고 불빛이 강을 따라 깜박거리고 있다. 섬뜩하고 불가사의한 세상에서 갑자기 사람이 사는 곳으로 돌아온 것 같았다. 오늘 있었던 일이 꿈속에서 일어난 일처럼 아스라해졌다. 노부카즈의 기품 있고 우아한 태도와 사람을 사람으로 여기지 않고 제멋대로 다루는 행동이 한나절 만에 내 마음을 사로잡았다.

다음 날 아침에 학교에서 보니 어제 그토록 곤욕을 치른 센키치는 여느 때처럼 골목대장 노릇을 하며 힘없는 아이들을 괴롭혔고, 노부카즈 또한 늘 그렇듯이 하녀와 함께 운동장 한쪽 구석에 주눅이 들어 서 있었다.

"노부야, 같이 놀까?"

내가 말을 걸어도 아무 말없이 눈썹을 치켜세우고 기분나쁘다는 듯이 고개만 저었다.

그렇게 사오 일이 지난 어느 날이었다. 학교에서 돌아가는 길에 노부카즈네 하녀가 또 나를 불러 세우더니 "오늘은 아가씨 히나 인형[30]을 만들어 놓았어요. 놀러 오세요" 하며 권했다.

그날은 문지기에게 인사를 하고 대문으로 들어갔다. 정면 현관 옆에 있는 촘촘한 격자가 나 있는 문을 여니 곧바로 센키치가 내려와 2층의 천장이 낮은 다다미방으로 나를 데려 갔다. 노부카즈와 누나 미쓰코가 히나 인형 진열단 앞에 배를 깔고 드러누워 볶은 콩을 먹고 있었다. 우리 둘이 들어가자마자 킥킥대며 웃는 모습에 또 무슨 장난을 꾸미는 것

---

30 雛人形: 히나마쓰리에 진열하는 인형(옛날의 일왕과 왕후를 중심으로 대신·궁녀·음악 반주자 등의 인형을 놓아둠).

같았는지 "도련님, 왜요?" 하며 센키치가 불안하게 남매를 보고 물었다.

두툼한 카펫을 깔아놓은 마룻바닥에 놓인 히나 인형 진열단에는 아사쿠사 관음당처럼 생긴 시신전[31] 지붕이 솟아 있고, 왕과 왕비 인형과 악기를 연주하는 궁녀 다섯이 궁전에 늘어서 있다. 왼편에는 벚나무가 있고 오른편의 귤나무[32] 아래에는 장정 셋이 술을 데우고 있다. 그 아랫단에는 잔칫상이며 촛대며 오하구로 도구[33]며 덩굴무늬 마키에[34]로 장식한 예쁜 세간들이 일전에 누나 방에 있던 여러 인형과 함께 장식되어 있다.

진열단 앞에 서서 넋을 잃고 보고 있는데 노부카즈가 내게 다가와 귀엣말을 했다.

"있잖아…… 센키치에게 술을 먹여서 취하게 만들자."

그리고 곧바로 종종대며 센키치 쪽으로 가더니 시치미를 떼고 "야, 센키치. 우리 넷이서 술 한번 마셔보자"고 했다.

넷이 둘러앉아 볶은 콩을 안주 삼아 술을 마시기 시작했다.

센키치가 "이거 정말 좋은 술이로군" 하고 어른 흉내를

---

31 紫宸殿: 교토 옛 궁전의 정전(正殿).

32 동쪽에 벚나무, 서쪽에 귤나무가 있는 궁중의 시신전 정면 계단 아래를 본뜬 모형.

33 이를 까맣게 물들이는(에도시대에는 기혼 부인 사이에 성행하였음) 도구.

34 옻칠 위에 금·은 가루 등을 뿌려 무늬를 만드는 칠공예.

내며 우리를 웃기고 찻잔에 술을 따라 벌컥벌컥 들이켰다. 우리는 박장대소하며 빨리 술에 취하기를 기다렸지만, 막상 센키치가 거나하게 술기운이 올랐을 즈음에는 조금씩 나누어 마시던 우리 셋도 꽤 얼큰해졌다. 아랫배 언저리에서 뜨거운 술이 부글부글 끓어오르며 뺨에서 관자놀이까지 모두 땀에 젖고, 이마 주위가 찌릿찌릿 저려오며 배에 탔을 때처럼 방 바닥이 이리저리 기우뚱거린다.

"도련님, 나 취했어요. 어라? 모두 얼굴이 빨갛네? 어디 한번 걸어봐야지."

센키치가 일어나 팔을 휘저으며 걸으려 했지만 곧바로 발이 풀려 넘어지는 바람에 벽 기둥에 쿵 하고 부딪혔다. 셋이 와 하고 웃었다.

"아야, 아야."

머리를 문지르며 얼굴을 찡그리던 센키치가 더 이상 참지 못하고 웃음을 터뜨린다.

그러자 나머지 셋도 센키치를 흉내 내 일어서서 걷다가 넘어지고, 넘어져서는 웃고 깔깔대고, 또 덩달아 장난치며 법석을 떨었다.

"아아, 기분 좋다아. 나 취했어. 이 버엉신아아"

센키치가 옷자락을 둘둘 말아 올려 허리춤에 끼워 넣고 두 주먹을 옷 속에 집어넣어 가마꾼 흉내를 내며 걷자 노부카즈와 나, 누나까지도 옷자락을 허리춤에 욱여넣고 어깨에 주먹을 쑥 집어넣고 마치 가부키에 나오는 여자 산적 오조 키치자 같은 모습으로

"벼엉신, 나 취했어" 하며 방 안을 비틀대며 걷다 깔깔거린다.

"아참, 도련님, 도련님. 여우 놀이 할까요?"

센키치가 문득 재미있는 것을 생각해냈다는 듯이 말을 꺼냈다. 센키치와 나, 시골 사람 두 명이 여자로 둔갑한 미쓰코라는 여우에 홀려 갖은 고생을 하는데 길가던 사무라이 노부카즈가 두 사람을 구하고 여우를 물리친다는 줄거리다. 술기운이 올라 있던 셋이 즉각 찬성하여 연극놀이를 하기로 했다.

우선 센키치와 내가 수건을 머리 앞쪽으로 동여매고 기모노자락은 오비에 끼워 넣고 양손에 먼지떨이를 쳐들고 "이 동네에 여우가 나와 나쁜 짓을 한다니, 오늘은 꼭 해치웁시다" 하며 등장한다.

그러자 반대 쪽에서 미쓰코가 여우가 되어 나타나 "여보세요, 당신들에게 맛있는 것을 줄 테니 나를 따라오서요" 하며 우리 어깨를 툭 쳤다. 나와 센키치가 순식간에 여우로 바뀌어 "이야, 정말 예쁘네" 하며 눈을 가늘게 뜨고 느물거리기 시작한다.

"둘 다 둔갑했으니까 이제 똥이 맛있는 밥이야."

미쓰코는 재미있어 못 견디겠다는 듯이 깔깔대며 먹다 말고 뱉어낸 팥고물찰떡, 발로 마구 짓이긴 메밀만두, 콧물을 묻힌 볶은 콩 같은 것을 더럽다는 듯이 접시에 가득 담아 우리 코앞에 늘어놓았다.

"이건 오줌으로 만든 술인 거야. 자, 여우들아 한번 먹어 봐" 하며 희멀건 술에 침을 뱉고 우리에게 마시라고 했다.

"우와, 맛있다. 맛있다."

우리는 입맛도 다시고 맛있다는 시늉을 하면서 하나도 남기지 않고 전부 먹었다. 술과 볶은 콩에서는 짭짤한 맛이 났다.

"이제부터 내가 샤미센을 연주할 테니 둘이 접시를 쓰고 춤추는 거야."

미쓰코가 샤미센 대신으로 먼지떨이를 들고 "고랴~고랴~" 하고 노래를 시작하자 우리는 과자 접시를 머리에 뒤집어쓰고 "요이키타~, 요이야사~" 하며 발을 굴러 박자를 맞추며 춤췄다.

그러던 중에 찾아온 사무라이 노부카즈가 여우의 정체를 밝혀낸다.

"아니, 짐승 주제에 인간을 속이다니 못된 놈이다. 꽁꽁 묶어서 죽어버릴 테니 각오하랏."

"아야, 노부짱. 심하게 하면 안 할 거야."

지기 싫어하는 미쓰코가 노부카즈와 한판 실랑이를 벌이며 좀처럼 항복을 안 한다.

"센키치, 너 허리끈 풀어봐, 이 여우 묶어야겠어. 그리고 날뛰지 못하게 둘이서 다리 꽉 눌러."

나는 일전에 보았던 구사조시[35]에 나오는 젊은 사무라이 하타모토[36]가 부하들과 힘을 합쳐 미인을 납치해가는 장면를 떠올리며 센키치와 함께 꽃무늬가 수놓아진 기모노 속의 두 다리를 힘껏 끌어안았다. 그러고 있는 사이에 노부카즈가 미쓰코의 손을 뒤로 돌려 묶고 툇마루 난간에 꽁꽁 붙들어 맸다.

"에이짱, 이 여우의 오비를 풀어서 재갈을 물려 놓자."

나는 알았다고 대답하고 즉시 미쓰코 뒤로 가서 주황색 비단으로 된 끈을 풀었다. 그런 다음 틀어 올린 머리가 흐트러지지 않게 길다란 목덜미에 손을 집어넣어 기름기가 촉촉한 다보[37] 아래에서 귀를 스치며 아래턱 언저리를 두 바퀴 정도 둘둘 감고 나서 힘껏 잡아당겼다. 비단 끈이 도톰한 빰을 파고들자 미쓰코가 마치 가부키에 나오는 금각사(金閣寺)

---

35 草双紙: 그림이 들어간 에도시대의 통속적인 읽을거리.
36 旗本: 에도시대의 쇼군 직속으로 만 석 이상의 녹봉을 받는 무사.
37 일본식 여자 머리의 뒷부분에 아래로 처진 부분.

의 백설공주[38]처럼 발버둥치며 괴로워한다.

"옳지, 이번에는 이 나쁜 여우에게 똥을 먹여보자."

노부카즈가 말랑말랑한 과자를 손에 잡히는 대로 입에 욱여넣었다가 미쓰코의 얼굴에 퉤 하고 뱉었다. 그토록 예쁘던 백설공주가 순식간에 문둥병이나 매독에 걸린 사람처럼 차마 눈뜨고 볼 수 없는 모습으로 변해가는 것이 정말 재미있었다. 센키치와 나도 덩달아 "이런 못된 여우 같으니, 아까는 우리에게 더러운 것을 먹였지" 하며 노부카즈와 함께 마구 뱉어 대다가 그것도 재미가 없어져 나중에는 닥치는 대로 이마건 볼이건 아무 데나 과자를 바르고 팥고물도 바르고 찰떡도 묻혔다. 눈도 없고 코도 없는 추악한 귀신 같은 괴물이 머리를 틀어 올리고 농염한 기모노를 입고 있는 모습은 마치 백 가지 귀신 이야기[39]나 도깨비 전쟁 이야기에 나 나올 법했다. 미쓰코는 더 이상 저항할 기력이 없는지 무슨 짓을 해도 죽은 사람처럼 가만히 있었다.

"이번 한번은 목숨을 살려주겠다. 또다시 인간을 속이거나 나쁜 짓을 하면 죽어줄 테다."

---

38 가부키 「祇園祭礼信仰記」에 나오는 내용(금각사 벚나무에 묶인 백설공주가 벚꽃으로 쥐를 그리자 혼이 들어가 줄을 끊어주었음).
39 밤에 100명이 모여 괴담 한 가지씩 말하고 등을 꺼나가다 등이 모두 꺼지면 요괴가 나온다는 괴담회의 한 형식.

그러고 나서 노부카즈가 재갈과 묶은 줄을 풀어주니 미쓰코가 벌떡 일어나 문밖의 복도를 따라 쿵쿵 발소리를 내며 도망쳤다.

"도련님, 아가씨가 고자질하러 갔을 거야."

지나쳤다는 생각이 들었는지 걱정하는 센키치의 눈길이 나와 마주쳤다.

"괜찮아, 그래봤자 별거 없어. 여자 주제에 건방지게 구니까 내가 매일 약 올려주거든."

노부카즈가 딴전 피우며 허풍을 떨고 있는데 장지문이 스르르 열리더니 미쓰코가 얼굴을 깨끗하게 씻고 돌아왔다. 팥소와 함께 분도 씻겨 나갔는지 얼굴이 아까보다 더 해맑고, 싱싱한 살결은 한결 더 곱고 투명해 보였다.

보나마나 또 한바탕 싸움이 시작되려나 했는데 "누가 볼까 봐 목욕탕에 가서 조금 씻었어. 정말 너무해" 하며 미쓰코가 생글생글 웃었다.

그러자 노부카즈가 덩달아 "이번에는 내가 사람이고 너희 셋이 개가 되어 봐. 내가 과자 같은 걸 던져줄 테니 전부 엎드려서 그걸 받아먹는 거야. 응? 어때?" 하고 나섰다.

"그래. 알았어. …… 자, 나 개가 되었어. 멍, 멍, 멍" 하며 센키치가 네 발을 짚고 방 안을 돌아다녔다. 그 뒤를 따라 또 내가 개처럼 엎드리려고 하는데 미쓰코가 "나는 암캐야"

하며 우리 사이로 끼어들었다.

"여기. 손, 손. …… 기다려! 기다려!"

"먹어!"

"아, 좋은 생각이 났다. 기다려! 기다려!"

노부카즈는 마음 내키는 대로 명령을 내렸다.

그러다 노부카즈가 방을 나가더니 금세 강아지 옷을 입힌 진짜 친[40] 두 마리를 데리고 왔다. 먹다 만 꿀떡, 코딱지와 침을 묻힌 만두 같은 것들을 다다미에 던져 놓고 우리더러 개와 함께 먹이를 주워 먹거나 서로 으르렁거리며 혀를 길게 늘어뜨리라고 했다. 또 서로 핥으라고 했다.

과자를 모두 먹어버린 개가 노부카즈의 손가락과 발등을 핥아댄다. 우리 셋도 질세라 흉내를 냈다.

"아이 간지러워, 간지러워."

노부카즈가 난간에 기대어 서서 뽀얗고 부드러운 발등을 우리 코앞에 돌아가며 들이밀었다. '사람 발은 짜고도 신맛이 난다. 잘생긴 사람은 발톱도 잘생겼다'는 생각을 하면서 나는 열심히 다섯 발가락의 사이사이를 핥았다.

개가 점점 안달하더니 벌렁 뒤집어져 네 발을 허공에 휘젓거나 옷자락을 물고 질질 끌어대니 노부카즈도 신이 나서

---

40 중국이 원산지인 소형 애완견.

발로 이마를 쓰다듬어주거나 배를 문질러주었다. 나도 흉내 내서 옷자락을 잡아당겼더니 노부카즈의 발바닥이 개에게 해주었던 것처럼 내 얼굴을 밟거나 뺨을 쓰다듬거나 해주었다. 발뒤꿈치에 눈알이 눌렸을 때와 발바닥에 입술이 짓눌렸을 때는 조금 힘들었다.

그날도 저녁까지 놀고 돌아갔는데, 다음날부터는 매일처럼 노부카즈네 집을 찾아갔다. 학교 수업이 빨리 끝나기를 기다릴 정도였다. 노부카즈와 미쓰코 얼굴이 밤낮으로 내 머리에서 떠나지 않았다. 노부카즈는 놀이에 익숙해지면서 점점 더 대담해졌고, 나는 센키치와 똑같은 취급을 당하며 놀 때마다 묶이고 차이고 얻어맞았다.

그렇게 완강했던 누나가 여우 놀이 이후로는 뭐든지 하라는 대로 다 했고, 노부카즈뿐만 아니라 나와 센키치에게 대드는 일도 없어졌다. 가끔은 우리를 찾아와 "여우 놀이 안 해?" 하고 물을 때도 있었다. 우리에게 당하는 것이 즐겁다는 듯한 표정을 지을 때도 있었다.

노부카즈는 일요일마다 아사쿠사나 닌교초에 있는 장난감 가게에 가서 투구나 칼 같은 것을 사왔다. 그런 뒤에는 그 장난감 무기를 마구 휘두르기 때문에 미쓰코나 나나 센키치 모두 멍이 가라앉는 날이 없었다.

그런 놀이도 시들해지고 나서는 이미 놀아 보았던 창고

나 목욕탕이나 뒤뜰을 무대로 여러 가지 궁리를 해가며 점점 야릇한 장난에 빠져들었다. 나와 센키치가 미쓰코를 목졸라 죽이고 돈을 훔치면 노부카즈가 누나의 원수라며 둘을 죽여 목을 자르거나, 노부카즈와 내가 악당이 되어 누나 미쓰코와 그 패거리인 센키치를 독살하여 시체를 강에 집어던지기도 했다. 그럴 때마다 남들이 싫어하는 역을 맡아 항상 험한 꼴을 당하는 사람이 미쓰코였다. 나중에는 화장품과 그림물감을 몸에 바르고 피투성이가 되어 죽어가는 사람처럼 몸부림 치기도 했는데, 어떤 때는 노부카즈가 진짜 칼을 들고 와서 이런 말을 했다.

"이걸로 조금 그어볼까? 응? 조금이니 괜찮을 거야."

그러면 우리 셋은 발 밑에 깔린 채로 "너무 세게 베면 싫어" 하며 수술이라도 받듯 꾹 참고 있다가도 상처에서 피가 흘러나오면 무서워 눈에 눈물이 그렁그렁하였다. 그러면서도 어깨나 종아리 같은 곳을 내밀었다. 나는 집에 돌아와 매일 밤 어머니와 함께 목욕을 하였지만 상처를 숨기는 것은 별로 어렵지 않았다.

그런 장난이 꼬박 한 달이나 계속되던 어느 날이었다. 어느 때처럼 놀러 가서 보니 노부카즈는 치과에 갔다며 센키치가 혼자 놀지도 못하고 멍하게 있었다.

"밋짱은?"

"피아노 공부 중이야. 아가씨가 있는 서양관으로 가볼까?"

센키치가 나를 큰 나무 그늘이 있는 오래된 늪으로 데려갔다. 얼마 지나지 않아 나는 느티나무 그루터기에 걸터앉아 2층 창문에서 새어 나오는 악기 소리에 빠져들었다.

그 집에 처음 갔던 날, 바로 이 늪에서 노부카즈와 함께 들었던 불가사의한 울림…… 어떤 때는 깊은 숲에 사는 요괴의 웃음소리가 메아리 치는 것 같기도 하고, 어떤 때는 동화에 나오는 난쟁이들이 모두 모여 춤추는 듯한, 수천 가닥이나 되는 상상의 잉아로 어린 머리에 미묘한 꿈을 자아내던 신비한 울림이 그때처럼 오늘도 2층 창에서 들려온다.

"센짱도 저기 안 올라가봤어?"

피아노 소리가 그쳤을 때 너무도 궁금하여 센키치에게 또 물었다.

"저기? 저기는 아가씨랑 청소하는 도라 아저씨 말고는 아무도 안 올라가. 나만 그런 게 아니라 도련님도 못 갔을 거야."

"어떻게 생겼을까?"

"아마 도련님네 아버지가 서양에서 사온 물건이 많이 있을 거래. 언젠가 도라 아저씨에게 좀 보여달라고 했더니 안 된다고 했어…… 벌써 연습 끝났네? 우리 밋짱 불러보자."

둘이서 소리를 맞추어 "밋짱~, 놀~자~" "아가씨, 함께 놀아요~" 하고 2층에 대고 소리를 쳐도 조용하기만 할 뿐 아무 대답이 없다. 지금껏 들렸던 연주 소리는 사람도 없는 방에서 피아노가 저절로 움직여서 낸 소리일지도 모른다.

"안되겠다. 그냥 둘이 놀자."

나도 센키치 혼자만 상대로 해서는 다른 때처럼 소리도 지르지 못하고 신이 나지 않아 일어서려는데 갑자기 뒤에서 깔깔대는 소리가 나며 어느 틈에 미쓰코가 와 있었다.

"방금 우리가 불렀는데 왜 대답 안 했어?"

나는 돌아보며 따지는 듯한 눈빛으로 물었다.

"언제 불렀어?"

"네가 서양관에서 연습할 때, 아래에서 불렀어, 안 들렸어?"

"나 서양관에는 안 가. 거긴 아무도 못 들어가."

"무슨 소리야, 방금 피아노 쳤잖아?"

"몰라. 다른 사람이겠지."

센키치가 왠지 앞뒤가 맞지 않는다는 듯한 표정으로 보고 있다.

"아가씨, 거짓말 하는 거 다 알아요. 나랑 에이짱이랑 살짝 데리고 가 줘요. 또 우기고 거짓말 할 거에요? 항복 안 하면 에잇, 이렇게……" 하며 잽싸게 미쓰코의 팔을 비틀려고 한다.

"어머, 센키치, 그러지 마. 거짓말 아니라니깐!"

미쓰코가 아니라며 손을 저었지만 별반 큰 소리를 지르지도 않고 도망치려고도 않고 손이 비틀려도 저항도 안 한다. 불끈 쥔 억센 손가락에 붙잡힌 가느다랗고 흰 팔이 두 소년의 혈색과 보란 듯이 대조되며 내 마음을 부추겼다.

"밋짱, 항복 안 하면 고문할 거야."

나도 반대 팔을 비틀며 옷의 끈을 풀어 참나무 기둥에 묶고 "이래도야? 이래도?" 하며 꼬집고 간질이며 사정없이 닦달했다.

"아가씨, 도련님이 곧 돌아오면 더 심하게 할걸? 얼른 항복해요."

센키치가 미쓰코의 가슴팍을 누르고 양손으로 목을 조르며 "어때, 괴롭지?" 하고 눈을 희번덕거리는 미쓰코를 보고 웃었다. 그러다 이번에는 묶은 줄을 풀어 미쓰코를 지면에 반듯이 눕혀 놓고 "에잇, 이것은 인간 의자야" 하며 나는 넓적다리, 센키치는 얼굴 위에 털썩 주저앉아 몸을 마구 흔들며 미쓰코를 엉덩이로 짓뭉갰다.

"센키치, 아아 힘들어. 항복할게. 놔 줘."

미쓰코가 센키치의 엉덩이에 입이 막혀 벌레 숨소리 같은 소리로 애원했다.

"좋아 분명히 항복하는 거지? 아까 서양관에 있던 거 맞지?"

걸터앉은 엉덩이를 조금 느슨하게 해주며 센키치가 심문했다.

"그래, 또 데려가라고 할까 봐 거짓말 한 거야. 그런데 너희 데려가면 어머니한테 혼나."

그러자 센키치가 또 눈을 부라리며 겁을 줬다.

"그래? 안 데리고 가면, 에잇, 다시 시작이다."

"아야, 아야, 알았어 데리고 갈게. 데리고 갈 테니 그만해. 그 대신 낮에는 안 되니까 밤에 와. 응? 그럼 도라 아저씨 방에서 열쇠를 꺼내 와서 문 열어줄게. 알았지? 에이짱도 가고 싶으면 밤에 와."

"좋아, 그럼 용서해줄게요. 일어나요" 하고 센키치가 손을 풀었다.

"아, 힘들어. 센키치가 내 위에 앉으면 숨을 못 쉬겠어. 머리 아래에 돌이 있어서 너무 아팠어."

일어나서 옷에 묻은 먼지를 털고 이곳저곳 몸을 문지르는 미쓰코의 볼과 눈이 벌겋게 충혈되어 있다.

항복을 받고 나서 우리는 땅바닥에 누워 서양관에서 일어날 일들을 이야기했다. 그날이 마침 4월 5일이어서 스이텐구 절의 엔니치[41]에 간다고 어머니를 속이면 될 것 같았

다

다. 날이 저문 뒤에 미리 열쇠를 훔쳐 놓은 미쓰코와 센키치를 대문에서 만나기로 했다. 만약 내가 약속 시간에 늦으면 둘이 먼저 들어가 2층 오른쪽 두 번째 방에서 합류하기로 했다.

"그런데 2층에 뭐가 있어?"

우선은 집에 가서 저녁을 먹고 다시 모이기로 했다.

"놀랄걸? 재미있는 게 정말 많아."

미쓰코가 웃으며 안으로 들어가버렸다.

문밖으로 나서니 벌써 닌교초 길가에는 기름 단지 가로등에 불이 붙어 있었고 칼춤 공연을 선전하는 나각(螺角)소리가 부우부우 하며 저녁 하늘에 울려 퍼지고 있었다. 아리마 번주 저택 앞에 사람들이 구름처럼 모여 있는데, 약장수가 임신한 여자의 뱃속을 그려 넣은 인형을 가리키며 연신 큰 소리로 무언가를 설명하고 있다. 몇 번을 보아도 늘 재미있던 여든다섯 곡짜리 가구라나 나가이 헤스케가 등장하는 이아이누키[42]도 오늘만큼은 눈에 들어오지 않았다. 서둘러 집으로 돌아갔다. 대충 씻고 저녁밥은 먹는 둥 마는 둥 하고

---

41 緣日: 어느 신불의 강림·시현 등 특별한 연이 있다고 하여 축제나 공양을 하는 날.

42 무사들이 한쪽 무릎을 세우고 있는 상태에서 재빨리 칼을 뽑아 상대를 베는 검술.

"엔니치 갔다 올게요" 하고 다시 집을 나선 것이 일곱 시가 다 되었을 무렵이다.

축축한 저녁 공기에 저잣거리 불빛이 뒤섞이는 가운데 금청루 공연장의 2층 창가에는 춤추는 사람들의 그림자가 손에 잡힐 듯 비치고, 쌀 시장의 사내들과 2초(町)에 있는 활터[43]의 여자들을 비롯하여 수많은 남녀가 길을 오간다. 이때가 사람들이 가장 많이 나다니는 시각이다. 나카노하시 다리를 지나 으슥하고 인적이 드문 하마초 거리에서 뒤를 돌아보았더니 검붉은 노을이 어둑한 서편하늘에 번져 있다.

나는 어느새 하나와 저택 앞에 서서 검은 산처럼 높다랗게 솟아 있는 기와지붕을 올려보고 있었다. 큰 다리 쪽에서 서늘한 바람이 어둠을 싣고 살짝 불어왔다. 그 커다란 느티나무 어디쯤에서 이파리가 살랑대는 소리를 냈다. 담장 안을 들여다보니 문지기 방의 불빛이 문 틈으로 가늘고 긴 선을 그리며 새어 나온다. 안채는 덧문을 모두 닫아놓아 우중충한 하늘을 배경으로 악마가 괴괴하게 잠들어 있는 것 같다.

정문 옆에 사람이 다니는 쪽문의 차가운 쇠 격자에 두 손을 대고 어둠 속으로 밀쳐내듯이 문을 밀었더니 묵직한 문이 끼익 하는 소리를 내며 순순히 움직인다. 발소리가 나지

---

43 楊弓: 요금을 내고 활을 쏘는 가게(신사 경내에 차려 놓고 여자를 두고 화살을 줍게 하면서 은밀히 매춘도 겸했음).

않게 살살 걸었다. 나는 나의 거친 숨 소리를 듣고 심장의 고동을 느끼며 어둠 속에서 빛을 내보내는 서양관 유리문을 바라보며 걸어갔다.

사물이 조금씩 눈에 들어오기 시작했다. 팔손이 이파리, 느티나무 가지, 석등롱. 소년의 마음을 무섭게 만들려는 여러 검은 물체들이 나의 작은 눈동자로 쏟아져 들어왔다. 나는 화강암 돌계단에 걸터앉아 파고드는 밤 기운을 온몸에 받으며 고개를 숙이고 숨죽여 기다렸다. 두 사람이 좀처럼 나타나지 않는다. 머리를 뒤덮는 듯한 공포로 온몸이 부들부들 떨리고 이빨이 딱딱거리는 소리를 냈다. 이렇게 무서운 곳에 괜히 왔다는 생각이 들었다.

"신령님, 제가 나쁜 짓을 했습니다. 다시는 어머니에게 거짓말을 하거나 남의 집에 몰래 들어오지 않겠습니다." 나도 모르게 소리 내어 빌며 두 손을 합장했다. 너무 후회스러웠다. 돌아가려고 막 일어서는데 현관 유리문 안쪽에서 불빛 하나가 깜박였다.

불빛을 보고 둘이 벌써 와 있다는 생각이 들자마자 나는 곧바로 호기심의 노예가 되었다. 손잡이를 빙글 돌렸더니 문이 열렸다. 안으로 들어가니 정면에 있는 나선형 계단 끝에 ─아마 미쓰코가 나를 위해 켜두었을─ 반쯤 탄 양초가 놓여 있었다. 양초에서 촛농이 뚝뚝 떨어지고 있었다. 겨우 사방 한 길 정도를 어스름하게 비추고 있었는데, 나를 따라 들어온 바람 때문에 촛불이 꺼질 듯 깜빡거리자 계단 난간의 그림자도 함께 흐느적거렸다. 마른 침을 삼키며 도둑처럼 살금살금 계단을 올라갔다. 2층 복도는 완전히 깜깜하고 아무 인기척도 없다. 낮에 약속했던 오른쪽 두 번째 문, 그곳을 손으로 더듬어 귀를 바짝 대보았지만 역시 아무 소리도 들리지 않고 복도는 적막에 싸여 있다. 무섭기도 하고 궁금하기도 해서 될 대로 되라는 식으로 문 손잡이를 돌리며 어깨에 힘을 실어 문을 밀었다.

확 하고 밝은 광선이 한꺼번에 쏟아져 들어와 눈부셨다. 요괴의 정체를 밝히려는 사람처럼 사방을 재빨리 둘러보았지만 아무도 없다. 가운데 매달린 커다란 램프의 그림자 때문에 천정은 어두웠지만 금은 장식을 박아 넣은 의자나 탁자, 거울 같은 여러 가지 장식물은 화려하게 빛을 내고있었다. 봄날의 풀밭처럼 부드러운 검붉은 카펫의 촉감이 버선을 통해 발바닥에 와 닿았다.

'밋짱' 하고 부르려 해도 사멸한 듯한 주변의 적막 때문에 입술이 들러붙고 혀가 뻣뻣이 굳어 목소리가 나오지 않았다. 자세히 보니 방 왼쪽 구석에 옆방으로 이어지는 문이 있고, 주름진 두터운 비단 커튼이 나이아가라 폭포처럼 드리워져 있다. 그것을 젖혀 옆방을 들여다보고 싶어도 드리운 막 뒤편의 어둠 때문에 내 손이 움츠러들었다. 그때 갑자기 벽난로 위에 있던 벽시계가 '치—' 하며 수증기 새는 소리를 내더니 '킹, 콩, 깡' 하는 요란한 소리로 기묘한 음악을 연주하기 시작했다. 이 소리를 신호로 하여 미쓰코가 나오는 게 아닐까 하며 기둥 뒤를 뚫어져라 쏘아보았다. 조금 지나 연주가 그치니 방은 또다시 고요해지고 비단 주름은 한 가닥도 움직이지 않고 숙연하게 늘어져 있다.

한곳에 멈춰 있던 내 시선이 왼쪽 벽에 걸린 초상화로 옮아갔다. 무심코 그 액자 앞으로 다가가 램프 아래서 희미한 빛을 받고 있는 서양 처녀의 상반신을 올려 보았다. 두꺼운 금박 액자에 들어 있는 그림은 무겁고 어두운 갈색 분위기가 돌았다. 잿빛 섞인 파란 옷으로 가슴을 가리고 맨살을 드러낸 어깨와 팔을 금이나 진주 같은 보석으로 장식하고 머리를 길게 늘어뜨린 여자가 꿈꾸는 듯한 검은 눈동자로 앞을 응시하고 있다. 어둠 속에서도 선명하게 드러난 새하얀 피부, 우뚝 솟은 콧날과 입술, 아래턱, 두 뺨 사이에 성스럽게 자리 잡은 단엄한 윤곽, 나는 이런 게 바로 동화에 나오는 천사일 거라는 생각을 하면서 한참 동안 바라보고 있었다.

그러다 문득 액자에서 1미터쯤 아래의 원탁 위에 있는 뱀 모양의 소품에 눈길이 갔다. 두어 바퀴 똬리를 틀고 고사리처럼 머리를 쳐든 모습이며 구렁이의 미끈거리는 비늘 색깔이 꼭 진짜 뱀 같았다. 지금이라도 살아 움직일 것 같아서 보면 볼수록 소름 끼쳤다. 섬뜩해서 나도 모르게 뒷걸음질 쳤다. 내가 잘못 본 건지 뱀이 진짜 움직인 것 같았다. 파충류라는 것은 늘 그렇듯 자세히 보지 않으면 알아차리지 못할 정도로 머리를 천천히 움직인다. 소름이 돋았다. 차디찬 얼음 물이 등줄기를 타고 내려오는 것 같았다. 얼굴도 죽은 사람처럼 새파래지고 몸이 굳기 시작했다. 그때 비단 커튼의 주름 사이에서 초상화와 똑같은 여자 얼굴이 또 하나 불쑥 튀어 나왔다.

그 얼굴이 히죽 웃더니 비단 커튼이 둘로 갈라지며 어깨가 스르르 미끄러져 들어오고, 이어서 여자의 몸이 모두 나왔다. 무릎에 닿을까 말까 한 짧은 치마 아래로 버선도 신지 않은 석고처럼 흰 맨발이 분홍색 슬리퍼를 신고 있고, 흘러넘치는 듯한 검은 머리카락은 두 어깨를 덮고 있다. 액자 속 그림과 똑같은 팔찌와 목걸이를 걸치고 가슴에서 허리까지 바짝 들러붙은 옷 속에서 나긋나긋한 몸이 조금씩 살아 움직였다.

"에이짱!"

모란 꽃잎을 머금은 듯한 붉은 입술이 바르르 떨기 시작한 그 찰나, 나는 비로소 그 초상화가 미쓰코를 그린 그림이라는 것을 알았다.

"아까부터 기다렸어."

미쓰코가 나를 위협하듯 슬금슬금 다가왔다. 이루 말할 수 없는 향긋한 냄새가 내 마음을 간질이고 눈앞에는 분홍빛 안개가 어른거린다.

"밋짱…… 혼자야?"

내가 애원하듯 물었다. 왜 오늘 밤에 이런 옷을 입고 있는지, 깜깜한 옆 방에는 무엇이 있는지도 전부 물어보고 싶었지만 목에 뭐가 걸렸는지 말이 나오지 않았다.

"센키치도 저기 있어. 이리 와."

미쓰코에게 팔을 붙잡히자 갑자기 다리가 후들거렸다.

"저 뱀…… 정말 움직이는 거 아니야?"라며 더 이상 참지 못하고 물었다.

"움직이는 거 아니야, 이것 봐."

미쓰코가 히죽 웃었다. 정말! 듣고 보니 조금 전에 분명히 움직이던 그 뱀이 지금은 똬리만 틀고 가만히 멈춰 있다.

"그런 건 그만 보고, 이리 와봐."

도저히 뿌리칠 수 없는 마력을 가진 따스하고 부드러운 미쓰코 손이 내 팔을 살며시 붙잡아 으슥한 곳으로 슬금슬금 나를 끌어당겼다. 묵직한 비단 커튼 속으로 빨려 들어가나 싶더니 둘의 몸이 갑자기 깜깜한 다른 방으로 쑥 들어왔다.

"에이짱, 센키치 보여줄까?"

"응, 어디 있어?"

"촛불을 켜면 보일 거야. 기다려봐. 더 재미있는 거 보여줄게."

미쓰코가 내 팔을 놓고 어디론가 가버렸다. 조금 지나 칠흑같이 어두운 방 안에서 가느다랗고 푸르스름한 빛이 휙휙 무서운 소리를 내며 밤하늘의 무수한 유성처럼 이리저리 날아다녔다. 원을 그리기도 하고 물결처럼 출렁거리기도 하고, 또 십자가도 그리며 허공을 돌아다녔다.

"거 봐, 재미있지? 뭐든지 그릴 수 있어" 하는 소리가 들리더니 미쓰코가 다시 내게 걸어오는 것 같았다. 여태껏 보였던 실 같은 빛이 점점 약해지다가 어둠 속으로 사라지려 했다.

"그거 뭐야?"

"서양에서 가져온 성냥인데, 벽에 긋는 거야. 아무데나 그어도 불이 생겨. 네 옷에 해볼까?"

"하지마, 위험해."

내가 도망치러 했다.

"괜찮아, 이것 봐."

미쓰코가 내 옷소매를 잡아당겨 성냥을 이리저리 그으니 반딧불이 옷 위를 기어다니는 것처럼 파란 불이 번뜩거리며 '萩原(하기와라)'라는 글자를 선명하게 만들었다.

"됐지? 그럼 불 켜고 센키치 보여줄게."

칙 하고 부싯돌을 때릴 때처럼 불꽃이 튀고 미쓰코의 손에서 성냥불이 타오르더니 방 가운데에 있는 촛대에 불이 옮겨붙었다. 양초 빛이 실내를 몽롱하게 비추었다. 여러 기물과 장식물에서 나오는 검은 그림자가 사방의 벽에 온갖 해괴한 형상을 만들어 마치 도깨비들이 발호하는 것 같았다.

"여기 있잖아" 하며 미쓰코가 양초 아래를 손가락으로 가리켰다. 촛대인줄 알았는데 이제 보니 손발이 꽁꽁 묶인 센키치가 윗도리가 벗겨진 채 이마에 양초를 올려놓고 고개를 뒤로 젖히고 앉아 있었다. 마치 새 똥처럼 녹아내리는 촛농이 머리며 얼굴이며 두 눈까지 덮고, 입술을 타고 내려 턱 끝에서 무릎 위로 뚝뚝 떨어지고 있었다. 밑둥치까지 타 들어간 촛불이 당장이라도 눈썹을 태울 것 같은데도 센키치는 바라문 교도처럼 가부좌를 틀고 손이 뒤로 묶인 채 꼼짝하지 않았다.

우리가 그 앞에 서자 센키치가 무슨 생각을 했는지 촛농이 엉켜 굳어버린 얼굴 근육을 꿈틀꿈틀 움직여 어렵사리 눈을 반쯤 떠서 나를 원망스럽다는 듯 노려본다. 그리고 괴롭고 간절한 목소리로 말했다.

"야, 우리가 그동안 아가씨를 많이 괴롭혔으니 이제 죄를 갚자. 나는 이제 아가씨에게 완전히 항복했어. 너도 빨리 비는 게 좋을 거야."

이렇게 말하는 사이에도 지렁이가 기어가듯 촛농이 이마에서 속눈썹으로 타고 내려갔다. 센키치가 다시 눈을 질끈 감았다.

"에이짱, 이제부터는 노부짱이 하는 말은 듣지 말고 내 부하가 돼. 만약 싫다고 하면…… 이 인형처럼 네 몸을 뱀으로 칭칭 감아놓을 거야."

미쓰코가 왠지 으스스하게 웃으며 표지에 금박 글씨가 새겨진 서양 책으로 가득한 서가 옆의 석고상을 가리켰다. 주뼛주뼛 고개를 돌려 눈을 크게 뜨고 어둑한 구석을 보니 기골이 장대한 나체의 거한이 거대한 구렁이에 칭칭 휘감겨 있다. 두려워 얼굴이 일그러진 거인 옆에 아까 그 구렁이 몇 마리가 똬리를 틀고 향로처럼 조용히 자리 잡고 있는데 무서워서 진짜인지 가짜인지 도무지 구분할 수가 없다.

"내가 시키는 대로 할 거지?"

"……."

나는 새파랗게 질린 얼굴을 끄덕였다.

"센키치 그리고 너, 너희 둘이 지금까지 나를 깔아뭉개고 놀았으니 이제는 에이짱 너도 촛대가 될 차례야."

미쓰코가 내 손을 뒤로 묶어 센키치 옆에 앉힌 다음 두 발의 복숭아뼈 있는 곳을 꽁꽁 묶었다. 그러고 나서 "촛불이 넘어지지 않게 고개 들어" 하며 이마 한가운데에 촛불을 세위 놓았다. 나는 소리도 못 지르고 촛불이 넘어지지 않게 가만히 있었다. 두려움의 눈물보다 더 뜨거운 촛농이 이마를 타고 흘러내려 눈과 입을 덮었다. 눈꺼풀 너머로 촛불이 희미하게 어른대다가 조금 지나니 사방이 저녁 노을처럼 벌개졌다. 미쓰코의 진한 향수 냄새가 비처럼 얼굴을 덮었다.

"둘 다 그렇게 하고 있어봐. 재미있는 거 들려줄 테니까."

미쓰코가 어디론가 가는 것 같았다. 조금 지나 적막을 깨고 조용했던 옆방에서 피아노를 연주하는 소리가 들려왔다.

은반 위를 옥구슬이 구르는 소리 같기도 하고 깨끗한 골짜기 물이 졸졸거리며 이끼 위를 흐르는 것 같기도 한 신비로운 소리가 별세상에서 흘러내리듯 귓전으로 파고든다. 이마에 놓인 초가 짧아졌는지 뜨거운 땀방울도 촛농에 뒤섞여 방울방울 무릎에 떨어진다. 옆에 앉아 있는 센키치를 곁눈질로 살짝 보았더니 얼굴에 밀가루 반죽 같은 하얀 덩어리가 덕지덕지 들러붙어 마치 무슨 튀김 같았다. 우리는 '춤추는 바이올린 이야기'에 나오는 사람들처럼 미묘한 음악 소리에 귀를 기울이고 눈꺼풀 속의 환한 세상을 꿈꾸며 오랫동안 앉아 있었다.

다음 날부터 센키치와 나는 미쓰코가 앞에 있으면 고양이처럼 순해졌다. 노부카즈가 누나의 말을 어기려 하면 곧

바로 짓밟아버리고 꽁꽁 묶거나 때렸다. 그렇게 오만했던 노부카즈가 차츰 누나의 부하가 되어가며 학교에서처럼 집에서도 철저하게 비굴하고 맥 빠진 사람이 되었다. 셋은 어떤 기발한 놀이라도 찾아낸 듯 미쓰코의 명령에 기꺼이 복종하며 "앉아!" 하면 개처럼 넙죽 엎드리고 "재떨이!" 하면 얼른 무릎 꿇고 입을 벌렸다. 미쓰코는 더욱 기세가 올라 우리 셋을 노예처럼 다루었다. 목욕이 끝나면 손톱을 자르라고도 하고 콧구멍도 청소시켰고, 때로는 오줌까지도 마시라고 우리를 부려먹으며 오래도록 이 왕국의 여왕이 되었다.

그 뒤로는 서양관에 가지 않았다. 그 구렁이가 진짜였는지 가짜였는지는 지금도 모른다.

슌킨 이야기

슌킨(春琴), 원래 이름은 모즈야 고토(鵙屋琴), 오사카 도쇼마 치의 약재상에서 태어나 죽은 때는 1887년 10월 14일, 묘는 시내 시모데라초에 있는 정토종 어느 절이다.

얼마 전에 근처를 지나던 길에 들러볼까 해서 안내를 부탁했더니 "모즈야 집안의 묘소는 여기가 아닙니다"라며 절에 있는 사람이 법당 뒤편으로 데리고 갔다. 가서 보니 한 무더기의 동백나무 아래에 모즈야 집안의 묘가 몇 기 나란히 있기는 한데 거기에는 슌킨의 묘 같은 것은 보이지 않았다. 옛날에 모즈야 집안의 딸 중에 이러이러한 사람이 있었다는데 그 사람의 묘가 어떤 거냐고 물으니 잠시 생각하다가 "그런 묘가 저쪽에 있는데 그것인지도 모르겠다"며 동쪽으로 나 있는 가파른 오르막 계단 길로 데려간다.

아시다시피 시모데라초 동편 뒤쪽에는 이쿠타마 신사가 자리 잡은 언덕이 하나 있는데, 이 가파른 오르막 길이 지금으로 치면 절의 경내에서 신사 언덕으로 이어지는 경사면이다. 오사카에서는 보기 드물게 수목이 우거진 장소인데, 슌킨의 묘는 이 경사면의 중턱을 평평하게 깎은 좁다란 공터에 자리하고 있다.

'光誉春琴惠照禅定尼'라고 묘비 앞면에 법명을 쓰고, 뒷면에는 '俗名鵙屋琴, 号春琴, 明治十九年十月十四日歿, 行年五拾八歲', 측면에는 '門人温井佐助建之'라고 새겨져 있다.

슌킨이 평생 모즈야 성을 썼는데도 문하생 겐교(検校)[1] 아쓰이(温井)와 사실상의 부부생활을 했기에 이렇게 모즈야 집안의 묘지에서 떨어진 곳에 별도로 묘를 쓴 것일까? 절 사람이 하는 말로는 모즈야 집안은 진작에 몰락해서 최근에는 어쩌다가 집안 사람이 성묘하러 올 때 말고는 슌킨의 묘를 찾는 일이 거의 없었기 때문에 이 묘가 모즈야 집안 사람의 묘인 줄 몰랐다고 한다.

그러면 이 무덤은 연고가 없느냐고 물으니 "연고가 전혀 없는 것은 아니고 하기노차야 쪽에 살고 계시는 일흔 정도의 노부인이 1년에 한두 번 찾아오십니다. 그분이 이 묘에 성묘를 하시고, 그리고 여기, 여기에 작은 묘가 있지요" 하고 그 왼편에 있는 다른 묘를 가리키며 "이 무덤에도 꼭 향을

---

1 비파, 현악기, 안마, 침술 등을 업으로 하는 맹인에게 주어진 겐교(検校), 고토(勾当), 자가시라(座頭) 순으로 된 관위(官位).

피우고 가십니다. 관리비 같은 것도 그분이 내십니다" 한다.

절 사람이 알려 준 작은 묘비 앞에 가서 보니 비석 크기가 슌킨 묘의 절반쯤 된다. 앞에는 '真誉琴台正道信士', 뒷면에는 '俗名温井佐助, 号琴台, 鵙屋春琴門人, 明治四十年十月十四日歿, 行年八拾三歳' 라고 쓰여 있었다. 즉 그것이 겐교 아쓰이의 무덤이다.

하기노차야에 사는 노부인이란 분은 나중에 또 나오니 여기서는 언급하지 않겠다. 다만 이 묘가 슌킨의 묘에 비해 작고, 또 비석에 문하생이라는 뜻을 기록하여 죽어서도 사제의 예를 지켰다는 데서 아쓰이의 뜻을 살필 수 있었다. 나는 때마침 저녁 해가 벌겋게 비석을 비추는 언덕 위에 서서 발 아래에 펼쳐진 오사카 시내의 풍경을 바라보았다.

아마 이 일대는 나니와즈 때부터 있었던 구릉지대로, 서쪽으로 뻗은 언덕배기가 여기서부터 덴노지(天王寺) 방향으로 죽 이어진다. 지금은 풀잎이나 나뭇잎이나 모두 매연에 찌들어 생기도 없고 먼지만 뒤집어써 바짝 말라버리다 보니 주변 나무들도 살풍경해 보이지만, 이 묘들을 쓸 당시에는 훨씬 울창했을 것이고 지금도 시내의 묘지 터로서는 이 일대가 가장 조용하고 전망도 좋은 곳이다.

기구한 인연으로 얽힌 두 사제는 저녁안개 속에 높은 빌딩이 수없이 솟아 있는 동양 제일의 공업도시를 내려보며 여기에 영원히 잠들어 있다. 오늘날의 오사카는 아쓰이가 살았던 날들의 모습을 지키지 못하고 변해버렸지만 이 두 묘비만큼은 진한 사제의 맹세를 지금도 나누고 있는 듯하다.

원래 아쓰이의 집안은 일연종(日蓮宗)이라서 아쓰이를 제외한 아쓰이 일가의 묘는 그의 고향 코슈(江州) 히노초에 있는 어느 절이다. 따라서 아쓰이가 선조대대로 믿어온 종파를 버리고 정토종으로 바꾼 것은 무덤에 들어가서도 슌킨 곁을 떠나지 않겠다는 순정에서 나온 것으로, 슌킨 살아생전부터 서로의 법명과 두 묘비의 위치나 배치 등을 정해놓았음을 짐작할 수 있다.

내 어림으로는 슌킨의 비석은 높이 약 6자, 아쓰이 것은 4자가 안되는 정도다. 두 비석은 돌을 깔아놓은 단 위에 나란히 서 있고 슌킨의 묘 오른편에 소나무 한 그루가 심어져 있어 푸른 가지가 묘비 위에 지붕처럼 늘어져 있는데, 그 가지가 끝나는 지점 왼편으로 두세 자 떨어진 곳에 겐교의 묘가 절하듯이 다소곳하게 자리 잡았다. 이런 것을 보면 생전에 아쓰이가 충직하게 스승을 그림자처럼 수발하던 모습이 떠오르고, 마치 돌에 혼이 있어 지금도 여전히 그렇게 행복해 하고 있는 것 같다.

나는 슌킨이라는 여자의 묘 앞에 무릎 꿇고 예의를 갖춘 후에 아쓰이의 묘비에 손을 얹고 그 비석을 어루만지며 저

녁 해가 오사카 시내 속으로 잠길 때까지 언덕 위에서 생각
에 잠겼다.

　얼마 전에 '모즈야 슌킨전'이라는 작은 책자를 구했는데
이것이 내가 슌킨이라는 여자를 알게 된 계기다. 그 책자는
닥나무만 떠서 만든 일본 종이에 4호 활자로 인쇄한 서른
장짜리인데, 보아하니 슌킨이라는 여자의 세 번째 기일에
제자 아쓰이가 다른 사람에게 의뢰해서 스승의 전기를 발간
해 사례품으로 돌리기라도 했음직한 물건이다.
　내용이 문장체로 쓰어 있고 아쓰이 겐교에 대한 표현도
3인칭 형식으로 나오지만, 필시 자료도 아쓰이가 전수받은
것이니 글의 진짜 저자가 아쓰이 당사자라고 한들 하등 문
제될 게 없으리라.
　그 글은 "슌킨의 집안은 대대로 모즈야 사에몬이라 이름
하고 오사카 도쇼마치에 살며 약재상을 하다. 슌킨 아버지
에 이르러 7대가 되다. 어머니 시게는 교토 후야초의 아토
베 집안 출신으로 안 사에몬에게 시집와 2남 4녀를 두다. 슌
킨은 그중 차녀로 1830년 5월 24일에 태어나다"라고 되어
있다.
　또 이르기를, "슌킨은 어려서부터 총명하고 용모가 단려
하여 고아(高雅)하기 이를 데 없다. 네 살 때부터 춤을 배우는

데 거동하거나 나가고 물러서는 법을 혼자 터득하고 내고 들이는 손의 우아하고 멋스럽기가 기생도 이에 미치지 못하니 스승조차도 혀를 내두르며 '어허, 이 아이 이런 재주와 소질이라면 천하에 명기(名妓)가 될지니 좋은 집안에서 태어난 것이 행인지 불행인지 모르겠다'고 혼잣말을 했다. 또 일찍이 읽고 쓰는 법을 배우는 데 깨치는 것이 일러서 두 오빠를 능가한다"고 했다.

이런 글이 슌킨 바라보기를 신처럼 했던 아쓰이에게서 나온 것이라면 어디까지 믿어야 할지 모르겠지만, 그녀의 타고난 용모가 '단려하고 고아' 했던 것은 여러 가지 사실로 입증된다. 당시에는 여자의 신장이 너나없이 작았던 모양인데 그녀도 키가 다섯 척이 안되고 얼굴이나 손발에 쓰던 도구가 아주 작아서 오밀조밀하기 그지없었다고 한다. 오늘날 전해오는 슌킨의 서른일곱 살 때 사진이라는 것을 보면, 윤곽이 잘 잡힌 오이 씨 같이 작은 얼굴에 하나하나 고사리 손으로 빚어낸 것처럼 작고 불면 날아갈 듯한 여린 이목구비가 붙어 있다.

여하튼 게이오 시절 아니면 메이지 초기에 촬영한 것이다 보니 군데군데 긁히기도 하고 아득한 옛날의 기억마냥 바래서 그렇기도 하겠지만, 그 희미한 사진만 보아서는 오사카의 부유한 장사꾼 집안의 부인다운 기품이 엿보이는 것 말고는 아름답기는 해도 이렇다 할 만한 개성도 없는 흐릿한 인상이라는 느낌을 받는다. 나이도 서른일곱이라고 하니 그렇게 보이기도 하지만, 혹 스물여덟이라 한다 한들 그렇게 안 보일 것도 없다.

사진은 두 눈의 시력을 모두 잃고 나서 이미 20여 년이 지난 뒤의 모습이었는데, 장님이라기보다는 그저 눈을 감고 있는 사람처럼 보인다. 과거에 사토 하루오가 한 말 중에 귀머거리는 어리석어 보이고 봉사는 영리해 보인다는 말이 있다.

귀머거리는 남이 하는 말을 들으려고 눈썹을 치켜올리고 눈과 입을 벌리고 고개를 돌리거나 쳐들거나 하기 때문에 왠지 얼빠진 사람처럼 보이고, 반대로 소경은 조용히 정좌를 하고 고개를 숙이고 눈을 감아 생각에 잠긴 듯한 모습을 취하니 현명한 사람 같아 보인다. 정말 그런지 어쩐지 모르겠지만, 어떤 면으로는 자안시중생(慈眼視衆生)에서 말하는 자비로운 부처의 눈이라는 게 대개 반쯤 감은 눈이니 그런 형상에 익숙해진 우리가 부릅뜬 눈보다 감은 눈에 더 자비나 감사함을 느끼고 때로는 외경심을 가지는 게 아닐까?

그런데 슌킨의 감긴 눈도 여자라서 그런지 영험 있는 관세음에 엎드려 절을 할 때처럼 어떤 자비스러운 기운이 느껴진다. 듣기로는 슌킨의 사진은 평생을 통틀어 이 한 장뿐이라고 한다. 그녀가 어릴 때에는 사진술이라는 것이 아직

들어오지 않았고, 또 이 사진을 찍은 해에는 우연히 어떤 흉한 사건이 일어나 그 뒤로 다시는 사진을 찍을 일이 없었다하니 우리는 이 희미한 영상 한 장에 의지하여 그녀의 모습을 상상할 수밖에 없다.

이런 설명을 읽고 독자가 어떤 모습을 떠올릴까? 필경 확실치 않은 모습만 떠오르겠지만, 설령 실제로 사진을 본다 해도 별반 나을 게 없을 것이다. 도리어 독자가 상상한 모습보다 사진이 더 애매할지도 모른다. 그러고 보면 그녀가 이 사진을 찍은 해, 즉 슌킨이 서른일곱 살이던 그해에 아쓰이도 눈이 멀었으니 아쓰이가 이 세상에서 마지막으로 본 그녀 모습이 바로 이 사진에 가까울 것이다. 그렇다면 만년의 아쓰이가 기억 속에 지니고 있던 그녀의 모습도 이 사진처럼 희미하게 바랬던 게 아닐까? 아니, 점점 희미하게 지워져 가는 기억을 상상으로 채워가는 동안에 원래 모습과는 전혀 다른 또 한 사람의 고귀한 부인을 그려냈을지도 모른다……

슌킨전은 계속된다. "그런데 부모 모두 슌킨 보기를 손에 쥔 옥같이 하여 다섯 남매를 제치고 오직 이 아이를 총애하였는데 슌킨이 아홉이 되던 해에 불행히도 눈병을 얻고 얼마 지나지 않아 두 눈의 시력을 완전히 잃어버리자 부모의 상심이 너무 컸다. 어머니는 하늘을 원망하고 사람을 미워하여 한때는 미친 사람처럼 변했다. 그때부터 슌킨이 춤추기를 단념하고 오로지 샤미센 배우기에 힘쓰며 음악을 공부하기로 마음먹었다."

얻은 눈병이 무엇인지 분명치도 않고 글에서도 더 이상 언급하지 않았지만 훗날 아쓰이가 진짜 큰 나무는 바람이 시샘한다고 했던 말이나, 스승님이 어느 누구보다 인물이 빼어나고 예능도 뛰어났던 만큼 일생에 두 번이나 사람의 시샘을 받으신 스승님의 불행은 오롯이 이 두 가지 재난에서 비롯된 것이라고 한 말에 비추어 보면 그 사이에 어떤 다른 사정이 있었던 것도 같다.

아쓰이는 스승 슌킨이 앓은 질환이 풍안이라고도 했다. 슌킨이 응석받이로 자라다 보니 교만한 부분이 있기는 했어도 말과 행동에 애교가 넘치고 아랫사람도 배려하고 밝고 명랑한 성격으로 사람들과도 잘 어울린데다 형제끼리도 화목하여 집안 사람들과 잘 지냈지만, 맨 아래 동생을 키우던 유모는 두 부모의 편애를 참지 못하고 남이 보지 않는 데서 슌킨을 미워했다고 한다. 풍안이라는 것은 아시다시피 화류계에 돌아다니는 균이 눈의 점막으로 들어올 때 생기는 병이니 아마 그 유모가 어떤 꾀를 써서 그녀를 실명시켰을 것이라고 아쓰이가 에둘러 한 말이다.

그러나 확실한 근거가 있어서 그리 생각하는 것인지 아쓰이 혼자만의 상상으로 하는 말인지는 분명치 않다. 말년에 슌킨이 정신적으로 예민해진 것을 보면 그 사건이 슌킨의 성격에 영향을 끼쳤다는 의구심도 들기는 하지만, 비단이 일뿐만 아니라 아쓰이가 하는 말에는 슌킨의 불행을 가슴 아파한 나머지 저도 모르게 남에게 상처를 주고 저주하는 경향이 있어 매사를 덜컥 믿어버릴 수는 없다. 유모 건도 필시 억측에 지나지 않을 것이다. 어쨌거나 여기서는 원인을 따지기보다는 그저 아홉 살에 봉사가 되었다는 것만 말해두면 충분하다.

또 "그때부터 춤추기를 단념하고 오로지 샤미센 배우기에 힘쓰며 음악을 공부하기로 마음먹었다"고 나온다. 즉 슌킨이 음악에 마음을 둔 것은 실명했기 때문이라는 뜻으로 그녀 자신도 "내 진짜 천분은 춤이다, 내 거문고나 샤미센을 칭찬하는 사람은 나를 잘 몰라서다, 눈만 멀쩡했으면 내가 결코 음악 쪽으로는 가지 않았을 것이다"고 평소에 늘 아쓰이에게 말했다고 한다.

이런 푸념은 도리어 '마음에 없는 음악조차도 이 정도'라는 식으로 들려 그녀의 교만한 단면을 엿보게 하는데, 이 말에도 얼마간 아쓰이의 생각이 보태진 게 아닐까? 그녀가 감정에 휩쓸려 어쩌다 한 번 뱉은 말을 곧이곧대로 해석하여 그녀를 성스럽게 보이려고 거창한 의미를 붙인 것은 아닐까?

앞에서 언급한 하기노차야에 사는 노부인이라는 사람은 시기사와 데루(鴨沢)라고 하는 이쿠다류(流)의 고토(勾当)[2]로 만년의 슌킨과 아쓰이를 가까이서 모신 사람이다. 이 고토의 말을 들어 보니 "슌킨 스승님은 춤도 잘 추었지만 거문고나 샤미센도 다섯 살 때부터 하루마쓰라는 겐교에게 가르침을 받은 이후로 연습을 소홀히 한 적이 없습니다. 그러니 눈이 멀고 나서 처음 음악을 배우신 것이 아닙니다. 좋은 집안의 아씨들은 어려서부터 예능을 배우는 것이 당시의 관습이었습니다. 스승님은 열 살에 그 어려운 '잔월(殘月)'이라는 곡을 듣고 외워서 혼자서 샤미센을 연주했다고 합니다. 그러고 보면 음악 쪽에도 천재성을 타고 나셨던 거지요. 범인은 흉내도 내지 못할 일이지요. 다만 장님이 되시고 나서는 다른 낙이 없었기 때문에 오로지 이 길로 매진하셨을 거라고 생각합니다"라고 했다.

아마 이 이야기대로 슌킨이 사실은 애초부터 음악에 재능이 있었을 것이다. 춤 쪽은 실제로는 어땠을지 의문이다.

---

2 202쪽 주석 참조.

음악에 심혈을 기울였다고는 해도 생계를 걱정할 처지가 아니니 처음에는 직업으로 삼을 생각까지는 하지 않았을 것이다. 나중에 그녀가 거문고 음악의 사부가 되어 새로운 계보를 이룬 것은 다른 사정 때문에 그리 되었던 것이다. 사부가 되고 나서도 음악으로 생계를 꾸렸던 것이 아니고 다달이 도쇼마치의 본가에서 보내주는 돈이 훨씬 많았지만 그녀의 분방함과 사치를 생각하면 그 돈으로는 턱없이 모자랐다.

처음에는 별반 장래를 염두에 두지도 않고 그냥 하고 싶어 열심히 기예를 닦았던 것인데 타고난 재능에 노력이 더해져 열다섯 살에 이르러 슌킨의 기량이 크게 늘어 동문 제자 가운데 슌킨에 비할 자가 한 사람도 없었다는 말까지 돌았다.

시기사와 고토는 "스승님이 항상 자랑하시기를 '하루마쓰 겐교는 매우 엄하게 가르치는 분인데도 나는 야단맞은 적이 없다. 오히려 칭찬을 받는 때가 많았다. 내가 가면 스승님께서 늘 직접 지도해주셨는데 더없이 자상하고 친절하게 알려주셔서 그분을 어려워하는 사람들의 심정을 몰랐다' 고 하시는 겁니다. 이렇기 수행의 고통도 겪지 않고 그토록 높은 경지에까지 이른 것을 보면 역시 하늘에서 내리신 분입니다"라고 했다.

슌킨이 모즈야 집안의 여식이었기에 엄격한 선생이라 할

212

지라도 제대로 배워야만 하는 다른 아이들처럼 매섭게 다루지 못하고 얼마간은 후하게 봐주었을 것이다. 거기에 또 부잣집에서 태어났으면서도 불행하게 봉사가 되어버린 가련한 소녀를 감싸고 싶은 감정도 있었겠지만 무엇보다도 가르치는 겐교가 그녀의 재주를 아꼈던 것이다.

그는 자기 자식 이상으로 슌킨을 걱정하여 어쩌다 슌킨이 병으로 결석이라도 하면 즉시 도쇼마치에 사람을 보내거나 손수 지팡이를 짚고 병문안을 갔다. 슌킨이 제자라는 사실을 자랑 삼아 여기저기 말하고 다니고 초심자들이 많이 모여 있을 때에는 모야즈 집안의 작은 아씨를 본받으라고 했다. 언젠가는 샤미센 연주 하나로 먹고살아야 할 사람들이 그냥 좋아서 배우는 사람만도 못해서야 되겠느냐는 말까지 했다.

또 슌킨을 너무 감싼다는 비난이 돌았을 때는 "무슨 말이냐, 스승으로서는 가르칠 때 엄하면 엄할수록 그게 곧 제자들을 아끼는 길이다. 내가 그 아이를 혼내지 아니하는 것은 그만큼 아끼지 않기 때문이다. 그 아이는 소질을 타고 났고 깨달음이 탁월하니 가만히 내버려 두어도 갈 데까지는 알아서 간다. 제대로 가르치면 나중에 정말 무서운 실력자가 되어 직업으로 삼고자 하는 다른 아이들이 곤란해질 것이다. 더할 나위 없는 집안에 태어나 먹고사는데 지장이 없는 아이는 열심히 가르치지 않고 형편이 어려운 아이들은 어엿하게 키워내려고 정성을 다하고 있는 마당에 이 무슨 당치 않는 말이냐"고 대답했다.

하루마쓰 겐교가 샤미센을 가르치던 곳이 우쓰보에 있으니 도쇼마치의 모즈야 집안의 점포와는 걸어서 약 15분 정도의 거리였는데, 슌킨이 연습하러 오고 갈 때 사환 하나가 매일 손을 잡고 데리고 다녔다. 사스케(佐助)라는 이름의 그 소년이 바로 후일의 아쓰이 겐교로, 슌킨과의 인연은 이렇게 시작되었다.

사스케는 앞에서 말한 바와 같이 오우미 히노 출신이고 본가도 약방을 하는 집안이었다. 그의 아버지나 할아버지나 모두 약방의 일을 배울 때에 오사카로 나와서 고용살이를 했다는 모즈야 집안은 사스케에게는 조상대대로의 주인 집이나 마찬가지였다.

사스케가 처음 모즈야 집안에 들어와 고용살이를 시작하던 해에 슌킨이 아홉 살이고 본인은 열세 살이었는데, 그때는 이미 슌킨의 아름다운 눈이 영원히 빛을 잃어버린 뒤였다.

사스케는 이 일을 두고 슌킨의 눈동자를 한 번도 보지 못한 것을 훗날에도 애통해하지 않고 오히려 행복한 일이라고 말했다. 만일 이전의 모습을 알았더라면 실명하고 나서는 얼굴이 불완전하게 보였을 테지만, 다행히 슌킨의 용모에서 무엇 하나 부족한 점이 눈에 들어오지 않았던 그에게는 애당초부터 슌킨이 완전무결한 사람으로 보였다.

오늘날 오사카의 상류 가정은 앞다투어 집을 교외로 옮기고 딸들도 스포츠를 즐기며 야외 공기나 햇빛을 받으니 이전처럼 집안 깊은 곳에 갇혀 사는 여자는 없다. 하지만 지금도 후미진 곳에 사는 아이들은 대개 몸이 약하고 얼굴도 창백하여 시골에서 자라는 소년 소녀와는 피부의 때깔이 다르다. 좋게 말하자면 촌티를 벗은 것이고 나쁘게 말하면 병적이다.

이런 현상은 오사카뿐만 아니라 다른 도회지도 마찬가지지만 도쿄 쪽에서는 똑같은 여자라도 거무스름한 피부를 자랑할 정도니 피부색이 뽀얗기로는 교토나 오사카 지방만 못하다. 오사카의 유서 있는 집안에서 자란 자제들 같으면 남자 가운데도 마치 연극에 나오는 배우들처럼 가냘픈 자가 있어 서른 살 전후가 되어야 혈색이 돌아오고 살을 찌워 갑자기 몸이 나며 신사다운 틀이 갖추어진다. 그전까지는 아녀자마냥 살색도 뽀얗고 옷도 여자처럼 입고 다닌다.

하물며 구막부시대에 부유한 상인의 집에 태어나 비위생적인 깊은 골방에 박혀 자란 여자들의 속이 비칠 듯 하얗고 가느다란 몸은 어떠했을까? 시골 소년 사스케의 눈에 이런 피부가 얼마나 요염하고 어여뻐 보였을까? 그때 슌킨의 언니가 열두 살, 바로 아래 여동생이 여섯 살로 시골에서 갓 올라온 사스케에는 하나같이 시골에서는 보기 드문 어여쁜 소녀들이었을 것이다. 그 가운데에서도 앞을 못보는 슌킨의 신비스러운 기품에 더 끌렸다고 한다.

사스케에게는 슌킨의 닫힌 눈이 자매들의 뜬 눈보다 더 밝고 더 아름다워 보였다. 네 자매 가운데 슌킨이 가장 인물이 빼어나다고 소문이 난 배경에는 그녀의 처지를 가엾어하고 안타까워하는 감정이 다소 작용했겠지만, 사스케는 달랐다. 나중에 사스케는 슌킨에 대한 자신의 사랑이 동정이나 연민에서 비롯되었다는 투의 말을 듣는 것을 가장 싫어하였으며 그런 식으로 보는 자가 있으면 천부당만부당한 일이라며 손사래 쳤다.

"나는 스승님의 얼굴을 뵈면서 안됐다거나 불쌍하다는 생각은 한 번도 한 적이 없다. 스승님에 비하면 오히려 눈뜬 자가 불쌍하다. 스승님께서 그 정도의 기상과 기량을 가지고 왜 사람들의 동정을 얻으려 하시겠는가? 스승님은 도리어 '사스케님이 참 불쌍하다'며 안쓰러워하셨다. 우리는 이목구비만 멀쩡히 붙어 있지 무엇 하나 스승님보다 나은 데가 없으니 우리가 더 불쌍한 게 아니냐'고 했다.

다만 그것은 나중 이야기고, 사스케는 처음부터 슌킨을

216

숭모하며 충직하게 모셨을 것이다. 아직 이성이라는 의식은 없었을 테고, 있다고 하더라도 상대는 철없는 동생인데다 집안 대대로의 주인집 따님이다. 사스케로서는 길을 안내하라는 분부를 받들어 매일 함께 다닐 수 있다는 것만으로도 과분했을 것이다.

시골에서 갓 올라온 사내가 어떻게 주인집 따님의 손을 잡고 다니게 되었는지 이상해 보이겠지만, 처음에는 사스케뿐만 아니라 하녀가 따라갈 때도 있고 외부의 어린 중이나 조금 나이 먹은 스님이 함께 다닐 때도 있고 그날그날 달랐다. 그러다가 어느 날 슌킨이 '사스케와 다니겠다'고 말한 뒤로는 사스케가 도맡았다. 사스케가 열네 살이 되고 나서의 일이었다.

그에게는 더없는 영광이었다. 그는 자신의 손에 슌킨의 작은 손을 감싸 쥐고 15분 정도 걸어서 갔다가 연습이 끝나면 다시 집으로 데리고 왔는데, 도중에 슌킨은 좀처럼 말을 하는 법이 없었고 사스케도 아씨가 먼저 말을 걸지 않는 한 입을 열지 않았다.

한번은 누군가 "아기씨, 왜 사스케님이 좋다고 했어요?" 하고 묻자 슌킨은 "제일 어른스럽고 아무 말이나 안 하니까요"라고 대답했다. 그녀가 원래 애교 넘치고 살가운 성격이었다는 것은 앞서 말한 대로지만, 시력을 잃은 뒤로는 신경이 날카롭고 우울해져 큰 소리로 말하거나 웃는 일이 없어지고 말수도 줄었기 때문에 사스케가 불필요한 말을 하지 않고 주어진 일만 충실하려고 마음 써준 부분이 좋았는지도 모른다(사스케는 그녀의 웃는 얼굴을 보지 않으려고 했단다. 아마도 맹인이 웃으면 얼 빠진 사람처럼 보이기 때문에 사스케로서는 그런 불쌍한 모습을 보고 있기 힘들었을 것이다).

아무 말이나 하지 않아서 마음 편했다는 대답이 과연 사실일까? 비록 어렸어도 사스케가 동경하는 마음을 조금이나마 눈치챘던 건 아닐까? '설마 열 살짜리 여자아이가……' 하는 생각도 들지만 영리하고 조숙한 데다 맹인이 되는 바람에 제6감의 신경이 발달했다는 점을 고려하면 전혀 근거가 없을 것도 아니다. 자존감이 강한 슌킨은 나중에 연애 감정을 느끼고 나서도 오랫동안 속마음을 털어놓지 않았다.

처음에는 사스케라는 존재가 슌킨의 염두에 없었던 것 같다. 적어도 당사자인 사스케에게는 그렇게 보였을 것이다. 손을 잡을 때 사스케는 왼손을 슌킨의 어깨 높이에 뻗어 손바닥을 위로 향하고 거기에 그녀의 오른 손바닥을 받았는데, 슌킨에게는 사스케라는 존재가 그저 하나의 손바닥에 지나지 않았던 것 같다. 용변을 보고 싶을 때도 몸짓을 하거

218

나 얼굴을 찡그려 보이거나 수수께끼를 내듯 혼잣말을 하거나 해서 이렇게 하라거니 저렇게 하라거니 의사를 분명히 표시하지 않았다. 그러면서도 사스케가 알아채지 못하면 이내 심사가 뒤틀어지므로 사스케는 항상 슌킨의 표정이나 몸짓을 놓치지 않도록 긴장해야 했는데, 사스케는 자신이 마치 슌킨에게 얼마나 관심을 기울이고 있는지를 시험받는 기분이었다.

어려서부터 응석받이로 자란 데다 맹인 특유의 심술까지 겹치다 보니 슌킨은 한시도 사스케에게 방심할 틈을 주지 않았다. 어느 날 하루마쓰 겐교 집에서 연습할 차례를 기다리던 도중에 슌킨의 모습이 보이지 않아 사스케가 놀라 주변을 찾았더니 어느 틈에 슌킨이 화장실에 들어가 있었다. 보통 소변이 마려우면 슌킨이 나가는 것을 보고 사스케가 뒤따라 나가 화장실 문까지 데려다주었다. 그리고 밖에서 기다리고 있다가 물을 부어주었는데, 그날은 사스케가 잠깐 보지 못하는 사이에 혼자 나가 손으로 더듬어가며 용변을 본 것이다. 화장실에서 나와 물바가지를 잡으려고 손을 뻗는 소녀 앞으로 달려가 사스케가 떨리는 목소리로 죄송하다고 했지만 슌킨은 연신 고개만 가로저었다. 이런 경우에는 아무리 본인이 괜찮다고 해도 그냥 물러서면 안 된다. 억지로 바가지를 뺏어서라도 물을 부어주어야 한다.

또 한번은 여름 날 오후에 줄을 서서 순서를 기다리고 있다가 슌킨이 혼잣말로 덥다고 했다. 그래서 더우냐며 맞장구를 쳐주었는데 아무 반응이 없었다. 그런데 조금 지나니 또 덥다고 했다. 그제서야 말귀를 알아듣고 등뒤에서 부채를 부쳐주었는데, 그 부채질도 조금만 느슨해지면 곧바로 덥다는 말이 또 나왔다.

이렇게 슌킨이 자기만 생각하고 고집도 셌는데 다른 사람보다 유독 사스케에게는 더 많은 것을 요구했다. 성격도 원래 까다로운 데다 사스케가 뜻을 잘 받아주니 그에게는 거리낌이 없이 행동했다. 그녀가 사스케를 가장 편하게 여기는 이유가 여기에 있고, 사스케 또한 귀찮아하기는커녕 되레 즐기는 것 같았다. 그녀가 아무리 심술을 부려도 사스케는 어리광을 받아주듯 너그럽게 받아주었다.

하루마쓰 겐교가 음악을 가르치는 방은 안채 2층에 있다. 차례가 되면 사스케가 슌킨을 유도하여 계단을 올라가 겐교와 마주보는 자리에 앉혀주고 거문고나 샤미센을 내려놓고 대기하는 방으로 물러간다. 그곳에서 연습이 끝나기를 기다렸다가 다시 데리러 가는데, 슌킨이 연습하는 동안에도 그 소리를 놓치지 않고 있다가 연습이 끝나는 시기에 맞춰 미리 가 있으려 노력했다. 그렇게 슌킨이 배우는 곡을 귀로 들으면서 사스케도 조금씩 음악에 관심을 가지게 되었다.

후일에 한 문파의 대가가 된 사람이니 재능도 타고났겠지만, 만약 슌킨을 돌볼 기회가 없었거나 그녀를 닮고자 하는 열정이 없었다면 아마 사스케는 모즈야라는 상호를 내건 일개 약재상이 되어 평범한 삶을 살았을 것이다. 사스케는 나중에 눈이 멀어 겐교(檢校)라는 직위까지 올라간 뒤에도 자신의 연주 실력은 슌킨의 기예에 한참 미치지 못하며 오로지 슌킨님의 가르침 덕분에 이 자리에 올랐노라고 말했다. 슌킨을 하늘처럼 추켜올리고 자신은 한없이 낮추던 사스케다 보니 이런 말을 액면 그대로 믿을 수는 없지만, 기예의 우열은 차치하고라도 재능 면에서는 슌킨 쪽이 한 수 위고 사스케는 각고면려 형의 노력가였던 것만큼은 분명하다.

사스케가 샤미센을 사려고 주인집에서 받는 급료와 심부름 간 곳에서 받는 용돈 같은 것을 부지런히 모으기 시작한 것은 열네 살 되던 해의 연말이었다. 이듬해 여름에 드디어 허름한 연습용 샤미센을 마련하자 주인집 사람에게 들키지 않으려고 지판(指板)과 통을 분리하여 이불을 쌓아두는 다락방에 두었다가 동료들이 모두 잠들고 나면 꺼내어 연습을 시작했다.

그러나 애초에 견습사환 생활은 집안의 약재상을 이어받으려고 시작한 일이었다. 악기 연주를 본업으로 삼으려고 작정한 것도 아니고 자신도 없었다. 그저 슌킨에게 충실하다 보니 그녀가 좋아하는 악기를 따라서 하다가 조예가 깊어진 것이지, 그녀의 사랑을 얻을 수단으로 음악을 이용한 것이 아니다.

사스케는 일어서면 머리가 닿을 만큼 낮고 좁은 방 한 칸에서 점원과 견습사환 등 대여섯 명과 함께 잠을 자기 때문에 그들의 잠을 방해하지 않는다는 조건 하에 비밀에 부쳐 달라고 부탁했다. 아무리 많이 자도 잠이 부족할 나이의 일꾼들은 바닥에 눕기만 하면 곯아떨어지니 불평할 사람이 있을 리도 없으련만, 사스케는 모두가 깊이 잠들 때까지 기다렸다가 이불을 꺼낸 다락방에 들어가서 연습했다.

다락방은 그렇지 않아도 더운 곳인데 여름이다 보니 말할 수 없이 더웠지만 우선 소리가 새어나가지 않아서 좋았고, 코고는 소리나 잠꼬대 등도 연주 소리를 가려주는 데 도움이 되었다. 물론 술대는 못 쓰고 손톱으로만 현을 튕겼다. 등잔불 하나 없이 깜깜한 곳에서 손으로 더듬어가며 연습했다.

사스케는 다락방이 어두워도 좋기만 했다. 맹인들은 언제나 이런 어둠 속에서 산다. 아기씨가 이렇게 어두운 데서 샤미센을 연주한다는 생각을 하면 자신도 똑같은 암흑세계에 들어와 있는 것이 마냥 기뻤다. 사스케는 후일에 마음 놓고 연습할 수 있게 되고 나서도 아기씨와 똑같이 해야 한다며 악기를 다룰 때에는 눈을 감았다. 그는 멀쩡한 눈을 가지고도 장님인 슌킨처럼 살면서 앞 못 보는 처지를 느끼려고 했다. 젊어서부터 이런 생각을 하고 살았던 사스케이다 보니 그가 말년에 두 눈을 잃은 것도 그저 우연이라고만 할 수는 없다.

어떤 악기든 높은 경지에 이르기 어렵기는 매한가지지만, 바이올린이나 샤미센은 지판에 아무 표시도 없고 매번 줄을 새로 맞추어야 하기 때문에 혼자 익히기에는 적합하지 않은 악기다.

하물며 악보라는 것도 없던 시절이다 보니 스승이 직접 가르쳐주어도 '거문고는 석 달, 샤미센은 삼 년'이라고 했다. 거문고처럼 비싼 악기는 살 돈도 없고, 더구나 그렇게 거창한 것은 짊어지고 다닐 수도 없어서 샤미센부터 시작했는데도 사스케는 처음부터 혼자 힘으로 음조를 맞추었다고 한다. 이런 점은 그의 음을 듣는 감각이 보통 이상이었다는 것을 말해줄 뿐더러, 평소 슌킨을 돌보며 스승 집에서 머무는 동안에 다른 사람의 연주를 얼마나 주의 깊게 들었는지를 말해주고 있다.

이렇게 열다섯 살이 되던 해 여름부터 반 년 가까이는 다행히 같은 방의 동료들만 알고 아무런 문제 없이 지냈는데,

그해 겨울에 문제가 불거졌다.

어느 날 새벽, 새벽이라고는 해도 겨울의 오전 4시니 아직 한밤중이나 진배없는 시각에 모즈야 집안의 마님, 즉 슌킨의 어머니 시게 온나가 용변 차 일어났다가 어디선가 새어 나오는 '눈(雪)'이라는 곡을 들었다. 옛날에는 한중수련이라고 해서 겨울 새벽에 찬바람을 맞으며 수련을 하는 풍습이 있었다지만, 도조마치는 예능 방면의 스승이나 연예인이 사는 곳이 아니라 약재상만 모여 있는 동네다.

그런 동네에서 한중수련을 할 시기도 아닌 야심한 밤에, 그것도 제대로 연습을 하려면 소리를 크게 내야 할 텐데 지금은 손톱으로 소리를 죽여가며 줄을 튕기고 있었다. 그러면서도 소절마다 납득이 갈 때까지 반복해가며 열심히 연습하는 낌새였다. 의아해 하면서도 그때는 엉겁결에 잠들어버렸지만, 그 후에도 두어 번 마님이 밤중에 잠에서 깨어 그 소리를 들었다. 그러는 사이에 "저도 들었습니다" "어디서 나는 소릴까요" "마쓰리 하는 것도 아니고요" 하며 안채 사람들이 수군대기 시작했다.

사스케가 계속 다락방 속에서만 했더라면 좋았을 텐데 늦가을에 접어들면서부터는 밤마다 빨래 너는 곳으로 나와서 샤미센을 연습했다. 여름부터 계속 연습을 해왔는데도 사람들이 눈치채지 못하니 대담해지기도 했고, 일은 일대로 하면서 잠자는 시간을 줄여 연습하다 보니 잠이 부족하여 따뜻한 곳에 있으면 졸음이 쏟아지기 때문이기도 했다.

매일 같이 밤 10시에 일꾼들과 함께 잠자리에 들었다가 오전 세 시에 눈 떠서 샤미센을 부둥켜안고 빨래 너는 곳으로 나왔다. 그 시각부터 차가운 밤 기운을 맞으며 연습을 거듭하다 동녘이 어렴풋이 밝아오면 다시 잠자리에 누웠다.

슌킨의 어머니가 들은 것이 그 소리였다. 사스케가 드나들었다는 빨래 말리는 곳은 점포 옥상이었을 테니 그 아래에서 잠자는 일꾼들보다 뜰 앞의 나무로 가리워진 연결 복도의 빈지문만 열어 놓으면 오히려 건너편의 안채 사람들이 그 소리를 더 잘 들었을 것이다.

안채에서 말이 나와 사람들에게 수소문한 끝에 사스케가 샤미센을 공부한다는 사실이 드러났다. 우두머리 일꾼에게 불려가 야단을 맞네, 샤미센을 몰수당하네 하고 있던 참에 뜻밖의 구원의 손길이 나타났다. 얼마나 잘하는지 한번 들어나 보자는 의견이 안채에서 나왔던 것이다. 그런데 그 말을 꺼낸 사람이 다름아닌 슌킨이었다. 사스케는 하라는 길잡이나 제대로 할 것이지 견습사환 주제에 건방진 흉내를 낸다고 슌킨에게 빈축을 사거나 조소를 받거나, 하여간 좋을 게 없다고 생각했던 만큼 '한번 들어보자' 는 말에 걱정이 앞섰다.

자신의 정성이 하늘에 닿아서 아기씨를 감동시킨다면 고마운 일이겠지만, 열에 아홉은 사람들 앞에서 자신을 웃음거리로 만들려는 위로 섞인 장난에서 나온 말일 것이다. 게다가 사람들 앞에서 연주할 자신도 없었다. 그러나 들어보자고 이미 말을 꺼낸 이상 아무리 고사해도 그냥 넘어갈 리만무한 슌킨인 데다, 모친과 언니들까지 호기심을 보여 결국 사스케는 안채에 불려 들어가 그간 혼자 연습한 솜씨를 선보이게 되었다. 그로서는 영광스러운 자리였다.

사스케는 지금까지 연습해온 곡 대여섯 가지를 정성껏 연주했다. '검은 머리' 같은 쉬운 곡이나 '차온도(茶音頭)' 같은 어려운 곡을 순서고 뭐고 없이 어깨 너머 들은 대로만 연습하다 보니 부자연스러운 부분이 여러 군데 있었다. 사스케를 놀려주려고 연주를 시킨 건지 어떤지는 알 수 없지만, 짧은 기간에 혼자 한 연습치고는 짚는 곳도 정확하고 가락도 훌륭하다며 모즈야 집안 사람 모두가 감탄하였다.

슌킨전에는 이 대목이 "그런 사스케를 안쓰러워하여 슌킨이 '그대의 지극한 정성에 감동하였습니다. 이제부터 제가 가르쳐드리겠습니다. 저를 스승으로 의지하여 틈 날 때마다 배우시오' 하니 아버지 야스 사에몬도 그렇게 하라고 말했다. 사스케는 하늘을 다 얻은 듯 기뻐하며 견습사환으로서 할 일에 매진하는 한편으로 매일 일정한 시간에 샤미센 연주를 배우게 되었다. 이리하여 열한 살 소녀와 열다섯 살 소년이 주인과 머슴, 또 스승과 제자의 인연을 맺는 경사가 났다"고 나온다.

그토록 까다로운 슌킨이 어째서 갑작스레 사스케에게 온정을 베풀었을까? 사실은 슌킨의 뜻이 아니고 주위 사람들이 그렇게 만든 것이라고도 한다. 짐작건대, 앞을 못 보는 여자 아이는 집안이 유복하다고 해도 자칫 고독감에 빠지기 쉽고 우울해지기 마련이다. 그러다 보니 부모는 물론이고 하인과 여종까지 그녀를 감당키 어려워 어떻게든 해결책을 찾으려 고심하던 차에 때마침 사스케가 딸과 똑같은 취미가 있다는 사실을 안 것이다.

제멋대로인 아기씨를 감당하지 못하는 안채 사람들이 상대역으로 사스케를 붙여 다소나마 자기들의 짐을 덜려는 생각에서 '사스케님은 정말 착한 사람입니다. 아기씨께서 가르쳐주시면 어떨까요? 필시 본인도 과분히 여기며 좋아할 겁니다' 하고 부추긴 게 아닐까? 하지만 섣불리 건드렸다가는 어깃장을 놓는 슌킨이다 보니 주위의 뜻대로만 일이 진행되지는 않았을 것이다. 그렇게 까다로운 그녀도 그때만큼은 사스케가 싫지 않아 마음 깊은 곳에서 따스한 무엇이 왈칵 샘솟았을지 모른다.

어쨌건 그녀가 사스케를 제자로 삼겠다고 한 말은 부모 형제나 집안일을 하는 사람들에게 반가운 소식이었다. 열한 살 먹은 여자아이가 사람을 제대로 가르칠 수 있느냐 아니냐 하는 문제는 중요한 게 아니었다. 그저 그런 식으로 슌킨이 어떤 일에 매달려주기만 하면 주위 사람들이 편해진다는, 이른바 술래놀이의 술래 역을 사스케에게 맡긴 것이다.

그러니 실상은 사스케를 위해서가 아니라 슌킨 때문에 작정한 일이지만 결과를 놓고 보면 사스케 쪽이 훨씬 남는 장사였다.

글에는 "견습사환으로 일하면서 일정 시간에 한해"라고 되어 있지만 사실은 지금도 매일 길잡이를 해주느라 하루 중의 몇시간은 아기씨를 모시고 있는 상황이고, 거기에 앞으로 아기씨 방에 들어가 음악 수업이라도 받게 되면 약방일을 할 시간은 거의 없다.

상인으로 키우려고 맡긴 자식을 봉사 뒷바라지하는 사람으로 만들어버려서야 사스케의 고향집 양친에게 미안했지만 견습사환 하나의 장래보다는 슌킨의 비위를 맞추는 일이 야스 사에몬에게 더 중요했고, 또 당사자인 사스케 또한 그렇기를 바라는 입장이기에 서로의 묵인하에 일이 이렇게 전개되었다.

이때부터 사스케가 슌킨을 스승님이라고 불렀는데, 슌킨

은 평소에는 자기를 아기씨라고 불러도 되지만 샤미센 수업 중에는 반드시 스승님이라고 부르도록 일렀다. 그녀도 이제는 사스케 씨가 아니라 사스케라고 이름을 불렀고 하루마쓰 겐교가 제자를 대하던 모습을 흉내 내어 사제의 예를 엄중히 갖추라고 지시했다.

이리하여 집안 어른들의 뜻대로 어설픈 '학교 놀이'가 시작되고 덩달아 슌킨도 외로움을 잊고 살았는데, 그 뒤로 달을 거듭하고 해를 넘겨서도 두 사람은 이 놀이를 그만둘 기색이 없었다. 오히려 2, 3년 뒤에는 가르치는 쪽이나 배우는 쪽이나 놀이 수준을 벗어나 점점 진지해졌다.

슌킨은 오후 2시경에 우쓰보에 있는 겐교 집에 가서 30분이나 1시간 정도 악기를 배우고 집으로 돌아와 해가 질 때까지 배운 것을 연습했다. 그리고 저녁밥을 먹고 나서 마음이 내키면 2층 방으로 사스케를 불러들여 샤미센을 가르쳤다. 그러다가 나중에는 하루도 거르지 않고 매일 가르치며 밤 9시, 10시가 되어도 내보내지 않고 가끔 "사스케, 이전에 알려줬잖아" "아냐, 아냐, 될 때까지 밤새워서라도 해" 하고 큰소리를 질러 아래층에서 일하는 사람들을 놀라게 했다. 더러는 슌킨이 "바보, 왜 안되는 거야?" 하고 욕을 하며 술대로 머리를 때리면 사스케가 훌쩍거리고 울었다.

과거에 예능을 가르칠 때 제자들을 엄하게 다루어 여차하면 체벌을 가했던 사실은 사람들이 잘 알고 있는 대로다. 올해[3] 2월 12일 자 오사카 아사히신문 일요일 판에 '인형극 조루리, 피나는 수련'이라는 제목으로 오구라 게이지가 쓴 기사를 보면 세쓰노 다이조의 3대 명인 고시지의 이마에 초승달 모양의 커다란 상처 자국이 있다고 나오는데, 스승이었던 2대 명인 도요사와 단시치가 북채로 때려서 생긴 훈장이라고 한다.

분라쿠자에서 인형을 다루는 명인 요시다 다마지로의 뒷머리에도 비슷한 상처가 있다. 한번은 그의 스승 요시다 다마조가 범인역의 인형을 맡고 다마지로는 그 인형의 다리를 담당했는데, 그날 공연에서 다리 움직임이 마음에 들지 않았는지 공연이 끝나자마자 다마조가 공연에서 쓰는 진짜 칼로 다마지로의 뒷머리를 획 그어버렸다는 것이다.

그런데 다마지로에게 칼을 휘두른 다마조 또한 과거에 스승 긴시로한테 인형으로 머리를 얻어맞아 분장실 마루바닥을 피로 시뻘겋게 물들였던 적이 있었다. 그는 피범벅이 되어 떨어져 나간 인형 다리 하나를 솜으로 감싸 민나무 상자에 넣어 두었다가 가끔 꺼내 어머니의 영전에 바치고 절

---

3 1933년.

을 올리며, "이 인형 다리가 없었더라면 나는 한평생 그저 그런 예능인으로 살았을지도 모른다"고 이따금 눈시울을 적셨다고 한다.

선대 오스미 다유는 수련생 시절에 동작이 소처럼 굼떠 남들이 굼벵이라고 불렀는데 그의 스승은 바로 유명한 근대 샤미센의 거장 도요사와 헤이조쿠였다. 어느 무더운 여름 날 밤에 이 오스미 다유가 스승 집에서 고노시타가게 전투 장면을 연습하고 있었는데 '부적주머니도 유품은 유품이로 다' 라는 구절이 아무리 해도 소리가 제대로 나오지 않았다. 다시 하고 다시 하고 몇 번을 다시 해도 잘했다는 소리를 안 하던 스승 도요사와 헤이조쿠가 나중에는 모기장 안으로 들어가버렸다. 오스미는 모기에 뜯기면서 100번, 200번, 300번, 끝없이 되풀이하며 소리를 했는데, 짧은 여름 밤이 지나고 주변이 훤히 밝아올 무렵에 스승이 피곤했던지 그만 잠들어버렸다.

그래도 그만하라는 분부가 없으니 오스미가 굼벵이의 장 기를 발휘하여 끝도 없이 하고 또 하고 또다시 하고 있었더 니 해가 중천에 넘어갈 무렵에, 이윽고 "됐다"는 스승의 목 소리가 모기장 속에서 들려왔다. 잠든 줄 알았던 스승이 실 은 그때까지 뜬눈으로 듣고 있었던 것이다.

이런 이야기는 예를 들자면 끝도 없고, 또 조루리 배우나 인형을 다루는 사람에게 국한된 것만도 아니다.

이쿠타류(流)의 거문고와 샤미센을 전수 할 때에도 마찬가지였다. 그런데다 이 스승은 앞을 못 보는 겐교였으니 다른 불구자가 그러하듯 쉬이 심사가 뒤틀리기도 하고 가혹하게 내닫는 경향도 없지 않았다.

슌킨의 스승 하루마쓰 겐교의 교육법도 이미 엄격하기로 소문이 자자했던 것은 앞에서 언급한 대로여서 툭 하면 욕설이 튀고 손바닥이 허공을 날았다. 가르치는 쪽도 맹인이고 배우는 쪽도 맹인인 경우가 많기에 스승에게 혼나고 얻어맞으면서 조금씩 뒤로 물러나다가 샤미센을 끌어안고 계단에서 굴러떨어지는 사고도 있었다.

훗날 슌킨은 거문고를 가르친다는 간판을 내걸고 나서 엄하게 가르치기로 소문이 자자했다. 거기에는 스승에게 배운 방식을 답습한 탓도 있지만 사실은 사스케를 가르치던 데서 비롯된 바가 컸다. 즉, 나이 어린 여자가 '선생 놀이'를 하면서 가르치는 법을 체득한 것이다.

남자 스승이 여자 제자를 꾸짖는 경우는 많지만 슌킨처럼 남자 제자에게 손찌검을 하는 여자 스승은 없었다. 이런 것을 보면 슌킨이 다소 가학적인 성향이 있었던 것이 아닌지, 악기를 가르친다는 명분을 구실로 일종의 변태적인 기분을 맛본 것은 아닌지 하는 생각이 들기도 한다. 무엇이 사실인지 이 시점에서는 단정짓기 어렵다. 아니면 아이들이 소꿉놀이를 하면서 자연스럽게 어른 흉내를 내듯 슌킨 또한 단순히 스승의 행동을 흉내 냈을 뿐일까?

사스케가 울보였던지 슌킨에게 맞기만 하면 울었다고 한다. 울어도 아예 크게 소리 내어 울어버리니 주변 사람들이 듣고 염려할 정도였다.

사태가 이렇게 되자 애초에는 슌킨에게 소일거리를 안겨줄 요량이었던 어른들이 당황했다. 매일같이 밤 늦게까지 울리는 거문고나 샤미센 소리 사이사이에 성난 슌킨이 다그치는 목소리가 섞여 있었고 사스케가 우는 소리도 간간이 들려왔다. 이래서는 사스케도 못할 짓이겠지만 우선 아기씨에게 바람직하지 않다며 여자 일꾼 둘이 참다못해 문을 열고 방에 들어가 보았다. 나이 찬 아가씨 앞에서 망측하게 남자가 이 무슨 꼴이냐며 말리려 하니 슌킨이 숙연히 옷깃을 여미며 "너희가 참견할 일이 아니다. 나서지 마라, 내가 진짜로 가르치고 있는 거다. 장난하고 있는 게 아니다. 사스케를 생각해서 정성을 다하고 있지 않느냐. 아무리 화를 내든 혼내든 가르치는 사람은 나다. 너희는 보고도 모르느냐?" 하고 무서운 표정을 지었다.

이 대목을 슌킨전에 쓰기를 "'너희들이 나를 나이 어린 여자라고 얕보고 예도(藝道)의 신성함을 모독하려 하는구나. 내가 비록 어리지만 사람을 가르치는 스승이 되었으니 내게는 스승의 도리가 있는 법. 내가 사스케에게 연주를 가르치는 것은 처음부터 장난으로 한 것이 아니라 사스케가 훌륭한 스승에게 배우지 못하고 독학하는 것이 딱하여 도와주려 함이다. 너희가 참견할 바가 아니니 어서 빨리 여기를 나가라' 며 의연히 설교하자 사람들이 슌킨의 위용에 눌리고 변설에 놀라 허둥지둥 물러나기가 한두 번이 아니었다"고 했다. 이 대목을 보면 슌킨의 서슬 퍼런 모습이 상상된다.

번덕이 심한 슌킨이 큰소리로 다그치는 정도는 그나마 약과였다. 눈꼬리를 치켜세우며 줄 세 가닥을 '핑' 소리가 나게 세게 튀기거나 사스케에게 샤미센을 연주하라고 해놓고 가타부타 말도 없이 오랫동안 듣고 있기만 할 때도 있었다. 사스케는 그럴 때가 가장 힘들었다.

어느 날 밤, '차(茶)노래'의 간주 부분을 가르치는데 사스케가 좀처럼 따라하지 못했다. 여러 번 반복해도 자꾸 틀리니 화가 난 슌킨이 여느 때처럼 샤미센을 바닥에 내려놓고 "야— 치리치리간— 치리치리간— 치리간치리간치리가— 치텐, 토쓴토쓴롱, 야—루루퉁" 하며 오른손으로 무릎을 쳐가며 입으로 샤미센을 가르치다가 화가 났던지 나중에는 입을 다물어버렸다.

사스케가 말도 붙이지 못하고 그렇다고 그만두지도 못하고 혼자 생각으로 겨우겨우 연주를 하고 있는데, 제법 긴 시간이 지나도 그만두라는 말이 없었다. 그러자 얼굴이 벌겋게 달아오르고 연주도 점점 더 틀어지면서 몸에서는 식은땀이 흘렀다. 점점 연주가 엉겼다. 그런데도 슌킨은 아무 말 없이 입을 더 앙다물고 미간에 깊이 새긴 주름을 조금도 풀지 않았다. 그러기를 2시간, 어머니 시게 온나가 잠옷 차림으로 올라와 "열심히 하는 것도 정도가 있다. 도가 지나치면 몸에도 좋지 않다"며 달래듯이 둘을 갈라놓았다.

다음 날 아침에 슌킨이 양친 앞에 불려갔다. "네가 사스케를 가르치는 것은 좋은 일이나 제자를 때리고 욕하는 것은 사람들도 인정하고 나도 인정하는 겐교가 되고 나서 할 일이다. 네가 아무리 샤미센을 잘한다고 해도 아직 스승에게 배우는 처지인데 벌써부터 겐교를 흉내 내면 교만이 싹튼다. 무릇 예능이란 교만한 마음이 들면 늘지 않는 법, 더구나 여자 몸으로 남자에게 바보 같다는 둥 점잖지 않은 말을 입에 올리는 것은 더 이상 용인할 수 없다. 앞으로 그런 말은 삼가거라. 이제부터는 시간을 정해 악기 연주는 밤이 깊기 전에 끝내는 것이 좋겠다. 사스케 우는 소리에 사람들이 잠을 못 잔다"며 평소에 싫은 소리 한 번 하지 않던 아버지와 어머니가 완곡하게 설득하였다. 그러자 그토록 제멋대

로 굴던 슌킨도 대꾸를 못하고 따르기로 했는데, 그것도 겉
으로만 그랬지 실제로는 별 효과가 없었다.

"사스케, 참으로 한심하다. 남자가 되어 소소한 일도 참
지 못하고 우는 시늉을 내는 바람에 내가 꾸중을 들었다. 예
도에 정진하려거든 뼈를 가는 아픔이 있더라도 어금니를 꽉
깨물고 참아라. 그렇게 못하겠다면 나도 스승 노릇을 그만
두겠다"며 사스케를 몰아붙였다. 그날 이후로는 사스케의
목소리가 문밖으로 새어 나가는 법이 없었다.

모즈야 부부는 딸 슌킨이 점점 신경질적으로 변해가는데
다 악기를 가르치면서부터는 난폭해지는 바람에 근심이 늘
어갔다. 딸이 사스케라는 상대를 얻은 것을 어떻게 받아들
여야 할지 몰랐다. 딸에게 비위를 맞추어주는 사스케가 고
맙기는 하지만, 억지 부리는 것까지 무조건 받아주어서는
딸이 장차 어떻게 변할지 몰라 속이 탔다.

그래서 그랬는지 사스케가 열여덟 살이 되던 겨울에 주인
집 부부가 사스케를 하루마쓰 겐교 문하에 집어넣었다. 그
리하여 그날 이후로 사스케가 슌킨에게 직접 배울 일은 없
어졌다. 부모로서는 어린 나이에 선생의 흉내를 내는 딸이
염려되어 조치한 일이겠지만, 덕분에 사스케의 운명도 이때
정해진 셈이나 마찬가지였다. 그날부터 사스케는 사환의 신

분에서 완전히 벗어나 명실공히 슌킨의 길잡이로, 또 슌킨과 똑같은 하루마쓰 겐교의 제자로 처지가 바뀐 것이다.

본인도 원했음은 새삼 말할 것도 없지만, 모즈야 부부는 사스케의 양친을 설득하여 이해를 구하기까지 많은 공을 들였다. 장사꾼이 되고자 했던 사스케의 포부를 접게 하는 대신 앞날을 보장한다거나 아니면 최소한 나몰라라 하지는 않겠다는 모종의 언약 정도는 있었을 것이다. 짐작건대, 슌킨의 앞날을 생각하면 아무래도 사스케를 사위로 맞이하는 것이 바람직하겠다는 모즈야 부부의 판단이 작용했을 것이다. 불구의 딸이라서 평범한 결혼이 쉽지 않을 바에야 차라리 사스케가 어떻겠느냐는 식으로 결론 내렸을 법하다.

이리하여 그 다음 다음 해 즉 슌킨이 열여섯, 사스케가 스무 살 때 부모가 처음으로 결혼 이야기를 꺼냈는데, 뜻밖에 슌킨이 일언지하에 거절했다. 자신은 평생 남편을 맞을 생각도 없는데다, 하물며 사스케는 전혀 관심 밖이라며 크게 화를 냈다.

그런데 그런 일이 몇 번 더 있고 나서 1년쯤 지나 슌킨의 몸에 심상치 않은 변화가 생긴 것을 어머니가 눈치챘다. 설마 했지만 내밀히 살펴보니 아무래도 수상했다. 눈에 띄어서야 일꾼들의 입방아도 걱정이었다. 지금이라면 어떻게든 무마할 길도 있을 것 같아 아버지에게는 알리지 않고 당사자에게만 살짝 물어봤지만 그런 일은 전혀 없다고 펄쩍 뛰었다. 자세히 따져 물을 수도 없는 노릇이라 속만 썩이다 어물쩍 두어 달이 지나는 사이에 더 이상은 덮어둘 수만은 없게 되었다.

그러자 이번에는 임신했노라고 슌킨이 솔직히 털어놓았다. 하지만 상대가 누구인지에 대해서는 아무리 물어도 입을 열지 않다가 나중에는 서로 상대의 이름을 밝히지 않기로 약속했다며 입을 꼭 다물어버렸다. 사스케냐고 슬쩍 운을 떼면 왜 하필 그런 견습사환이겠냐며 말도 못 붙이게 했다.

누가 보더라도 우선 사스케를 의심하련만 작년에 슌킨이 한 말도 있고 해서 부모도 설마 했다. 게다가 그런 일은 대개는 사람 눈을 속이지 못하는 법이다. 경험도 없는 젊은 남녀가 아무리 태연한 척하려 해도 들키지 않을 수 없는 일이다. 사스케가 하루마쓰 겐교의 제자로 들어가고 나서는 이전처럼 밤 늦게 둘만 함께 있을 기회도 없이 가끔 오빠 동생처럼 그날의 공부를 복습하는 정도였다. 그런 시간 외에는 철저히 도도한 아기씨처럼 행동했으니 집안 일꾼들도 둘 사이에 특별한 일이 있으리라고는 꿈에도 생각지 않았다. 오히려 주종의 구분이 너무 지나쳐 인간미가 부족하다는 말을 들을 정도였다.

하지만 사스케에게 물어보면 될 일이었다. 상대가 겐교

의 문하생인 것만큼은 분명한데, 사스케는 자신은 모르는 일이라며 잡아뗄 뿐만 아니라 달리 짐작이 가는 사람도 없다고 우겼다.

하지만 안방 마님 앞에 불려간 사스케의 태도가 주저주저하며 어딘지 수상쩍은 데가 있어서 더 캐물으니 횡설수설하며 앞뒤가 맞지 않는 대답이 나오고, 그것을 말하면 아기씨에게 혼난다며 울기 시작했다.

"슌킨을 감싸는 것은 좋지만 왜 주인이 하는 말을 듣지 않느냐, 숨겨 봤자 슌킨에게도 좋을 리 없다, 어서 상대 이름을 말해보거라" 하고 바짝 타 들어가는 입술로 물어보아도 끝까지 대답하지 않았다.

모즈야 부부는 아이가 생겨버린 일은 어쩔 수 없지만 그나마 상대가 사스케라서 다행이다, 그럴 바에는 작년에 합쳐주겠다고 했을 때 왜 마음에도 없는 말을 했느냐, 딸자식이 철이 없다고 걱정하면서도 마음이 놓여 가슴을 쓸어내렸다. 이렇게 된 이상 사람들 입에 오르내리기 전에 얼른 살림을 차리는 편이 낫겠다고 슌킨에게 이야기를 꺼내니, "그 이야기는 두 번 다시 하고 싶지 않사옵니다, 이전에도 말씀드렸듯이 사스케는 생각도 해본 적이 없습니다, 저를 불쌍히 여기시는 것은 감사하오나 아무리 제가 성치 않은 몸이라고 해도 어찌 고용살이 하던 사람을 지아비로 두겠습니까, 뱃

속에 들어 있는 아이 일은 죄송스럽사옵니다" 하면서도 "아이의 아비에 대해서는 묻지 말아주옵소서, 어차피 그 사람과 함께 할 생각은 없사옵니다"라고 답했다.

이리 되면 또다시 샤스케가 한 말이 애매해져 어느 쪽 말이 참말인지 알 수 없게 되었다. 하지만 샤스케 말고는 다른 상대도 없을 테고, 지금은 쑥스러워 말을 못하지만 좀 더 시간이 지나면 사실을 털어놓을 것 같았다. 그래서 더 이상 일을 크게 만들지 말고 우선은 몸을 풀 때까지 슌킨을 아리마(有馬) 온천에 보내기로 하였다.

이때가 슌킨이 열일곱 살이 되던 해의 오월이었는데, 사스케는 오사카에 남고 여자아이 둘이 따라가서 10월까지 아리마에 머물며 기쁘게도 남자아이를 낳았다. 그 갓난아이의 얼굴이 샤스케와 매우 닮았다. 이제 모든 수수께끼가 풀렸는데도 슌킨은 부부가 되라는 말에 아무 대꾸를 하지 않고 사스케도 자신이 아기의 아비라는 사실을 한사코 부정했다. 부득이 둘을 대면시키자 슌킨은 왜 의심 받을 말을 했느냐며 사스케를 다그치고 사실이 아니라고 생떼를 부렸다. 기억에 없으면 그런 일이 없었노라고 확실히 이야기하라며 졸라대니 사스케가 어찌할 바를 몰라 하다가 "제가 아기의 아비라니 천부당만부당하옵니다. 어릴 때부터 그토록 큰 은혜를 입고 있는 마당에 제가 분수도 모르고 어찌 이런 불손

한 짓을 하겠습니까. 감히 생각지도 못한 오해입니다" 하며
이번에는 슌킨과 입을 맞추어 철두철미하게 부인하고 나서
니 좀처럼 결말을 지을 수 없었다.

"하지만 태어난 아이가 불쌍하지도 않으냐, 네가 그렇게
고집을 부리면 아비 없는 아이를 키울 수는 없는 노릇이니
불쌍하지만 애기는 어디에라도 보낼 수밖에 없다"고 아이
를 엮어 닦아 세워도 "제발 어디에라도 주시옵소서, 평생 혼
자 몸으로 살아갈 저를 왜 옭아매려 하십니까" 하며 끝까지
시치미 뗐다.

그리하여 모즈야 부부는 슌킨이 낳은 아이를 멀리 보냈다.
1846년 생이니 지금은 살아 있지도 않을 것이고 어디에 묻
혔는지도 모른다. 어쨌든 부모가 적절하게 조치했을 것이다.
결국 이렇게 임신건을 자기 고집대로 유야무야로 처리하
고 난 슌킨이 어느 틈에 다시 태연한 얼굴로 사스케의 손을
잡고 악기를 배우러 다니기 시작했다. 그 즈음에는 이미 그
녀와 사스케와의 관계는 공공연한 비밀이었다. 그런 것을
정식으로 맺어주려 하면 당사자들이 끝까지 부인하기 때문
에 딸의 성격을 아는 부모가 별수 없이 모르는 체했던 것 같
다. 이리하여 주종 관계도 아니고 같은 문하생도 아닌, 그렇
다고 연인 사이도 아닌 어정쩡한 상태가 2, 3년 계속되다가

하루마쓰 겐교가 세상을 뜬 것을 계기로 스무 살 나이에 슌
킨이 독립하였다. 요도야바시 길가에 교습소를 마련하고 악
기 연주를 지도한다는 간판을 내걸었다. 사스케도 데리고
갔다.

하루마쓰 겐교 살아 생전에 이미 실력을 인정받았으니
언제 독립해도 지장이 없도록 미리 허가를 받아두었던 듯하
다. 하루마쓰(春松) 겐교가 자기 이름에서 한 글자를 따 그녀
에게 슌킨(春琴)이라는 이름을 지어주고 자신이 무대에 오를
때에는 이따금 그녀를 합주에 참여시키거나 어려운 부분을
연주하게 하거나 해서 사전에 독립할 수 있는 여건을 만들
어주었다. 그러니 겐교가 죽고 나서 슌킨이 교습소를 연 것
은 어려운 일이 아니었다.

하지만 그녀의 나이나 여건을 따져 보면 그토록 갑작스
럽게 독립해야만 했던가 하는 의구심이 남는다. 사스케와
의 관계를 감안한 처사였음은 더 이상 비밀도 아니었다. 둘
을 언제까지 애매한 상태로 놓아두어서야 일하는 사람들이
보는 눈도 있고, 달리 뾰족한 수가 없어 한 지붕 아래에 동거
시키는 형식을 택하니 슌킨도 굳이 반발하지 않았던 것으로
보인다.

물론 요도야바시로 이사한 뒤로도 사스케는 이전과 조금
도 다름없는 취급을 받았다. 어디까지나 길잡이일 뿐이었

다. 게다가 겐교가 죽었기 때문에 다시금 슌킨에게 사사하게 되어 사스케는 아무도 개의치 않고 '스승님'이라고 부르고 자신은 '사스케'로 불렸다. 슌킨은 둘이 부부처럼 보이는 것을 지극히 꺼려하여 주종의 예의, 사제의 차별을 엄격히 하고 말투 하나에 이르기까지 일일이 말하는 법도를 정해놓았다. 그 테두리를 벗어나는 경우에는 엎드려 머리를 조아리고 잘못을 빌어도 쉽사리 용서하지 않고 잘못한 점을 집요하게 추궁했다.

그런 까닭에 상황을 모르는 신참 입문자들은 둘 사이를 조금도 이상하게 보지 않았다고 한다. 반면에 모즈야 점포에서 일하는 사람들은 그들대로 아기씨가 또 어떤 말로 사스케 님을 자기 곁에 눕게 만드는지 한번 몰래 들어보고 싶다는 둥 입방아를 찧었다고 한다. 왜 슌킨이 사스케를 이렇게 대했을까?

다만 오사카는 지금도 혼례를 올릴 때 집안, 재산, 격식 같은 것을 도쿄보다 더 따지는데다 원래 상인들의 식견이 더 높은 지역이라서 봉건적 풍습이 많이 남아 있기는 하다. 그러니 유서 깊은 집안의 영양으로서의 긍지를 가진 슌킨 같은 여자가 집안 대대로 하인 노릇을 해오던 집안의 사스케를 얕본 것은 충분히 짐작이 가고도 남는 바다. 또 맹인 특유의 외골수 성격도 한몫하여 남에게 약점을 잡히지 않으려는 오기도 발동하였을 것이다.

그러다 보니 사스케를 남편으로 받아들이는 행위가 모욕적으로 느껴졌을지도 모른다. 이런 정황도 잘 살필 필요가 있다. 즉 '아랫것과 육체 관계'를 맺는 일이 망신스러워 매몰차게 굴었던 것이다. 그렇다면 슌킨이 단지 생리적으로만 사스케를 필요로 했다는 말일까? 다분히 그럴 수 있다.

슌킨전에 이르기를 "슌킨은 결벽이 심하여 조금이라도 때가 묻은 것은 입지 않고 속옷은 매일 갈아입었다. 또 아침저녁으로 방을 청소시켰으며 자리에 앉을 때마다 일일이 손가락으로 방석이나 다다미를 훑어 조금이라도 먼지가 묻어나면 앉지 않았다. 한번은 속병을 앓는 문하생이 스승 앞에서 연습을 하였는데, 슌킨이 여느 때처럼 줄 세 가닥을 세게 튕기고 샤미센을 바닥에 내려놓으며 얼굴을 찌푸린 채 입을 다물어버렸다. 제자가 어찌할지 몰라 하다가 조심조심 그 이유를 묻기를 세 차례, '나는 앞은 못 보아도 코는 밝다, 물러가서 양치를 하고 오라'고 했다."

맹인 중에서도 이렇게 까다로운 맹인을 돌보는 사람이 얼마나 마음고생을 했을지는 짐작이 가고도 남는다. 길잡이는 단순히 길만 안내하는 역할이 아니었다. 먹고 마시고 일어나고 앉고 씻는 것이나 용변 등 일상생활의 소소한 부분까지 살펴야 하는 것이 길잡이의 역할인데, 슌킨이 어릴 때부터 사스케가 이런 임무를 도맡아 처리하며 요구를 모두 받아주었기 때문에 이제는 그 외에는 누구도 이런 역할을 해낼 수 없었다.

이렇게 보면 오히려 슌킨에게 사스케가 없어서는 안 될 존재다. 도쇼마치에 살 때에는 그나마 양친이나 형제들을 의식하며 지냈지만, 이제 어엿한 교습소의 주인이 되고 나서는 갈수록 결벽도 심해지고 모든 일을 자기 뜻대로만 처리하려고 해서 사스케가 감당해야 할 일은 자꾸 늘어갔다.

이 이야기는 글에는 나오지 않고 시기사와라는 여자가 했던 말인데, 슌킨 스승님은 화장실에서 나와도 손을 씻는 법이 없었다고 한다. 왜냐하면 용변을 보는데 당신은 손가락 하나 움직이지 않고 하나에서 열까지 사스케님이 수발했기 때문이란다. 목욕할 때도 그랬다. 지체 높은 부인은 자기 몸 구석구석을 씻기면서도 부끄러운 줄 모른다던데 사스케에게는 슌킨이 바로 그런 부인이었다. 앞을 못 보기도 하지만, 어릴 때부터 습관이 되어 색다른 감정이 일어나지 않기 때문에 가능했을지도 모른다.

또 슌킨은 사치스러웠다. 실명한 이래로 거울을 본 적은 없어도 자신의 용모에 대단한 자부심이 있었다. 옷이나 머리장식 같은 곳에 신경 쓰기로는 눈 뜬 사람 못지않았다. 기억력이 좋았던 그녀는 아홉 살 때의 자기 얼굴을 평생 기억했을 것이며, 사람들이 말하는 평판이나 칭찬을 줄곧 귀로 들으며 자신이 얼마나 예쁜지 충분히 짐작했을 것이다. 그러다 보니 화장에도 보통 정성을 들이는 게 아니었다.

늘 휘파람새를 길러 새 똥을 쌀겨에 섞어서 사용하고 수세미 물을 공들여 발랐으며, 얼굴이나 손발이 매끈하지 않으면 심기가 불편해졌다. 살결이 거칠어지는 것도 싫어했다. 현악기를 다루는 사람은 왼손의 손톱을 어느 정도 길러야 하는 법이거늘 슌킨은 사흘마다 손톱을 깎고 줄로 다듬게 하였다. 그것도 왼손뿐만 아니라 양손과 두 발까지 다듬게 했다. 거의 눈에 보이지도 않을 만큼 자란 손톱을 항상 고르게 다듬으라고 하면서 일일이 손으로 만져 보아 조금이라도 길이와 모양이 다른 손톱이 있으면 퇴짜를 놓았다. 사스케는 이런 뒤치다꺼리를 혼자서 도맡아 처리하면서도 틈틈이 슌킨에게서 샤미센을 사사하고, 더러는 스승 대신 제자들을 가르치기도 했다.

육체관계라는 것도 여러 가지가 있다. 사스케는 슌킨의 육체에 관한 모든 것을 샅샅이 알고 있었다. 어지간한 부부관계나 연애관계로서는 상상도 할 수 없는 밀접한 관계를 슌킨과 맺어왔다. 말년에 사스케 자신까지 맹인이 되고 나서도 큰 어려움 없이 슌킨을 보살필 수 있었던 데에는 이런 내막이 있었다.

사스케는 고용살이를 시작한 날부터 여든세 살이 될 때까지 평생 처첩을 두지 않았고 슌킨 이외에 단 한 사람의 이성도 알지 못했다. 그러다 보니 이러쿵저러쿵 다른 여인과 비교할 처지가 아니면서도 만년에 주변 사람들에게 슌킨의 피부가 더없이 부드럽고 팔다리가 유연했다고 늘 자랑했는데, 이 대목이 말년의 그의 넋두리가 되었다고 한다. 가끔 손바닥을 펼치고 스승님의 발은 이 손 위에 올려놓기 딱 알맞았다고도 하고 또 어떤 때는 자기 볼을 쓰다듬으며 스승님은 발뒤꿈치조차 자기 뺨보다 더 부드러웠다고 했다.

그녀의 체구가 작았다는 점은 앞에서 언급했는데, 옷을 입으면 작아 보이지만 벗은 몸은 의외로 살집이 있고 놀랍도록 희고 나중에 나이가 들어서도 피부에 생기가 돌았다고 한다.

평소에 생선과 생고기를 즐겨 먹었는데 그중에서도 도미 요리를 특히 좋아했다. 당시의 여자로서는 놀랄 만한 미식가였던데다 술도 즐겨서 반작으로 한 홉쯤은 거른 적이 없었다고 하니 그런 것들이 연관되어 있을지도 모른다(맹인이 무엇을 먹는 모습은 안쓰러워 보이기 마련인데 하물며 묘령의 미인 맹인에 있어서야! 슌킨순이 그런 것을 알았는지 몰랐는지 사스케 이외의 사람에게는 먹고 마시는 모습

을 보이지 않으려 했다. 손님으로 초대받은 자리에서는 그저 젓가락을 드는 흉내만
내는 정도였으니 지극히 점잖아 보였겠지만 사실은 먹는 데 욕심이 많았다. 그렇다고
먹는 양이 많은 것이 아니다. 밥은 두 공기 정도만 먹으면서도 반찬은 여러 가지를 한
입씩 골고루 맛보기 때문에 가짓수가 늘어 수발을 하기에 보통 힘든 게 아니었다. 마
치 일부러 사스케를 힘들게 하려는 것처럼 생각될 정도였다. 사스케는 도미를 발라내
거나 게 껍질을 벗기는 일에 익숙해졌고 은어쯤은 모양을 원래대로 살리면서 꼬리 쪽
에서부터 가시만 말끔히 발라낼 수 있었다).

머리카락도 매우 풍성하고 솜처럼 부드러웠다. 손은 가
냘프고 손바닥이 잘 휘어 있으면서도 현을 다루어서인지 손
가락 끝에 힘이 들어있어 뺨을 때릴 때는 상당히 매서웠다.

성격은 불 같으면서도 몸은 차가워 한여름에도 소름이
돋거나 땀 흘리는 적이 없었다. 발은 얼음장처럼 차가워 사
시사철 속을 넣은 흰 비단옷이나 솜을 둔 주름 비단옷을 잠
옷으로 입었으며 옷자락을 길게 만들어 두 발을 감싸고 잤
다. 그러면서도 조금도 자세가 흐트러지는 법이 없었다.

몸이 달아오르는 것을 싫어하여 고타츠[4]나 탕파는 가급적
사용하지 않았고, 너무 추울 때는 사스케가 두 발을 가슴에
품어주지만 그래도 쉽게 따뜻해지지 않고 오히려 사스케의
가슴만 멍든 것처럼 차가워졌다. 몸을 씻을 때는 욕실에 수

---

4 숯불 등을 넣고 이불을 씌운 실내 난방 장치.

증기가 차지 않도록 겨울에도 창문을 활짝 열어 놓고 미지근한 물에 잠깐씩 여러 번 담갔다. 오랫동안 담그고 있으면 심장이 두근거리고 현기증이 일기 때문에 가능한 한 짧은 시간에 몸을 덥힌 뒤에 서둘러 몸을 씻어야 했다. 이런 식으로 알면 알수록 사스케가 고생하는 신짜 모습이 드러났다.

게다가 사스케는 물질적으로도 받는 것이 거의 없었다. 급료는 어쩌다 주는 수당에 불과하여 담뱃값도 안되었고 옷은 연말에 한 벌 지어주는 것이 전부였다. 스승을 대신하여 가르친다지만 정해진 지위가 있는 것도 아니고 제자나 하녀들도 그냥 이름을 불렀다. 또 슌킨이 남의 집에 들어가서 제자를 가르칠 때에는 그 집 문밖에서 기다려야 했다.

한번은 밤에 사스케가 충치 때문에 볼이 심하게 부어오른 적이 있었다. 통증이 심한 것을 억지로 참아가며 내색도 안하고 냄새 나지 않게 수시로 입을 가셔가며 수발을 하고 있었는데, 슌킨이 잠자리에 들며 어깨와 허리를 주무르라고 시켰다. 그런 뒤에는 또 발을 덥혀달라고 했다. 공손히 답하고 옆에 누워 옷자락을 풀어 그녀의 발바닥을 자기 가슴 위에 올렸지만 가슴이 얼음장처럼 차가운데 비해 얼굴은 치통으로 뜨겁게 달아올라 있었다. 그래서 슌킨의 발을 자기 볼에 대고 겨우겨우 통증을 참고 있는데 갑자기 슌킨이 얼굴을 세게 걷어차는 바람에 사스케가 비명을 지르며 자지러졌다.

그러자 슌킨이 말하기를 "이제 그만해라, 가슴으로 덥혀 달라고 했지 얼굴로 덥혀 달라고 말하지 않았다. 봉사나 눈이 멀쩡한 자나 발바닥에 눈이 없기로는 매한가지인데 어찌하여 사람을 속이려 드느냐. 네가 이를 앓고 있다는 것쯤은 하는 짓으로 낮에 대충 알았고 또 오른쪽 볼이 왼쪽 볼보다 뜨겁고 부어올랐다는 것도 발바닥으로 다 안다. 차라리 정직하게 말을 해라. 내가 머슴 위하는 방법을 모르는 사람도 아닐진대 충절을 가장하며 주인 몸을 이용하여 열을 식히려 들다니 참으로 무엄하다. 그 속마음이 얄밉고도 얄밉다"고 했다.

슌킨이 매사에 사스케를 이런 식으로 대했다. 사스케가 나이 어린 여자 제자에게 자상하게 가르치거나 하면 유독 마뜩잖아 했다. 그런 일이 있고 난 뒤에는 훨씬 더 심술궂게 행동했다. 사스케는 그럴 때가 가장 괴로웠다.

여자가 맹인에다 독신이고 보면 사치를 한다고 한들 한계가 있을 것이고 제아무리 호의호식하더라도 정도가 뻔하다. 그러나 슌킨이 사는 곳에는 주인 한 사람에 딸린 일꾼이 여섯이나 되었다. 매달의 생활비도 어지간한 액수가 아니었다. 왜 그렇게 큰돈과 많은 사람이 필요했는가 하면, 첫째 원인은 새를 기르는 취미 때문이었다.

그중에서도 슌킨은 휘파람새를 좋아했다. 지금도 독특한 소리를 내는 휘파람새는 한 마리에 만 엔이 넘는데, 당시에도 사정은 마찬가지였다. 휘파람새의 울음소리를 구분하는 방법이나 감상법이 옛날과는 다소 다르겠지만 우선 요즘의 경우를 예로 들면 '호—호켁쿄—' 하는 보통 울음소리 외에도 '켁쿄, 켁쿄, 켁쿄켁쿄' 하고 우는 이른바 골짜기형 울음과 '호—키—베칸코—' 하고 우는 이른바 봉우리 울음소리까지 모두 내는 새가 값이 많이 나간다. 덤불휘파람새는 이렇게 울지 않는다. 설령 울어도 '호—키—베칸코—' 하고 울지 않고 '호—키—베챠—' 하고 우니 탁해서 듣기 싫고, '베카콘, 콘' 하는 금속성의 아름다운 여운을 남기게 만들려면 별도의 인위적인 방법으로 키워야 한다.

　　그러려면 덤불휘파람새의 새끼를 아직 꼬리가 생기기 이전에 잡아와 별도의 스승 휘파람새를 붙여 훈련시켜야 한다. 꼬리가 자란 뒤에는 어미 덤불휘파람새가 내는 탁한 소리를 배워버리기 때문에 소리를 교정할 수 없다. 스승 휘파람새도 이런 인위적인 방법으로 소리를 배우는데, 유명한 휘파람새는 '봉황'이나 '영원한 벗'처럼 각자의 이름이 있다. 그래서 어디의 누구네 집에 여차여차한 이름 난 새가 있다는 소문이 나면 휘파람새를 기르는 자가 찾아가 우는 법을 가르친다. 이런 것을 '소리 붙이러 간다'고 하는데 대개 이른 아침부터 야외로 나가 며칠 동안 계속된다.

때로는 스승 휘파람새가 일정한 장소로 출장을 나가기도 한다. 많은 제자 휘파람새들이 모이기라도 하면 마치 합창 교실과 같은 볼거리를 만들기도 한다. 물론 개개의 휘파람새마다 소질도 다르고 소리의 고운 정도도 다르다. 같은 골짜기형이고 고음을 내는 새일지라도 가락이 좋고 나쁘거나 여운이 길고 짧은 새가 있으니 좋은 휘파람새를 구하는 일은 쉽지 않고 구한다 해도 수업료가 들기 때문에 값이 올라가는 것은 당연하다.

슈킨은 기르는 새 중에서 가장 뛰어난 휘파람새에게 '천고(天鼓)' 라는 이름을 붙이고 아침 저녁으로 그 소리를 즐겼다. 천고가 우는 소리는 실로 아름다웠다. 고음의 '콘' 하는 부분이 청명하고 여운이 길게 남아 새소리 같지 않고 인공의 극치를 다한 악기 소리 같았다. 거기에 소리의 소절이 길고 힘도 좋으며 생기가 넘쳤다. 그래서 천고를 다룰 때는 매우 신중하였고 먹이를 줄 때도 조심하고 또 조심했다. 휘파람새들의 먹이를 만들 때에는 콩과 현미를 볶아서 간 것에 쌀겨를 섞어 놓는다. 이것과는 별도로 말린 붕어나 피라미를 갈아낸 '물고기 가루' 라는 것을 준비하여 이 두 가지를 반반씩 섞어 무 잎을 갈아낸 즙에 갠다. 상당히 번거롭다. 그 밖에도 좋은 소리를 내게 하려고 넝쿨 줄기에 붙어사는 곤충을 잡아 하루에 한 마리 아니면 두 마리 먹인다. 이렇게 손이 많이 가는 새를 대여섯 마리나 키웠기 때문에 일꾼 한두 사람이 언제나 새에 매달려 있었다.

그런데 휘파람새는 사람이 보고 있으면 울지 않는다. 그래서 새장을 오동나무 상자에 넣고 장지문을 달아 밖에서 희미한 빛만 들게 해놓는다. 이 장지문에는 자단이나 흑단으로 정교하게 조각을 하거나 진주조개 껍질을 박아 무늬를 새기거나 해서 취향을 살리는데, 그 중에는 골동품 같은 것도 있어서 오늘 날에도 백 엔, 이백 엔, 삼백 엔에 거래되는 고가품이 적지 않다. 남녘 나라에서 배로 실어 왔다는 천고가 들어가 있는 오동나무 상자에는 걸작 조각작품이 새겨져 있었다. 틀은 자단으로 되어 있고 가운데에 비취판이 들어가 있으며 거기에 산수루각이 촘촘히 새겨져 있었다. 참으로 고아(高雅)한 물건이었다.

슌킨은 자신이 거처하는 방의 이부자리 옆 창가에 항상 이 상자를 놓아두고 천고가 아름다운 소리로 지저귀기를 기다렸다. 집안 사람들도 정성껏 물과 먹이를 주었다. 휘파람새가 대개는 쾌청한 날에 잘 울다 보니 날씨가 궂은 날에는 슌킨도 덩달아 신경이 예민해졌다. 늦겨울에서 봄에 걸쳐 천고가 가장 많이 울다가 여름이 다가오면 차츰 우는 횟수가 줄어드니 슌킨 또한 초여름에는 기분이 가라앉는 날이 많았다.

휘파람새는 잘 키우면 대개 오래 사는데 그러려면 세심한 주의가 필요하고, 경험 없는 사람에게 맡겼다가는 금세 죽는다. 죽으면 다른 새를 구했다. 슌킨의 집에서도 1대 천고(天鼓)가 8년째 되던 해에 죽고 난 후로는 한동안 대를 이을 만한 새를 구하지 못하다가 몇 년 지나 선대에 부끄럽지 않을 휘파람새를 길러내 그 새에게 다시 천고라고 이름 붙이고 애지중지하였다.

2대 천고 또한 가릉빈가도 울고 갈 정도여서 슌킨이 밤낮으로 새장을 곁에 두고 총애하였다. 그러면서 제자들에게 그 새가 우는 소리를 들려주며 가르치기를 "천고 우는 소리를 들어 보아라. 본래 이름도 없는 새끼 새였지만 어릴 때부터의 훈련이 헛되지 아니하여 그 소리 아름답기가 야생에 사는 휘파람새와 비할 바가 아니다. 간혹 사람들이 말하기를 이렇게 만들어낸 아름다움은 원래의 아름다움이 아니라서 꽃을 찾아 봄에 깊은 골짜기와 산길을 걷다가 길을 막아서는 자욱한 안개 속에서 문득 들려오는 섬휘파람새 소리의 풍아함만 못하다고 하지만, 나는 그리 생각하지 않는다. 섬휘파람새는 때와 장소가 맞아야만 비로소 아취 있게 들리는 법이고 굳이 소리를 따져 보면 아름답다고도 할 수 없다. 그에 비해 천고처럼 이름 난 새가 지저귀는 소리를 들으면 가만히 앉아서도 푸르고 한적한 산협의 풍취를 맛볼 수 있으니 계곡에 졸졸거리며 흐르는 물 소리가 들리는 것 같기도 하며 산자락에 드리운 분홍빛 구름 같은 것이 온몸을 휘감고, 꽃과 안개까지 그 소리와 어울리면 몸은 흙먼지 날리는 도회지에 있다는 것을 잊게 되니 이 새로 인하여 자연의 풍경과 그 덕을 얻는 것이니 좋은 연주의 비결도 바로 여기에 있다"고 하였다. 또 둔감한 제자에게는 "작은 새도 예도(藝道)의 비결을 깨치거늘 너는 사람으로 태어나서 새만도 못하구나"했다.

휘파람새 다음으로는 종달새를 아꼈다. 이 새는 하늘 높이 날아오르는 습성이 있어 새장 속에서도 늘 위로 날아오르려 하기 때문에 새장도 좁고 위로 높은 모양새였다. 높이가 석 자, 넉 자, 다섯 자짜리도 있었다. 그렇지만 종달새 소리를 제대로 들으려면 새장을 열어 공중으로 날려보내 구름 속 깊은 곳에서 우는 소리를 들어야 한다. 즉 '구름 가르는 솜씨'를 즐겨야 한다.

대개 종달새는 얼마간 공중에 있다가 다시 새장으로 돌아온다. 공중에 머무는 시간은 10분이나 20~30분이며 하늘에 오래 머물수록 좋은 종달새로 친다. 이런 까닭에 종달새 경연대회에서는 새장을 일렬로 늘어놓고 동시에 문을 열어

날려 보낸 다음 맨마지막에 돌아오는 새가 이기는 것이다.

미련한 종달새는 돌아올 때 잘못하여 남의 새장으로 들어가거나 심하게는 오십 보, 백 보나 떨어진 곳으로 내려오기도 하지만 보통은 정확하게 자기 집으로 찾아온다. 종달새는 수직으로 올라가 공중의 한곳에 머물렀다가 다시 수직으로 하강하는 새이기 때문이다. 구름을 가른다고는 하지만 실제로 구름을 가로질러 날지는 않는다. 구름을 가르듯이 보이는 것은 구름이 종달새를 스쳐 흘러가기 때문이다.

요도야바시 길가에 있는 슌킨의 집 근처에 사는 사람들은 화창한 봄날에 맹인 여자 사범이 빨래 너는 곳에 나와 종달새를 하늘 높이 날리는 모습을 자주 보고 했다. 그녀 옆에는 언제나 사스케가 시중을 들고 있었고 새장을 관리하는 여자아이도 하나 딸려 있었다.

여사범이 지시하면 여자 아이가 새장 문을 열었고 종달새는 힘차게 날갯짓하며 높이 높이 올라가 모습을 구름 속에 감추었다. 슌킨은 보이지 않는 눈을 들어 새의 모습을 좇으며 이윽고 구름 사이에서 땅으로 떨어져 내려오는 종달새 소리를 온몸으로 들었다. 가끔은 동호인들이 저마다 뽐내는 종달새를 들고 와 솜씨를 겨루기도 하였다.

그럴 때면 동네 사람들도 집집마다 빨래 말리는 곳에 올라가 종달새 소리를 들었다. 그중에는 종달새가 아니라 여

사범의 어여쁜 얼굴을 보려고 모여드는 작자도 있었다. 젊은 남자 가운데 호기심 많은 치한은 어느 세상에나 있는 법이어서, 늘 볼 수 있는 슌킨인데도 종달새 소리가 들리면 이 여자 사범을 보려고 남자들이 부리나케 옥상으로 몰려들었다. 남자들이 그렇게 법석을 떠는 셋은 맹인이라는 데에 특별한 매력과 신비로움을 느껴 호기심이 발동하기 때문일 것이다. 평소에 사스케의 손에 이끌려 악기를 배우러 갈 때는 말도 없이 굳은 표정을 짓고 있는 슌킨이 종달새를 날릴 때에는 환하게 미소 짓고 말도 자주 해서 그랬는지 모른다.

이외에도 울새, 앵무새, 동박새, 멧새도 기른 적이 있고 어떤 때는 여러 종류의 새를 다섯 마리, 여섯 마리나 키웠다. 돈이 여간 많이 들어가는 일이 아니었다.

그녀는 이른바 내면이 악한 여자였다. 슌킨은 겉보기와는 달리 밖에 나가면 붙임성도 있었다. 누구에게 초대라도 받으면 얌전한 척 처신하기 때문에 집에서 사스케를 괴롭히거나 제자를 때리고 욕할 여자라고는 아무도 생각하지 않았다.

또 외모를 많이 꾸미고 화려한 것을 좋아하였다. 애경사나 백중, 연말연시에 선물을 주고받을 때는 모즈야 집안의 딸답게 격식을 있는 대로 차려 하인과 하녀 찻집의 계집, 가마꾼이나 인력거꾼에게도 돈을 뿌리며 허세를 부렸다. 그렇다고 마구잡이로 낭비하는가 하면 꼭 그렇지만은 않았던 모양이다. 과거에 작자는 「내가 본 오사카, 오사카 사람」이라는 제목의 글에 도쿄 사람이 사치를 할 때는 앞뒤도 가리지 않지만 오사카 사람은 아무리 화려하게 보여도 사람들이 보지 않는 곳에서는 검소하고 절도를 지킨다고 했는데, 슌킨 역시 오사카 도쇼마치의 장사꾼 집안 출신이었다. 그런 부분에 허술할 리가 없었다. 극단적으로 사치를 좋아하면서도 동시에 극단적으로 인색하고 욕심이 많았다.

애초에 화려함을 좇는 것은 지기 싫어하는 타고난 성격에서 비롯된 것이었다. 목적에 부합되지 않으면 허투루 낭비하는 법이 없어 이른바 '실속 없는 곳'에는 돈을 쓰지 않았다. 기분 내키는 대로 돈을 뿌리는 것이 아니라 용도를 생각하고 효과를 따져가며 썼다. 그런 점은 이성적이고 계산적이었다.

하지만 어떤 경우에는 지기 싫어하는 오기가 오히려 탐욕으로 변하기도 했다. 제자에게 매달 받는 수업료나 입회비 같은 것도 여자 몸이니 다른 사범들과 균형을 맞출 법도 한데 자존심이 강하여 끝까지 일류 겐교에 버금가는 금액을 받았다.

그 정도는 그나마 나은 편이고, 제자들이 가져오는 백중이나 연말의 선물까지도 조금이라도 더 가져오라는 뜻을 암암리에 비치는 데에도 집요하기 그지없었다. 한번은 집안

이 가난하여 매달 내는 수업료도 밀리기 일쑤였던 맹인 제자
가 백중날의 선물을 마련하지 못했다. 그 대신 성의 표시로
과자를 한 상자 들고 와서 사스케에게 사정을 말하고 형편이
어려워서 그러니 스승님께 잘 말씀드려 달라고 부탁했다.

사스케도 불쌍히 여기며 조심스레 그 취지를 전했는데
슌킨은 얼굴색을 바꾸며 "월사금이나 명절 선물을 꼬집어
말한다고 욕심쟁이라고 생각할지 몰라도 그리하면 안 된
다. 돈이 중요해서가 아니라 일정한 기준을 정해두지 않으
면 사제간의 예의가 성립되지 않는 법이다. 그 아이는 매달
내야 할 월사금도 소홀히 하다가 이제는 과자 한 상자를 백
중 선물이라고 가지고 오다니 무례하기 짝이 없다. 스승을
업신여기는 것과 진배없다. 그 아이도 고생이야 많으련만
그렇게 가난해서는 악기를 끝까지 배우기 어렵다. 물론 정
황이나 사람에 따라서는 무보수로 가르쳐줄 수 없는 것도
아니지만, 그런 것은 장래 희망도 있고 모두가 재능을 아까
워할 정도의 기린아에 한정된 일이다. 가난을 딛고 일어서
한 문파를 이룰 만한 명인이 될 만한 사람은 이미 태어날 때
부터 남다른 법이다. 끈기와 노력만으로 되는 일이 아니다.
그 아이가 잘하는 것은 염치 없는 것뿐이고 예능면에서는
별로 전망이 있어 보이지 않는다. 가난을 불쌍히 여겨 달라
는 식의 자만도 혼자 생각일 뿐이다. 어설피 남에게 피해만

슌킨 이야기 259

끼치고 나중에 망신을 당하기 보다 지금이라도 당장 그만두는 편이 낫겠다. 그래도 배우고 싶다면 오사카에 다른 좋은 선생이 얼마든지 있다. 아무 데나 내키는 대로 찾아가 제자로 들어가라고 하라. 여기는 오늘 중으로 그만두게 하라. 이제는 내가 싫다"고 호통치더니 아무리 빌어도 용서하지 않고 결국 그날로 제자를 내보내버렸다.

그런데 그토록 엄하던 그녀가 슬며시 돈을 더 얹어주면 그날 하루만큼은 그 아이에게 자상하고 마음에도 없는 칭찬을 늘어놓거나 하기 때문에 듣는 쪽이 비위가 상해 스승의 입발림 소리에 정나미가 떨어질 정도였다.

상황이 이렇다 보니 여기저기에서 들어오는 선물은 과자 상자까지 하나하나 모두 열어서 검사하였고 매달의 수입과 지출도 사스케를 불러 일일이 주산을 놓게 해서 결산했다. 그녀는 숫자에 밝고 암산도 잘하며 한 번 들은 숫자는 여간해서 잊지 않으니 쌀집에 지불한 돈이 얼마, 술집에 지불한 돈이 얼마 하는 식으로 두세 달 전의 일까지 정확하게 기억했다. 그녀의 사치는 한없이 이기적이었고, 자신이 호사를 누리는 분만큼 어디에선가 금전을 채워야 했다. 결국 그 대가는 일하는 사람들이 치를 수밖에 없었다.

그 집에서는 그녀 혼자 성주 같은 생활을 하고 사스케를 비롯한 하인과 하녀들은 극도로 궁핍하게 살았다. 밥의 양을 조금씩 줄여가는 판국에도 양이 많네 적네 일일이 참견하다 보니 일하는 사람들이 밥조차 마음 놓고 충분히 먹지 못했다. 일꾼들이 뒤에서 "주인님은 휘파람새나 종달새가 우리보다 더 충성스럽다고 하시던데, 어련히 충성스럽기도 하겠다. 새들이 우리보다 더 대접받잖아?" 하는 험담도 예사로 했다.

아버지 야스 사에몬이 살아 있을 동안에는 슌킨이 원하는 대로 매달 꼬박꼬박 돈을 보내주었지만, 아버지가 죽고 오빠가 집안을 물려받고 나서는 상황이 일변하였다. 오늘날에야 유한부인의 사치가 별반 특별한 일도 아니지만 과거에는 남자도 그렇지 못했다. 건실하고 유서 깊은 집안일수록 부유하더라도 의식주에 사치하는 것을 삼가 뭇 사람들의 비난을 받지 않도록 조심했다. 벼락부자 행세하는 것을 수치로 여긴 것이다.

누릴 수 있는 즐거움이 많지 않은 불구의 딸이 안쓰러웠던 부모는 슌킨이 아무리 사치를 해도 받아주었지만, 오빠가 대를 잇고 나서는 달마다 액수를 정해놓고 그 이상은 보내주지 않았다. 필시 이런 속사정 때문에 슌킨이 더 인색하게 변했을 것이다.

액수가 줄어들었다고는 해도 매달 생활하기에는 충분한 금액이었다. 그렇기 때문에 거문고 연주를 가르치는 일에도 정성이 부족했을 것이고 제자들도 함부로 다루었을 것이다.

　기실 슌킨 집의 문을 두드리는 사람이 몇 되지 않아서 교습소는 썰렁하기 그지없었다. 그러다 보니 슌킨은 더더욱 새와 노는 일에 빠져들었다. 다만, 슌킨이 이쿠타류(流)의 거문고와 샤미센을 타는 데 있어서는 당시 오사카에서 제일가는 명수였다는 점은 결코 그녀 혼자만의 자부가 아니고 정직한 사람이라면 누구나 인정하는 사실이었다. 오만하다며 슌킨을 미워하는 사람들도 슌킨의 연주 솜씨만큼은 두려워하고 샘을 냈다. 작자가 알고 지내는 예능인 하나가 과거에 그녀의 샤미센 연주를 가끔 들었다고 했다. 조루리의 샤미센을 연주하는 데 있어서 비록 유파는 다를지라도 이 지방에서 슌킨만큼 샤미센 소리를 유려하게 다루는 자를 본 적이 없다는 말을 그 지인이 한 적이 있었다.

　또 단히라가 젊었을 때 슌킨의 연주를 듣고 "오호라, 이 사람이 남자로 태어나 큰 샤미센을 연주했더라면 세상에 다시없는 명인이 되었을 것이로다" 하고 탄식하였다 한다. 단히라가 말하는 큰 샤미센 연주는 남자라도 최고의 경지에는 이르기 어려운 샤미센 예술의 극치인데, 좋은 소질을 타고난 슌킨이 하필 여자로 태어난 것을 아까워해서 한 말인지, 아니면 슌킨의 연주가 남성적으로 들려서 한 말인지는 정확히 알 수 없다. 그 예능인의 말로는 "슌킨의 샤미센을 뒤에서 듣고 있으면 소리가 맑아 마치 남자가 연주하는 것 같았다. 음색도 단순히 아름답기만 한 것이 아니라 때로는 애절한 느낌이 도는 소리를 내며 무궁하게 변화한다"고 했다. 웬만한 여자에게는 볼 수 없는 탁월한 솜씨였던 모양이다.

만약 슌킨이 좀 더 다소곳하고 자신을 낮출 줄 알았더라면 크게 이름을 날렸을 것이다. 하지만 어려서부터 귀하게 자라 세상 사는 어려움을 알지 못하였기에 사람들에게 소외받고 말았다. 자업자득이라고는 하지만 도리어 그 재능으로 인해 사방에 적을 만들어 허무하게 시들어버린 것은 참으로 불행한 일이다.

슌킨의 문하에 들어오려는 자는 이미 그녀의 실력을 익히 알고 가혹한 수련이나 욕설과 손찌검도 각오한 사람이다. 하지만 그런 사람 가운데서도 끝까지 참고 버틴 자는 소수이고, 대개는 도중에 그만두었다. 문외한 같으면 한 달을 넘기지 못했다.

짐작건대 슌킨의 행동이 편달의 도를 넘어 종종 체벌로 이어지고 가학적으로까지 변하는 데에는 어느 정도 명인 의식이 작용했을 것이다. 슌킨은 명인이 된 듯한 기분에 도취되다가 나중에는 스스로를 다스리지 못하게 되었던 것이다.

시기사와가 말하기를 "제자는 극소수였는데 그중에는 스

승님의 기량 하나만 보고 배우러 온 사람도 있었습니다. 초급자들이 대개 그런 부류들이었습니다" 했다. 미인이고 미혼인데다 자산가의 딸이었으니 허투루 보일 수도 있었던 그녀가 제자 대하기를 엄하게 하니 장난기 있는 어중이를 쫓아내는 수단이 되었다는 말도 있지만, 이상하게도 그런 행동이 오히려 인기를 불러모았다.

나쁘게 보면 신실한 초급자 제자 중에도 봉사 미녀의 훈계와 매에 야릇한 쾌감을 느껴 악기 연주보다 다른 곳에 관심을 가지는 자가 전혀 없지는 않았을 것이다. '장자크 루소' 같은 사람이 몇명은 있었던 것이다.

이제부터는 슌킨의 신변에 일어난 두 번째 재난을 쓰고자한다. 기록에서도 명료한 설명은 피하고 있기 때문에 그 원인이나 가해자를 분명히 밝히지 못해 유감이지만, 필시 앞에서 언급한 여러 사정으로 제자 중의 누군가에게 깊은 원한을 사서 그에게 앙갚음을 당했다고 보는 편이 맞을 것이다.

그래서 생각나는 사람이 바로 도사보리에 있는 잡곡상 미노야 규베의 아들 리타로(利太郎)다.

그는 어려서부터 놀기를 좋아하던 방탕한 자로 어디에서나 도련님 대접을 받다 보니 콧대가 높았다. 그런 리타로가 언제부터인지 슌킨의 집에 들어와 샤미센을 배웠는데, 동문 제자들을 자기 집안 일꾼처럼 취급하려 드니 슌킨도 내심 내키지 않았지만 그가 내는 두둑한 월사금 때문에 쫓아내지도 못하고 적당히 분위기를 맞춰주고 있었다.

그런데 그자가 천하의 스승이라도 여자는 여자일 뿐이라며 떠벌리고 다녔으며 사스케를 무시하여 슌킨이 직접 지도하지 않으면 사스케의 말은 듣지 않았다.

그러던 어느 2월에 리타로가 매화꽃 놀이에 슌킨을 초대하였다. 아버지 미노야 규베가 노후에 쓰려고 집을 짓고 정원에 매화 수십 그루를 심어 놓았다는 덴카차야(天下茶屋)라는 조용한 곳이었다. 분위기를 띄우는 남자 기생들까지 불러들인 꽃놀이에 슌킨은 사스케를 데리고 찾아갔다. 그런데 꽃놀이가 시작되자마자 리타로와 남자 기생들과 게이샤가 사스케에게 연거푸 술을 권하며 슌킨과 떼어 놓으려고 하였다. 근래 들어 스승의 반작을 상대하는 바람에 다소 주량이 늘기는 했어도 평소 술을 못하는 편이었고 집 밖에서는 스승이 허락하지 않으면 한 방울도 마실 수 없을뿐더러 술에 취하면 나중에 길잡이 역할이 소홀해진다. 그래서 사스케가 마시는 척 흉내만 내고 있던 것을 눈치챈 리타로가 슌킨에게 시비를 걸었다. "스승님, 스승님께서 허락을 안 하시니 사스케가 술을 못 마시네요. 오늘은 꽃구경하는 날이 아닌가요? 하루쯤은 마음 놓고 놀게 해주세요. 사스케 하나 쓰러진다 해도 길잡이 해주고 싶어 안달 난 사람이 여럿 있거든요." 슌킨이 마지못해 쓴 웃음을 지으며 "조금은 괜찮겠지요, 너무 취하지 않게 해주세요" 하는 정도로 달래자 이제 허락이 떨어졌다는 식으로 이곳저곳에서 마구 술을 권했다.

그곳에 온 남자 기생이나 게이샤들도 이름난 여자 사범을 직접 보며 소문 대로 원숙하고 요염한 모습과 멋스러움에 놀라지 않은 자가 없고 하나같이 칭찬해 마지않았다고 한다. 물론 리타로의 속셈을 알아채고 환심을 사려는 아첨도 섞였겠지만, 당시 서른일곱 살이던 슌킨은 실제보다도 열 살은 젊어 보이고 살결도 하얘서 목덜미를 보고 있기만 해도 소름이 오돌오돌 돋을 만큼 매력적이었다. 반들반들 손등에 윤기가 흐르는 작은 손을 단정히 무릎에 올려놓고 고개를 살짝 숙인 다소곳한 모습은 그 자리에 모인 사람들의 눈동자 속으로 빨려 들어가 남자들을 황홀하게 만들었다.

도중에 정원에 나가 산책하는 시간이 있었다. 사스케가 슌킨을 매화나무 사이로 데리고가 "보세요, 여기에도 매화가 있어요" 하며 나무 한 그루마다에 멈추어 서서 손을 이끌어 나무를 만지게 해주었다. 대개 맹인은 촉각으로 사물의 존재를 확인해야 납득이 가는 법이므로 늘 하던 대로 한 것인데, 슌킨의 가느다란 손이 비틀린 매화나무 줄기를 연신 쓰다듬는 모습을 보고 남자 기생 하나가 "아아, 저 나무가 부럽네" 하고 농을 던졌다. 그러자 다른 남자 기생이 슌킨의 앞을 막아서며 "난 지금부터 매화나무 할래" 하며 우스꽝스러운 몸짓을 하니 주변에 서 있던 사람 모두가 일제히 웃음을 터뜨리며 자지러졌다. 모욕을 주려던 게 아니라 돌발적인 장난에 불과했겠지만 유곽에서 하는 희롱에 익숙하지 않은 슌킨은 심기가 불편했다. 언제나 눈뜬 사람들과 똑같이 취급받기를 원하고 차별당하는 것을 싫어했기에 이런 농담에 마음이 편하지 못했다.

날이 어두워지고 자리를 바꾸어 다시 술자리가 시작되었다. 그러다 나이 든 기생 하나가 사스케에게 바짝 들러붙어 집요하게 술을 권하는 바람에 사스케도 생각지 않게 술을 마시며 시간을 제법 보냈는데, 그러는 사이에 잔치를 벌이던 곳에서 무슨 일이 일어난 것 같았다. 사스케를 불러 달라고 하는 슌킨의 앞을 막아서서 화장실이라면 내가 데려다주겠다며 리타로가 복도로 데리고 나가 막무가내로 슌킨의 손을 잡았거나 어떻게 했던 모양이다. "이러지 말라, 사스케를 어서 불러달라"고 소리치며 완강히 손을 뿌리치고 복도에 우뚝 서 버린 참에 사스케가 달려왔다.

그런 일이 있었으니 당분간 교습소에 출입을 삼갔더라면 좋았을 텐데, 호색한이 망신만 당하고 물러 서기 싫었던지 악기를 배우겠다며 바로 다음 날에 리타로가 태연히 얼굴을 내밀었다. 그러자 슌킨이 '그렇다면 이제부터 샤미센을 제대로 한번 시켜보자, 따끔한 맛을 보여주자'는 심산이었는지 지금까지와는 달리 엄격히 가르치기 시작했다.

본디 제멋대로 하는 연주에 칭찬을 보태주면 좋아라 하다가도 싫은 소리를 하면 얼굴색을 바꾸던 리타로였다. 그런 사람에게 슌킨이 욕설까지 섞어가며 강도 높게 가르치니 처음에는 며칠 동안에는 어쩔 줄 몰라 쩔쩔매고 땀을 뻘뻘 흘리다가 나중에는 "연습도 쉬어가며 하는 것이다"며 어깃장을 놓았다. 그러면서 점차 뻗들거리기 시작하고, 다시 며칠이 지나자 급기야 열심히 가르쳐도 노골적으로 빈들거렸다. 그러다 결국 슌킨이 "바보!" 하고 소리치며 북채로 리타로의 머리를 때리는 상황이 발생하였다. 그 바람에 리타로의 미간이 찢어지고 그의 입에서 비명이 터져나왔다. 그가 이마에서 뚝뚝 떨어지는 피를 닦으며 가만두지 않겠다는 말을 남기고 벌떡 일어나 밖으로 나갔다.

다른 일설에 슌킨을 해코지한 자는 북쪽 신주택지에 사는 아무개 소녀의 아버지라는 말도 있다. 이 소녀는 처음부터 제대로 배울 심산으로 열심히 노력하던 견습 기생이었는데 하루는 슌킨에게 북채로 머리를 맞고 울며불며 집으로 돌아갔다. 그런데 맞은 곳이 눈 바로 옆이라서 당사자보다도 아버지가 더 노발대발하였다. 아마 양부가 아니고 친

아버지였으리라. "아무리 스승이라고 해도 나이 어린 여자 아이를 가르치는 데는 정도가 있다. 곱던 얼굴을 이렇게 만들어 놓았으니 그냥 두지 않겠다"며 거칠게 나왔다. 슌킨도 "우리가 제대로 가르치니 이곳에 다니는 게 아니야. 그럴 거라면 왜 여기로 보냈느냐"며 뇌레 따지고 들었다. 그러자 아버지도 지지 않고 "때려도 좋고 꼬집어도 좋지만 앞도 못 보는 사람이 하는 짓치고는 너무 위험하다, 어디를 어떻게 다치게 할지도 모르는 소경이면 소경답게 굴라"며 여차하면 폭력이라도 휘두를 분위기였다. 그때 사스케가 나서서 불처럼 화를 내는 아버지를 달래 돌려보낸 일이 있었는데, 그 아버지가 딸의 얼굴이 망가진 데 대한 복수로 슌킨의 얼굴에 나쁜 짓을 저질렀으리라는 추측인 것이다.

그러나 이마라고는 해도 눈과 귀 사이를 살짝 다친 정도였다. 아무리 자기 자식 귀하다고 해도 그 정도 생채기로 아버지가 스승의 얼굴을 송두리째 짓뭉개지는 않았을 것이다. 우선, 상대가 맹인이니 얼굴을 망친다 한들 당사자는 그리 크게 타격을 입지 않을 것이고, 만약 슌킨만을 목적으로 했다면 다른 방법도 더 있었을 것이다.

혹시 슌킨보다 사스케를 목적으로 저지른 일이 아닐까? 사스케를 고통에 빠뜨리는 것이 결과적으로는 슌킨을 고통스럽게 만드는 길이다. 이런 관점으로 보면 앞서 언급한 소녀의 아버지보다는 리타로에게 의심이 간다.

리타로가 슌킨에게 얼마나 마음을 두었는지는 알 도리가 없지만 젊은 때에는 누구나 나이 어린 여자보다 연상의 여인에게 더 끌리기 마련이다. 방탕을 일삼다 보면 특별한 이유 없이라도 앞 못 보는 미녀가 매혹적으로 보일 때가 있다. 처음에는 순간적인 호기심에 잘못을 저질렀다손 치더라도 퇴짜를 맞은데다 여자에게 머리까지 얻어맞아서는 욱하는 마음에 잔혹하게 화풀이를 할 수도 있다.

하지만 주변에 적을 많이 둔 슌킨이다 보니 이 사람들 말고도 또 누가 어떤 사유로 어떤 원한을 품고 있는지 알 수 없다. 리타로라고 단정짓기 어려울 뿐만 아니라, 치정 문제가 아닐 수도 있다. 금전상의 문제만 해도 앞에서 언급한 가난한 맹인 제자 같은 험한 꼴을 당한 자가 한둘이 아니었다고 한다. 게다가 리타로만큼 뻔뻔하지는 않더라도 사스케를 질투한 사람이 몇 있었다고 한다. 사스케가 묘한 처지의 '길잡이'였던 사실은 얼마 지나지 않아 제자들에게도 알려졌으니 슌킨에게 호감을 가진 자가 남몰래 사스케를 질투했다고 보면 충직하게 온갖 수발을 드는 사스케의 태도에도 반감을 가졌을 것이다.

정식 남편이거나 아니면 하다못해 정부(情夫) 신분이기라도 하면 더 할말이 없겠지만, 표면적으로는 어디까지나 길잡이고 고용살이면서도 안마사 역할부터 하인 노릇까지 하며 슌킨에 관한 일은 도맡아 처리하는 충직 일변도의 사람인양 행동하는 것을 곁에서 보고 있자면 배가 아플 수도 있다. "그런 길잡이라면 조금 힘들어도 나도 할 수 있겠다. 대단한 일도 아니다"며 비아냥내는 자가 적지 않았다.

어여쁜 슌킨의 얼굴이 하루 아침에 망가지면 사스케의 표정이 어떻게 바뀔지, 얼굴이 망가지고 나서도 등골이 휘는 뒷바라지를 계속할지 어떨지를 보고 싶어하는 상상도 못할 악한 속셈 때문에 일을 저질렀을 수도 있다.

억측이 분분하여 어느 것이 진실인지 알 수 없는 와중에 전혀 뜻밖의 관점에서 실마리를 찾아보려는 또 다른 이야기가 나왔다. 가해자는 제자가 아니라 슌킨의 사업상의 경쟁 상대인 아무개 겐교나 아무개 여자 사범이라는 설이다.

달리 증거는 없지만 어쩌면 이 이야기가 정곡을 찌르는 말일 수도 있다. 평소에 슌킨이 거문고와 샤미센의 일인자임을 자처하고 세상 사람들도 그렇게 인정해버리는 바람에 같은 일을 직업으로 하는 사범들의 자존심이 상했을 수도 있고, 경우에 따라서는 생계를 위협받는 사람도 있었을 것이다. 겐교라는 것이 과거에는 교토에서 특정 맹인 남자에게만 하사되는 직분이었다. 특별한 복장과 탈것이 허락되는 등 보통 예능인 무리와는 대우가 크게 달랐다. 그런데 같은 겐교 직분이면서도 슌킨만한 실력을 갖추지 못하였다는 소문이 돌아서야 맹인인 만큼 앙심도 생겨날 것이고, 그녀의 기술과 평판을 해코지하려는 온갖 음험한 수단까지도 생각해낼 것이다. 이런 질투 때문에 수은을 뿌렸다는 사람들의 이야기마저 숱하게 나도는 상황이었다. 슌킨이 성악과 악기 두 가지 방면에 걸쳐 뛰어나니 본인이 자랑하는 부분을 파고들어 두 번 다시 사람 앞에 나서지 못하도록 얼굴을 망쳐놓았을 수도 있다. 만일 가해자가 아무개 여사범이었다고 하면 미모를 자랑하는 것까지도 죽도록 얄미웠을 테니 어떻게든 슌킨의 얼굴을 망가뜨리고 싶었을 것이다.

이렇게 주변의 여러 정황을 살펴보면 슌킨은 어차피 누군가에게 화를 당할 처지였음을 알 수 있다. 슌킨은 살아오면서 부지불식간에 이토록 많은 적을 주변에 만들어 놓았던 것이다.

앞에서 언급한 덴카차야에서의 매화 나들이가 있고 나서 한 달 보름이 지났다. 3월의 그믐날 새벽, 3시가 조금 지나서였다. 슌킨전에는 "슌킨의 신음소리를 듣고 옆 방에서 잠자던 사스케가 뛰어와 허겁지겁 등불을 켜고 보니 누군가가 덧문을 비집어 열고 슌킨의 방에 숨어들었다가 사스케가 일어나는 낌새를 알아채고 달아난 것 같았다. 이미 주변에는 아무 인기척도 없었다. 그때 도적이 당황해서 옆에 있던 쇠주 전자를 슌킨의 얼굴에 집어 던지고 달아난 모양으로, 흰 눈이 무색하게 뽀얗고 통통했던 뺨에 뜨거운 물이 튀어 애석하게도 화상의 흔적을 하나 남겼다. 흔적은 옥의 티에 불과하여 이전부터의 꽃 같고 옥 같은 모습은 조금도 변하지 않았건만 그날부터 슌킨은 자기 얼굴에 난 작은 상처를 부끄러이 여겨 항상 쓰개로 얼굴을 가렸다. 또한 종일 한곳에 틀어박혀 사람 앞에 나서려고도 하지 않으니 가까운 일가 친척이나 제자조차 좀처럼 얼굴을 보지 못하였다. 그러는 사이에 여러 가지 풍문과 억측이 생겨나기에 이르렀다"고 쓰여 있다.

글은 계속하여 이르기를 "경미한 부상이었으니 빼어난 미모는 추호도 변하지 않았을 것이다. 사람 보기를 싫어하는 것은 그녀의 결벽성에서 기인한 것으로, 하잘것없는 상처를 치욕스럽게 생각하는 것은 맹인의 지나친 처사라 하지 않을 수 없다"고 하였다.

또 이르기를 "그런데 어떤 이유에서인지 그로부터 수십 일이 지나 사스케 또한 백내장을 앓고 두 눈이 멀었다. 사스케는 자신의 눈앞이 몽롱해져 사물의 형태만 구분할 수 있게 되자 맹인의 서툰 발걸음으로 슌킨 앞에 나가 미친 듯이 기뻐하며 '스승이시여, 사스케의 눈이 멀었습니다. 이제는 평생 스승님의 얼굴에 생긴 상처를 보지 못할 것입니다. 참으로 때맞춰 눈이 멀었습니다. 이는 분명 슌킨님을 잘 모시라는 하늘의 뜻입니다' 하고 소리쳤다. 슌킨이 이 말을 듣고 한참을 망연히 있었다"고 하였다.

사스케의 충정을 헤아려 보면 사건의 진상을 짐작하기 어렵지 않으나 아무래도 이 부분의 글은 고의로 왜곡하여 썼다고 볼 수밖에 없다. 그가 우연히 백내장에 걸렸다고 하는 말도 이해하기 어렵고, 슌킨이 아무리 결벽성이 있고 또 맹인의 고집이 세다고 하더라도 얼굴이 망가질 정도의 심한 화상이 아니라면 왜 쓰개로 얼굴을 감싸고 사람을 피했단 말인가? 사실은 꽃 같고 옥 같은 얼굴이 데어 무참하게 벗어졌을 것이다.

시기사와(鴫沢)라고 하는 여자와 다른 두어 명이 진술한 바에 의하면 도적은 그날 미리 부엌에 숨어들어 불을 피우고 물을 끓인 다음에 그 쇠주전자를 들고 잠자는 방에 침입하여 슌킨의 얼굴 위에서 주전자의 주둥이를 기울여 얼굴 한가운데에 펄펄 끓는 물을 부은 것이라고 한다. 처음부터 그럴 목적이었으니 평범한 도둑도 아니고 다른 무엇을 시도하다가 낭패를 당해 저지른 일도 아니다. 슌킨은 그날 밤에 완전히 정신을 잃었다가 다음 날 아침이 되어서야 의식이 돌아왔는데 타 들어간 피부가 모두 마를 때까지 두 달 넘게 걸렸다. 얼굴에 중상을 입은 것이다.

한편 얼굴이 어떻게 변했는지에 대해서도 별별 기담 같은 이야기가 나돌았는데, 머리카락이 빠져 왼쪽 절반이 대머리가 되었다는 식의 풍문도 근거 없는 말이라고 일축할 수만은 없다. 사스케는 그 사건 이후에 실명했으니 평생 보지 않고 끝났겠지만 '부모 등의 일가 친척이나 제자마저 그 얼굴을 보지 못하였다'고 하는 말이 무슨 뜻이겠는가. 누구도 못 보게 하기는 불가능했을 것이고, 실제로 시기사와도 못 보았을 리가 없다.

다만 그 여자도 사스케의 뜻을 소중히 여겨 슌킨에 관한 일에는 입을 다물었을 것이다. "저도 한번 여쭈어보기는 했는데, 사스케 씨가 끝까지 스승님을 더없이 아름다운 분이라고 굳게 믿고 계시기에 저도 그렇게 알고 있기로 마음먹었습니다"라며 더 이상 입을 열지 않았다.

슌킨이 죽고 10여 년이 지나 사스케가 눈이 멀게 된 내막을 가까운 사람에게 털어놓고 나서야 비로소 당시의 상황이 알려졌다.

슌킨이 치한에게 습격 받던 날 밤에 사스케도 어느 때처럼 옆 방에서 자고 있었는데, 이상한 소리에 눈을 떠 보니 등불이 꺼진 깜깜한 슌킨의 방에서 신음소리가 났다. 사스케가 벌떡 일어나 등에 불을 붙여 그 등불을 들고 병풍 너머의 슌킨의 이부자리 쪽으로 갔다. 등불에서 새어 나온 희미한 불빛이 병풍 테두리의 금박을 비추고 있었다. 어슴푸레한 방 안을 둘러보았지만 세간이 흐트러진 듯한 낌새는 없었다. 다만 슌킨의 머리맡에 쇠주전자가 하나 나뒹굴고 있었다. 슌킨이 이불 속에 가만히 반듯하게 누워 있는데 왠지 신음하는 것 같았다.

처음에는 슌킨이 가위눌려서 그러는 줄 알고 "스승님, 왜 그러십니까, 스승님" 하며 머리맡으로 다가가 흔들어 깨우려다가 그만 외마디 비명을 지르며 두 눈을 감고 말았다. 슌킨이 울부짖었다. "사스케, 사스케, 내 얼굴이 문드러졌다. 나를 보지 마라." 슌킨이 숨을 몰아쉬며 몸부림 치는 와중에도 두 손을 움직여 얼굴을 가리려 했다. 사스케가 "스승님, 걱정 마세요. 보지 않았습니다. 이렇게 눈을 감고 있습니다" 하며 등불을 멀리 치우니 그제서야 안심이 되었던지 정신을 놓고 혼수상태에 빠졌다.

그 뒤로도 "내 얼굴을 가려라. 절대 이 일은 비밀로 하라"며 비몽사몽간에 연신 헛소리를 하였다. "걱정하지 마소서. 상처가 가라앉으면 다시 원래대로 되돌아가옵니다"라고 위로하면 "이렇게 심한 화상에 얼굴이 성할 리가 있느냐. 그런 위로는 듣고 싶지도 않다. 그런 말보다 누가 내 얼굴이 보지 못하게 하라"고 소리쳤다. 슌킨은 의식이 돌아올수록 더욱 말이 격해지면서 의사 외에는 사스케에게도 다친 곳을 보여주기를 꺼려하였다. 고약이나 붕대를 바꿀 때에는 모두가 병실 밖에 나가 있어야 했다.

한편 사스케는 당일 밤에 슌킨의 머리맡 가까이에서 문드러진 얼굴을 얼핏 보기는 했어도 차마 제대로 보지 못하고 고개를 돌렸기 때문에 등불에 흔들리는 그림자 속에서 왠지 사람 같지도 않은 괴이한 환영을 본 듯한 기억만 어렴풋할 뿐 그 뒤로는 콧구멍과 입이 뚫려 있는 붕대만 보았다고 했다.

짐작건대 슌킨이 남에게 얼굴 보이기를 두려워했듯 사스케 또한 슌킨 보기를 무서워했을 것이다. 그는 병상 가까이에 갈 때마다 일부러 눈을 감거나 아니면 시선을 외면했기 때문에 슌킨의 모습이 어떻게 바뀌었는지 실제로 알지 못했다. 또 알 수 있는 기회를 스스로 피했다.

그 후로 애쓴 보람이 있어 조금씩 상처가 회복되어 가던 무렵이었다. 하루는 병실에 사스케가 혼자 곁에 앉아 있는데 "사스케, 너는 내 얼굴을 보았겠지?" 하고 슌킨이 갑자기 물어왔다. "아닙니다, 아니옵니다. 스승님의 말씀을 어찌 제가 어기겠습니까" 하고 답하자 "이제 머지않아 상처가 나으면 붕대를 풀어야 하고 의사도 오지 않을 것이다. 그렇게 되면 다른 사람은 제쳐두고라도 너에게만큼은 이 얼굴을 보여

주지 않으면 안 되겠구나……" 하며 그렇게 도도하던 슌킨이 마음이 약해졌는지 한 번도 보이지 않던 눈물을 흘리며 붕대 위로 연신 두 눈을 닦아내니 사스케도 할 말을 잃고 함께 오열하였다. 그러다가 갑자기 어떤 다짐이라도 하듯이 말했다. "잘 알겠습니다. 절대로 슌킨님을 보지 않겠습니다. 안심하소서."

그로부터 며칠이 지나 슌킨도 병상에서 일어나고 이제 붕대를 풀 때가 가까워진 어느 날 아침이었다. 사스케가 하녀들 방에서 경대와 바늘을 몰래 들고 나와 이불 위에 단좌하고 거울을 보며 자기 눈에 바늘을 찔러 넣었다. 정확한 지식이 있었던 것이 아니다. 가급적 고통이 적은 방법으로 맹인이 되려는 마음에 바늘을 들어 왼쪽 눈의 검은 눈동자를 찌른 것이다. 눈동자를 겨냥해서 바늘을 집어넣기가 쉽지 않았다. 흰자위는 단단하여 바늘이 잘 들어가지 않지만 눈동자 쪽은 연했다. 두세 번 찌르는 사이에 '푹' 하며 바늘이 5분의 1쯤 들어갔나 싶더니 금세 눈앞 전체가 뿌예지고 시력이 없어지는 느낌이 들었다. 피도 나지 않고 열도 없었다. 통증도 거의 느끼지 않았다. 바늘이 수정체를 찢었기 때문에 외상성 백내장을 유발시켰을 것이다. 사스케가 같은 방법으로 오른쪽 눈도 찌르자 순식간에 세상이 희뿌예졌다. 바늘로 찌른 직후에는 흐릿하게 사물의 형체가 보였지만 열

278

홀 정도 지나면서 완전히 보이지 않게 되었다고 한다.

얼마 지나 슌킨이 잠자리에서 일어날 시각에 손으로 더듬어가면서 안방으로 들어갔다. 그리고 그녀 앞에 엎드려 말했다. "스승님 이제 저도 앞을 보지 못하게 되었습니다. 이제 평생 스승님의 얼굴을 볼 수 없을 것입니다."

그 말이 정말이냐는 한 마디를 말하고 나서 슌킨은 오랫동안 말이 없었다. 사스케는 세상에 태어나 이 침묵의 수 분간이 가장 행복한 시간이었다. 그리고 말없이 마주앉아 있는 사이에 맹인만이 가지는 제6감이 사스케의 관능에서 작동하기 시작하였다. 그리하여 오로지 감사의 일념으로 가득찬 슌킨의 가슴 속을 들여다볼 수 있었다. 지금껏 육체적인 접촉은 있으면서도 사제의 구별로 나뉘어 있던 마음과 마음이 처음으로 굳게 결합되어 하나가 되어가는 것을 느꼈다. 소년 시절에 벽장 속에서 샤미센을 연습하던 때의 어둠이 되살아났지만 그때와는 전혀 다른 어둠이었다.

대개의 맹인에게 빛이 들어오는 방향감만큼은 살아 있기에 맹인의 시야는 희미하지만 완전한 암흑세계는 아니다. 사스케는 이제 밖을 보는 눈을 잃은 대신 내계(內界)의 눈이 열렸음을 깨달았고, 이곳이야말로 스승님이 살고 있는 진짜 세상이며 이제 드디어 스승님과 똑같은 세상에서 살게 되었다는 생각이 들었다. 방의 형태나 슌킨의 모습이나 선명하게 보이지는 않지만 붕대로 감싼 얼굴이 있는 위치만큼은 어슴푸레하게 망막에 비쳤다. 그에게는 그것이 붕대로 보이지 않았다. 불과 두 달 전까지의 스승님의 둥그스름하고 하얀 얼굴이 어둠 속에서 내영불(來迎佛)처럼 떠올랐다.

아프지 않았느냐고 슌킨이 물었다. "아니요, 아프지 않았습니다. 스승님의 고생에 비하면 이까짓 일이 무슨 대수겠습니까. 그날 밤 치한이 들어와 가혹한 짓을 저지른 줄도 모르고 자고 있었던 것은 오로지 제 불찰입니다. 매일 밤옆 방에 재워주신 것도 이런 일에 대비하심인데 이런 큰일로 스승님을 힘들게 만들고 저만 무사해서는 아니 될 말입니다. 그래서 부디 벌을 내려 달라고, 이대로는 면목이 서지않는다고 신령께 빌며 아침 저녁으로 절을 올렸더니 소원이이루어져 오늘 일어나 보니 감사하게도 두 눈이 이렇게 되었습니다. 필시 하늘도 저를 불쌍히 여겨 소원을 들어주셨던 게지요. 스승님, 스승님. 저는 스승님의 다른 모습을 보지 않았습니다. 지금 보이는 것은 30년 동안 제 눈에 박혔던옛날의 그 얼굴뿐입니다. 부디 지금까지 그랬던 것처럼 아무 걱정 마시고 저를 옆에 두어주소서. 갑자기 눈이 멀어 일을 하기에 어설프겠지만 스승님에 관한 일만큼은 다른 사람의 손을 빌리지 않겠습니다" 하며 슌킨의 얼굴이 있으리라 짐작되는 회끄무레한 원광이 비치는 쪽으로 보이지 않는 눈을 향하니, "잘 생각했다. 기쁘다. 내가 누구의 원한을 사서 이런 일을 당했는지 모르지만 솔직한 심정을 말하자면 이 얼굴을 다른 사람에게는 보이더라도 너에게만큼은 보이고 싶지 않았다. 잘도 헤아려주었다."

"아, 감사합니다. 스승님. 이 기쁨은 두 눈을 잃은 것과는 비교도 되지 않습니다. 스승님과 저를 비탄에 빠뜨려 불행하게 만들려 했던 자가 어디의 누구인지 모르나 스승님의 얼굴을 다치게 하여 저를 곤란에 빠뜨리려 한다면 저는 스승님을 보지 않을 것입니다. 제가 앞을 보지 못하면 스승님도 화를 당하지 않은 것이나 마찬가지입니다, 그 자의 획책도 물거품이 되어 필시 그자는 낙심하고 있을 것입니다. 저는 불행하기는커녕 실로 한없이 행복합니다. 비겁한 자의 코를 납작하게 만든 것을 생각하면 가슴이 후련합니다."

"사스케, 더 말하지 마라"며 스승과 제자가 껴안고 보이지 않는 눈으로 울었다.

화를 복으로 돌려놓은 두 사람의 그 이후의 모습을 가장 잘 알고 있는 생존자는 시기사와뿐이다. 그녀는 올해 일흔한 살로 슌킨의 내제자로 들어온 것이 1877년, 열두 살 때였다.

시기사와는 사스케에게 여러 악기를 두루 배우는 한편

두 맹인 사이를 오가며 길잡이랄 수도 있는 일종의 연락책을 맡았다. 두 사람 모두 맹인이고, 한 사람은 어려서부터 맹인이었다고는 해도 젓가락 하나 자기 손으로 쥐어보지 않고 살아온 여자인 까닭에 수발을 들어 줄 사람이 필요하여 가급적 편하게 부릴 여자아이를 고용하려고 했었다. 하지만 성실하고 정직한 시기사와가 채용되고 나서는 두 사람 모두에게 두터운 신임을 받아 오랫동안 그 집에서 일을 하였다. 슌킨이 죽고 나서는 사스케가 겐교 직위를 받은 1891년까지 사스케를 모시며 수발을 들었다 한다. 시기사와가 1874년에 슌킨 집에 처음 왔을 때 슌킨은 이미 마흔여섯, 화를 당한 후 9년의 세월이 지나 이미 상당한 노부인이 되어 있었다. 시기사와의 말로는 슌킨이 "사정이 있으니 내 얼굴은 쳐다보지도 말고 남에게 보여주지도 마라"고 했다며, 하얀 비단 옷을 입고 두터운 방석 위에 앉아 연노란 쓰개를 눈까지 덮고 뺨과 입까지 가려 코 일부만 보였다고 한다.

사스케가 자기 눈을 찌른 때가 마흔한 살 초로에 이르러서이니 그 뒤로 얼마나 힘들었을 것인가. 그러면서도 슌킨을 정성껏 보살피며 조금도 불편치 않게 모시려는 모습에는 옆에서 보고 있는 사람들도 안타까울 지경이었다. 슌킨 또한 다른 사람의 도움은 받으려 하지 않았으며 옷을 입거나 목욕을 하거나 안마, 용변에 이르기까지의 일상생활 일체를 사스케에게 의지하였다.

반면에 시기사와의 역할은 슌킨보다는 주로 사스케의 신변에 관한 일이 많았고 슌킨의 몸에 직접 닿는 일은 거의 하지 않았다. 식사를 거드는 일만큼은 그녀를 필요로 했지만 그 외에는 물품을 나르거나 해서 사스케가 수발 드는 것을 곁에서 도왔다. 목욕을 할 때에는 욕실 입구까지는 두 사람과 함께 가서 혼자 돌아왔다가 손뼉 소리가 나서 데리러 가면 슌킨은 이미 목욕을 마치고 유카타[5]와 수건을 둘러쓰고 있었다. 그 사이의 모든 일은 사스케가 혼자서 처리했다. 맹인이 어떻게 맹인의 몸을 씻길까? 과거에 슌킨의 손가락 끝을 잡아 매화 나무를 만지게 했던 일처럼 번거롭기 그지없을 것이다.

매사가 이런 식이니 모든 일이 더디고 힘들어 남이 보기에는 안쓰럽고 조마조마한데, 당사자들은 그런 불편을 즐기기라도 하듯이 말없이 소소한 애정을 주고받았다. 시각을 잃은 서로 사랑하는 남녀가 살아가는 촉각의 세계를 우리가 어찌 다 상상할 수 있으랴. 사스케가 헌신적으로 슌킨을 돌보고, 슌킨은 또 슌킨대로 그런 도움을 기대하며 서로에게 질리지 않는 상황도 이해 못할 바는 아니다.

---

5 浴衣: 여름이나 목욕 후에 입는 두루마기 모양의 홑옷.

사스케는 슌킨을 상대하는 한편으로 틈틈이 아이들을 가르쳤다. 당시 슌킨은 방에 틀어박혀 있기만 하면서 사스케에게 긴다이(琴台)라는 호를 내리고 모든 문하생들을 가르치게 하였으며 간판에도 모즈야 슌킨(鵙屋春琴)이라는 이름 옆에 작게 아쓰이 긴다이(溫井琴台)라는 이름을 걸었는데, 사스케의 충직하고 온화한 성품이 일찍부터 사람들의 동정을 불러일으켜 슌킨이 가르쳤던 때보다 문하생이 더 많았다.

사스케가 제자를 가르치는 동안에 슌킨은 혼자 안방에서 휘파람새가 우는 소리를 듣거나 했는데 가끔 사스케의 도움을 받을 일이 생기면 음악공부 중이라도 무턱대고 사스케를 불렀다. 그때마다 사스케는 만사를 제쳐놓고 곧바로 안방으로 향했다. 사스케는 슌킨의 신변을 염려하여 출장수업은 나가지 않고 집에서만 가르쳤다.

그즈음에 도쇼마치에 있는 슌킨의 본가 모즈야 집안의 가세가 점차 기울기 시작하더니 다달이 보내오던 생활비가 끊기기 일쑤였다. 바쁜 틈을 내서 슌킨을 돌보는 한편 음악도 가르치다 보니 사스케의 심신은 고달팠을 테고, 슌킨 또한 같은 고민을 했다.

음악 가르치는 일을 물려받아 어렵사리 생계를 꾸려가던 사스케가 왜 그녀와 정식으로 결혼하지 않았을까? 슌킨의 자존심이 그러기를 거부했던 것일까? 시기사와가 사스케에게 들은 말로는 슌킨 쪽이 상당히 기가 꺾였는데, 사스케는 그런 슌킨을 보고 마음 아파했으며 결코 불쌍한 처지로 영락한 독한 여자로 여기지 않았다고 한다. 사스케가 현실 세계에 눈을 감고 영겁불변의 관념의 경지에 올랐을지도 모를 일이다.

그의 시야에는 과거 세계의 기억만 남아 있었다. 그런 화를 당했다고 해서 성격이 바뀔 거라면 그런 사람은 더 이상 자신의 슌킨이 아니었다. 그는 어디까지나 과거의 교만했던 슌킨만을 생각했다. 그렇게 하지 않으면 그가 보고 있는 아름다운 슌킨은 파괴되어버렸을 것이다. 그렇다면 결혼을 하지 않은 이유는 슌킨보다도 사스케 쪽에 있는 것 같다. 현실의 슌킨은 단지 관념 속의 슌킨을 불러들이는 매개체일 뿐이기 때문에, 사스케는 대등한 관계를 거부하고 주종의 예의를 끝까지 지켰다.

그뿐만 아니라 이전보다 자신을 더 낮추고 슌킨을 정성으로 섬겨 하루빨리 슌킨이 불행을 잊고 과거의 모습으로 돌아가도록 애쓰는 한편, 옛날 같은 박봉에 만족하고 하인처럼 입고 먹으며 모든 수입을 슌킨을 위해 쏟아부었다. 일꾼의 숫자도 줄이고 다방면에서 살림을 절약해가면서도 그녀를 돌보는 데는 한치의 소홀함도 없도록 애쓰다 보니 그는 맹인이 되고 나서 더욱 궁핍하게 살았다.

시기사와의 말에 의하면 당시 문하생 가운데 사스케의 복장이 너무 남루해 보여 외양에 조금 더 신경을 쓰라고 귀띔한 자도 있었다고 한다. 사스케가 스스로를 사범님이 아니라 사스케 씨라고 부르라고 하니 문하생 중에 아예 스승을 부르지 못하는 사람도 있었다. 시기사와만큼은 직분이 있으니 그렇게 하지 못하고 시키는 대로 슌킨은 스승님이라 부르고 사스케는 사스케 씨라고 불렀다.

슌킨이 죽은 뒤에 사스케가 시기사와를 유일한 대화 상대로 삼아 틈만 나면 돌아가신 스승의 생각에 빠져든 것도 서로 그런 관계가 있었기 때문이다. 그가 말년에 겐교가 되어 당당하게 긴다이(琴台) 선생이라고 불렸지만 시기사와에게는 존칭을 쓰지 못하게 하고 끝까지 사스케 씨라고 부르게 하였다.

한번은 시기사와에게 말하기를 "눈이 멀면 누구나 불행해질 것 같지만 나는 그렇지 않았다. 도리어 이 세상이 극락 정토라도 된 것 같아 스승님과 단 둘이서만 연화대(蓮花臺) 위에서 사는 듯한 기분을 맛보았다. 눈이 멀고 나니 그전에 보이지 않았던 여러 가지가 보이기 시작했다. 스승님의 얼굴도 내 눈이 멀고 나서야 진실로 아름답게 보였다. 손발이 부드럽고, 피부가 매끄럽고, 목소리도 진실로 아름답게 느껴졌다. 눈이 멀쩡할 때에는 왜 그렇지 못했는지 정말 불가사의하다. 나는 그중에서도 스승님이 켜던 샤미센의 오묘한 소리를 실명하고 나서야 비로소 제대로 들었다. 스승님이야말로 기예의 천재라고 늘 입으로는 떠들었지만 이제서야 그 진가를 알게 되어 그동안의 내 자신이 얼마나 안타까운지 모르겠다. 그러니 나는 하늘이 다시 앞을 볼 수 있게 만들어준다 해도 싫다. 스승님도 나도 눈이 멀었기 때문에 눈 뜬 자가 모르는 행복을 맛보았다"라고 했다.

사스케가 말한 바는 본인의 주관적인 설명을 빼고 나면 어디까지 납득이 될지는 의문이지만 그 부분은 차치하고, 오히려 큰 어려움이 있었기에 슌킨의 기예가 탁월한 경지에 도달한 것이 아닐까 하는 의문을 가져본다. 아무리 재능이 뛰어나도 인생의 쓴맛 단맛을 모두 맛보지 않고서는 예도의 경지에 이르기 어려운 법이다. 그녀는 본디 응석받이로 자랐다. 남에게 바라는 바가 지나치고 고생이나 굴욕을 몰랐다. 그녀의 오만함을 꺾을 자가 아무도 없었다. 그러다가 하늘이 통렬한 시련을 내려 생사의 기로에 세워 방황하게 만들며 자만하는 마음을 산산이 조각냈다.

짐작건대 그녀의 얼굴에 덮친 화가 여러 가지 의미로 좋은 약이 되어 사랑에 있어서나 예술에 있어서나 과거에는 상상도 못했던 새로운 경지를 열어주었다. 시기사와는 종종 슌킨이 연주하는 거문고나 샤미센 소리를 들었다. 또 그 옆에 사스케가 황홀하게 고개를 떨구고 온 마음을 다하여 귀를 기울이고 있는 모습을 보았다. 그리고 안방에서 새어 나오는 정묘(精妙)한 소리를 듣고 저 샤미센에는 특별한 장치가 있는 것 아니냐고 말하는 제자들의 대화를 들었다.

그 시절에 슌킨은 악기를 다루는 기술뿐만 아니라 작곡에도 마음을 두어 한밤중에 손으로 이리저리 악기를 다루며 소리를 맞추었다. 시기사와가 기억하기로 〈슌노덴(春鶯囀)〉과 〈로쿠노하나(六の花)〉라는 두 곡이 있다기에 얼마 전에 들어 보았더니 독창성이 풍부하여 작곡가로서의 천성을 짐작하기에 충분한 곡이었다.

1887년 6월 상순에 슌킨이 병들었다. 병을 앓기 수일 전에 슌킨이 뜰에 내려가 새장을 열어 아끼던 종달새를 하늘로 날려 보냈다. 시기사와가 보고 있자니 맹인 사제가 손을 맞잡고 종달새 소리가 들려오는 아득히 먼 하늘 쪽으로 고개를 들고 있었다. 종달새가 지저귀면서 하늘 높이 구름까지 올라가더니 아무리 지나도 내려오지 않아 둘이서 오래도록 애를 태웠다. 그 새는 결국 돌아오지 않았다.

슌킨은 이때부터 새를 날리지 않다가 곧바로 각기에 걸렸고, 가을에 접어들면서 중태에 빠져 10월 14일에 심장

마비로 영면했다. 종달새 말고도 3대째 천고로 키우던 새가 살아 있었는데 그 새가 지저귀는 소리를 들으면 사스케는 오랫동안 슬퍼하며 눈물 흘렸다. 틈날 때마다 불전에 향을 피워놓고 어떤 때는 거문고 어떤 때는 샤미센으로 〈슌노텐〉을 연주하였다.

'쪼롱 쪼롱, 종달새가 언덕 위로 내려와' 하는 구절로 시작하는 이 곡은 그녀가 심혈을 기울여 만든 것으로 자신의 대표작이라 할 수 있다. 가사는 짧아도 매우 복잡한 간주가 들어 있다. 천고가 지저귀는 소리를 들으며 구상한 이 간주 부분의 선율은 '얼어붙은 종달새 눈물, 이제는 녹으려나……' 하고 이른 봄에 깊은 산속의 눈이 녹아 졸졸거리며 흐르는 시냇물, 솔가지를 스치는 동녘 바람 소리, 들판의 매화 향기, 구름처럼 흐드러진 벚꽃 등 온갖 풍경으로 사람을 이끌면서 이 골짜기에서 저 골짜기로, 이 가지에서 저 가지로 날아다니며 우는 새의 마음을 은연중에 노래한다. 생전에 그녀가 이 곡을 연주하면 천고도 기뻐 지저귀고 소리를 가다듬어 샤미센 소리와 솜씨를 겨루었다.

천고는 이 곡을 들으며 알에서 깨어나 고향의 계곡을 떠올리며 드넓은 천지의 햇살을 그리워했을 텐데 〈슌노텐〉을 연주하는 사스케의 넋은 어디를 향했을까? 촉각의 세계를 매개로 하여 관념 속의 슌킨을 응시하는 데 익숙해진 그는 청각으로 그 부족함을 채웠으리라.

사람은 기억이 살아 있는 동안은 죽은 자를 꿈에서 볼 수
있다. 하지만 살아 있는 상대를 꿈에서만 보았던 사스케는
사별한 때가 언제였는지조차 분명히 가늠하지 못했다. 덧
붙이자면, 슌킨과 사스케 사이에는 앞에서 언급한 여자아이
외에 자식이 셋 더 있었다. 여자아이는 태어난 직후에 죽고,
남자아이는 둘 다 핏덩이일 때에 가와라(河內)에 있는 농가로
보냈다. 아들 둘은 슌킨이 죽고 나서도 유품에 관심이 없었
던지 거두려 하지 않았고 맹인인 친부 곁으로 돌아오지도
않았다.

이리하여 사스케는 만년에 이르러 자식도 처첩도 없이
문하생들의 보살핌을 받다가 1908년 10월 14일 슌킨의 상
월(祥月) 명일(命日)에 여든셋의 고령으로 죽었다. 그는 살아생
전의 슌킨과는 전혀 다른 새로운 슌킨의 형상을 차곡차곡
쌓아 올리며 21년 동안 고독하게 살았다.

사스케가 자신의 눈을 찌른 이야기를 덴류지(天龍寺)의 가
산(峨山)이라는 화상이 듣더니 추한 것을 대번에 아름다운 것
으로 돌려놓은 고금에 길이 남을 신통한 선기(禪機)라고 칭찬
하며 달인이 하는 소행이라고 했다고 한다.

1933년 6월

이거리 저거리 각거리 천사만사 다만사

    다니자키 준이치로의 소설을 설명할 때 자주 나오는 용어가 몇 가지 있다. 그 가운데 이 책에 수록된 작품에 해당하는 용어를 이 책에 수록된 작품 내에서 정의해보면 어떻게 될까?

    탐미주의: 아름다운 게 최고다, 그래서 나도 따라다닌다.

    페티시즘: 난 여자 옷이 좋아. 분 냄새도 좋아.

    오이디푸스 콤플렉스: 어머니, 어머니. 제가 오랫동안 어머니를 찾았어요.

    풋잡: 그 예쁜 발로 나를 좀······.

    에로티시즘: 여자의 새하얀 발바닥이 둘, 세워진 거울에 비치고 있었다.

    마조히즘: 어휴, 아깐 너무 힘들었어.

    여성 숭배: 발가락 사이사이를 핥아줄게요.

눈이 번쩍 뜨이기도 하지만 자칫하면 19금이 될 만한 내용뿐이다. 그래서인지 너무 적나라하지 않도록 작가가 조금 가렸다(가리지 않아서 출판 금지 당한 책도 여러 권이고, 시대가 바뀌기를 기다려 다시 번역한 고전도 있다). 노골적이어서 외설이 될 뻔한 것을 어렴풋이 비치게 만드니 예술이 되었다. 50년간 전설적으로 회자되는 포르노는 없을 테니 그가 죽고 나서도 50년 동안 사랑 받은 것은 예술이겠다.

이렇게 작가가 무엇을 가릴 때 반투명 커튼처럼 사용한 낱말들이 있다. 이 낱말들은 따로 정의하지 않아도 되는 치졸하고, 유치하고, 유아기적인 말들이다. 이런 낱말들 덕분에 우리는 쇼윈도 마네킹의 치마를 들추던 장면, 사촌 오빠와 의사놀이 하던 장면, 이웃집 누나를 훔쳐보던 장면들을 죄의식 없이 유쾌하게 떠올릴 수 있다.

다니자키 준이치로가 사람을 훔쳐본다면 어디를 볼까?

……가마 밖으로 드러난 새하얀 맨발이 그의 눈에 들어왔다. 그의 예리한 눈에는 사람의 발이 얼굴처럼 복잡한 표정을 가지고 있었다. 그 여인의 발은 살로 만들어진 보옥이었다. 엄지부터 시작하여…… (문신).

……모래가 고와서 그런지 발이나 옷자락에 티끌 하나

묻어 있지 않다. '바삭' '바삭' 소리를 내며 짚신을 들어 걸을 때마다 내 혀로 핥아도 좋을 만큼 새하얀 발등이 드러난다…… (그리운 어머니).

……노부카즈가 난간에 기대어 서서 뽀얗고 부드러운 발등을 우리 코앞에 돌아가며 들이밀었다. '사람 발은 짜고도 신맛이 난다. 잘생긴 사람은 발톱마저 잘생겼다'는 생각을 하면서 나는 열심히…… (소년).

……옆에 누워 옷자락을 풀고 그녀의 발바닥을 자기 가슴 위에 올려놓았다. 가슴은 얼음장처럼 차가운데 얼굴은 치통으로 뜨겁게 달아올라 있었다. 그래서 슌킨의 발을 자기 볼에 대고 겨우겨우 통증을 참고 있는데 슌킨이 발로 얼굴을…… (슌킨 이야기)

아니, 살아생전에 다니자키 준이치로는 남의 발을 훔쳐보지 않았을 것이다. 여인 앞에 멈추어 서서 무릎 꿇고 허리를 숙인 다음, 얼굴을 발 가까이에 대고 손으로 만지면서 찬찬히 보았을 것이다.

초등학교 시절에 방학 때마다 고향에 내려갔다. 겨울이면 내 또래의 반가운 사촌들과 한 이불 속에 둘러앉아 놀았다. '한다리 두다리 세다리 인사만사 주머니끈…….' 그러고 보니 그때 묘한 느낌이 있었던 것 같다. 아니 묘한 느낌이 있었다. 어디선가 뜨거운 김이 '쉬익' 하고 뿜어져 나오는 것 같았다. 한두 번이 아니었다. 몇 살까지였더라?

경찬수

문신 — 다니자키 준이치로 단편선

초판 1쇄 발행일 2017년 7월 7일

지은이 다니자키 준이치로
옮긴이 경찬수
펴낸이 박영희
편집 김영림
디자인 이재은
마케팅 김유미
인쇄·제본 태광인쇄
펴낸곳 도서출판 어문학사
　　　　서울특별시 도봉구 해등로 357 나너울카운티 1층
　　　　대표전화: 02-998-0094/편집부1: 02-998-2267, 편집부2: 02-998-2269
　　　　홈페이지: www.amhbook.com
　　　　트위터: @with_amhbook
　　　　페이스북: www.facebook.com/amhbook
　　　　블로그: 네이버 http://blog.naver.com/amhbook
　　　　　　　　다음 http://blog.daum.net/amhbook
　　　　e-mail: am@amhbook.com
　　　　등록: 2004년 7월 26일 제2009-2호

ISBN 978-89-6184-445-1 03830
정가 13,000원

이 도서의 국립중앙도서관 출판예정도서목록(CIP)은 e-CIP홈페이지(http://www.nl.go.kr/ecip)와
국가자료공동목록시스템(http://www.nl.go.kr/kolisnet)에서 이용하실 수 있습니다.
(CIP제어번호: CIP2017014620)

※잘못 만들어진 책은 교환해드립니다.